Stefan Schwarz, Jahrgang 1965, ist mehrfach erprobter Ehemann und leidenschaftlicher Vater. In der Berliner Traditionszeitschrift «Das Magazin» bestreitet er eine monatliche Kolumne über das letzte Abenteuer der Menschheit: das Familienleben. Im Rowohlt Taschenbuch Verlag erschienen außerdem: «Ich kann nicht, wenn die Katze zuschaut» (rororo 25511) und «War das jetzt schon Sex?» (rororo 25615).

«Die Geschichte einer Midlife-Crisis, erzählt mit viel Wortwitz, Selbstironie und Mut zum Slapstick.» (Brigitte)

«Stefan Schwarz ist ein bisschen wie Axel Hacke. Nur eine ganze Ecke jünger, experimentierfreudiger und, nun ja, dreckiger.» (Rheinische Post)

Stefan Schwarz

Hüftkreisen
mit Nancy

Roman

Rowohlt Taschenbuch Verlag

2. Auflage März 2014

Veröffentlicht im
Rowohlt Taschenbuch Verlag,
Reinbek bei Hamburg, September 2011
Copyright © 2010 by
Rowohlt · Berlin Verlag GmbH, Berlin
Umschlaggestaltung any.way, Hamburg
nach einem Entwurf von
yellowfarm gmbh – Stefanie Freischem
(Abbildung: yellowfarm gmbh – Stefanie Freischem)
Satz aus der Dolly und Neuen Helvetica PostScript
bei hanseatenSatz-bremen, Bremen
Druck und Bindung CPI books GmbH, Leck
Printed in Germany
ISBN 978 3 499 25503 8

Her name was Magill and she called herself Lil,
but everyone knew her as Nancy.

Rocky Raccoon / The White Album / The Beatles

1

Der Erektion nach zu urteilen, musste es so gegen vier sein. Es ist völlig rätselhaft, aber es ist so: Die härteste Erektion, die ein Mann meines Alters überhaupt haben kann, ereignet sich kurz vor dem Morgengrauen. Um diese Zeit aber ist sie so nutzlos und unzeitgemäß wie eine dieser tollen Erwiderungen, die einem Stunden nach einem Streit plötzlich auf der Straße einfallen. Angeblich verdanken sich solche Erektionen gewissen nächtlichen Prüfroutinen des Körpers, aber mir war unklar, wieso dies in einer Exzellenz geschehen musste, die ich bei anderen und wesentlich wichtigeren Gelegenheiten mittlerweile dann doch gelegentlich vermisste.

Draußen schien ein lampenheller Mond, der vermutlich auch nicht ganz unschuldig an der Sache war. Neben mir lag Dorit mit ihren prächtigen Hüften und atmete tief und gleichmäßig. Dorit, die jeden Morgen behauptete, schlecht oder gar nicht geschlafen zu haben. Stundenlang habe sie wach gelegen. Ihr tiefes und gleichmäßiges Atmen war offenbar nur vorgetäuscht. Wahrscheinlich lagen wir just in diesem Moment regungslos und ruhig atmend nebeneinander – und waren wach. Nur gab es keiner dem anderen zu erkennen. Zu zweit allein im Universum. Was für ein schönes Bild für unsere Beziehung. Schlicht und klug zugleich. Fast wie aus dem *Kleinen Prinzen*. Leider würde ich es mir nicht merken. Ich würde gleich wieder einschlafen, und der Schlaf würde das schöne Bild auslöschen wie Wellen ein Wort der Liebe im Ufersand. Auch sehr poetisch. War ich etwa in einem neuronalen Metaphernfeld eingerastet? Gezwungen, in Schönen Zungen zu reden?

Die Erektion trollte sich nicht. Ich überlegte einen Moment, mich Dorit zu nähern. Andererseits schien mir die rein praktische Erektionsbeseitigung kein hinreichender Grund für Sex zu sein. Im Ehebett sollte es um Liebe gehen und nicht um Beihilfe. Hinzu kam, dass Dorit vermutlich ungehalten reagieren würde, wenn ich sie jetzt mitten im Tiefschlaf überraschte. Also lieber umdrehen und ganz bewusst an die Umsatzsteuervorauszahlung denken. Funktionierte sofort. Ich konnte wieder einschlafen.

Zu sagen, ich komme morgens gut raus, wäre krass untertrieben. Ich starte in den Tag wie ein kapitalistisches Role Model, wie ein gottverdammter Leistungsträger. 6.15 Uhr. Die Augen klappen auf, und da sitz ich schon. Kaum sitz ich, da steh ich schon. Und zwar vorm Spiegel, während der Rasierpinsel über die handgesiedete Oliven-Avocado-Seife tremoliert. Ich balbiere mich mit schnellen Strichen. Mein Vater rasiert sich so vorsichtig, als gehöre sein Gesicht einem anderen, als wäre er nicht ganz sicher, ob diese Art Haut überhaupt rasiert werden darf. Ungeachtet seiner Vorsicht schneidet er sich hier und da und klebt dann kleine Fetzen Toilettenpapier auf die Schnitte. Ich schneide mich nie. Frisch gehe ich in die Küche, klopfe das Espressosieb aus und mahle eine neue Füllung hinein. Ich setze Haferbrei (die Packung für neunundzwanzig Cent – und zwar bei Rewe! Bei Aldi gibt's die wahrscheinlich umsonst) auf, und ruck, zuck bin ich satt und koffeiniert. Alles schläft noch. Ich bin knallwach.

Bereit, Großes zu schaffen. Voller Energie. Leider wird diese Energie in den nächsten zehn Minuten neutralisiert werden, genau dann nämlich, wenn ich meinen Sohn wecken muss, dessen Aufstehen keinerlei Selbstbeteiligung kennt.

Ich öffnete die Tür zum Jugendzimmer und schaltete das Licht an. Das Zimmer roch säuerlich, als sei Geschlechtsreifung ein Gärungsprozess. Konrad lag regungslos mit der Decke zwischen den Knien auf dem Bett und tat so, als wäre Licht nur eine weitere Form der Dunkelheit. «Morgen, mein Sohn! Aufstehen!», sagte ich und ging wieder, aber nur, um nach einer Minute Fingertrommeln in der Küche erneut in Konrads Zimmer zu erscheinen. «Aufstehen!», sprach ich forsch das Bett an, «Du musst jetzt aufstehen!» Keine Reaktion. Auf dem Tisch blinkte Konrads Laptop im Ruhezustand. Sah nach einer unerlaubten Nachtschicht aus. Ich ging ans Bett und schüttelte ihn kurz an der Schulter, worauf er einen rindsähnlichen Laut des Unwillens hervorbrachte. «Los jetzt!» Früher hatte ich ihm in solchen Fällen die Decke weggezogen, aber Konrad war fünfzehn. Das gehörte sich nicht mehr.

«Steh auf», sagte ich, breitbeinig vor dem Bett stehend. «Steh auf, oder ich check deinen Browser-Verlauf!» Das wirkte. Ich war mehr als sein Vater, ich war sein System-Administrator!

«O Mann eh, ja eh, ich steh ja auf. Mann eh, gleich, Mann!», röhrte Konrad dumpf vor sich hin und prügelte das Kissen unter seinem Kopf zurecht.

«Ich mach das. Ohne Scheiß. Steh auf!», sagte ich.

Konrad drehte sich auf den Bauch und schob seinen Hintern hoch. Ich ließ es als Aufstehen gelten und verschwand.

Wenig später klappte die Badtür und wurde hörbar verriegelt. Warnakustik der jugendlichen Privatsphäre. Irgendwie freute mich zwar, dass mein Sohn ein Mann wurde, andererseits zerfraß es mich vor Neid. Ich wurde schon lange von allen Praktikantinnen auf eine Weise gegrüßt, als wäre ich kein Mann, sondern nur irgendwas Älteres, das sich als Mann verkleidet hat. War ja auch richtig. Ich war raus aus dem Paarungsgeschäft. Konrad hingegen – die Jeans auf den schmalen Hüften, die Haare fettig, die Zähne hinter Gittern – stand unbeholfen auf dem Schulhof rum, grinste, und die Mädchen zogen ihn auf, stichelten und stänkerten, aber sie kamen nicht von ihm los. Das nackte, biologische Interesse. Das noch einmal erleben und das von Frauen wissen, was man heute weiß. Halleluja.

Ich stellte Konrad seine Frühstücksflocken hin, die er still in sich hineinschaufelte. «Vergiss dein Sportzeug nicht. Ihr habt heute Sport», sagte ich zu ihm, weil man in einer Familie nicht einfach so wortlos am Tisch herumsitzen darf.

«Papa?», schredderte Konrad die Cornflakes in seinem Spangengebiss. «Wie geht Atmen?»

Ich überlegte, ob ich Respekt einfordern sollte, was mir aber ein Zeichen von Schwäche schien. Also lieber dagegenhalten. «Einatmen, ausatmen. In der Reihenfolge. Halt dich dran und pass auf, dass kein Rauch aus irgendwelchen Tüten dazwischenkommt.»

Konrad guckte mich über den Schüsselrand hinweg an und zeigte kurz mit dem Zeigefinger auf mich. Korrekt, Alter. Ich hatte trotzdem nicht gewonnen. Ich war nur ein lässiger Verlierer.

Dann warf er sein Zeug über und verschwand, selbstverständlich türknallend. In der nächsten Sekunde kam Mascha aus dem Kinderzimmer geschnipst und taperte zottelig an mir vorbei ins Schlafgemach, um noch eine Prise Muttiduft zu nehmen.

Ich zog mich an und ging Brötchen holen. Der Mond hatte es verträumt unterzugehen und stand als weißer Schemen am Himmel. Der Platz vor dem alten Gemüseladen war noch leer. Bald würden sich hier Männer mit fleckigen Jacken und braunen Bierflaschen zum Morgentrunk sammeln und die Welt blaffend und blökend der Inkompetenz zeihen. Ein Schattenkabinett aus Alkoholikern, die sich gegenseitig andauernd «Das kannst du vergessen, Alter!» empfahlen. Wenn man ihnen länger zuhörte, bekam man den Eindruck, dass man im Grunde alles vergessen könne. Nur nicht die Öffnungszeiten. Die Kaufhalle hatte nämlich noch nicht auf. Ich war zu früh.

Dann sah ich ihn. Am Ende der Treppe, oben auf der gemauerten Umrandung des Eingangsbereichs, lag ein Mann in einer speckigen weinroten Steppjacke. Sein Arm war sonderbar ausgestreckt, als entbiete er der Morgensonne über sich einen Gruß. Die andere Hand hielt lose eine leere Wodkaflasche auf der Brust. Ansonsten tat er nichts. Ich trat näher. Die Art und Weise, wie er mit dem Rücken auf der steinernen Kante der Umrandung lag, den Oberkörper seltsam angehoben, die Beine steif und breit ausgestreckt auf den Platten, ließ ein Gefühl von kreatürlicher Verstörung in mir hochsteigen. «Hallo?», sprach ich ihn an. Der Mann lag steif da und reagierte nicht. Er war keiner der hiesigen Struppis. Etwas jünger vielleicht. Das letzte Mal vor zwei, drei Tagen rasiert. Ohne archäologische Vorkenntnisse erkennbarer Haarschnitt. Trockene oder schon wieder getrocknete Hose.

«Hallooo?», fragte ich lauter. Der Mann sah zum Himmel, vor der Brust hielt er die geringelte Wodkaflasche wie einen kristallenen Schlüssel, der ihm den Transfer in eine andere Galaxie sichern sollte. Er verzog keine Miene. Ich habe ganz ordentliche Bauchmuskeln. Ich war früher gut in Klappmesser. Fast meine Paradedisziplin. Ich wusste, dass man in einer Position wie dieser nicht lange ohne Zittern aushalten kann, schon gar nicht mit einer Flasche Wodka intus. Es musste also etwas anderes vorliegen als Körperspannung. Ich sah mich um, aber da war niemand, dem ich den Casus überhelfen konnte. Der Mann war zwar nicht wirklich dreckig, aber anfassen wollte ich ihn doch nicht. Stattdessen hob ich den Fuß und stupste ihn leicht gegen den Schuh.

Das war falsch.

Der Mann kippte hintenüber und verschwand hinter der Umrandung. Ich hatte nicht den Eindruck, dass er sich irgendwie abgefangen hätte. Ich ging einen Schritt nach vorn und sah hinunter. Mir wurde flau und grau, denn einen Meter unter mir lag der Mann mit der weinroten Steppjacke, den Kopf auf irreparable Art zur Seite abgeknickt. Die leere Wodkaflasche rollte die Rasenfläche hinunter auf den Gehsteig. «Geht es Ihnen nicht gut?», fragte ich, aber die Frage kam zu spät. Dem Mann ging es gar nicht mehr. Der Mann war tot. Ich betrachtete meinen Fuß, der in einem etwas ausgetretenen Slipper steckte. Hatte ich ihn damit umgebracht? Natürlich nicht. Entscheidend war doch eher die Lage des Mannes. Da hätte ein Vogelschiss auf den Kopf genügt, und der wäre gekippt. Balance-Spezialisten der Kriminalpolizei würden mir recht geben. Der war längst tot. Gott sei Dank dampfte jetzt hinter mir die Automatiktür der Kaufhalle auf. Ich holte schnell Brötchen und sagte beim Bezahlen beiläufig, da draußen läge einer so komisch rum. Die Kassiererin ging nachschauen und kam schreiend wieder, man solle einen Notarzt rufen. Ich stand noch ein bisschen im Eingang, die warmen Brötchen in der Tüte, aber keiner wollte was von mir. Ein Sanitätswagen kam angefahren. Ein Sanitäter und eine Ärztin sprangen heraus, liefen auf den Mann zu. Als sie nahe genug war, rief die Ärztin: «Ach, du Scheiße!», und wandte sich kurz ab, um ihre Rettungsabsichten hörbar auszuatmen. Der Sanitäter machte ein zischendes Geräusch, wie einer, der nachempfinden kann, was er da sieht. Aber das war hier natürlich kaum möglich. Die ersten Kunden kamen. Einige Hartgesottene blieben stehen, um zu gaffen. Andere defilierten, große ernste Augen auf den Corpus gerichtet, langsam die kurze Treppe zur Kaufhalle hinauf. Die Brötchen waren immer noch warm, und ich beschloss, nach Hause zurückzukehren, bevor die auch noch kalt wurden.

Dorit kam mit der schlafwuscheligen Mascha auf dem Arm in die Küche und setzte sich an den Tisch. «Frag nicht!», befahl sie, gab dann aber selbst Auskunft: «Von vier bis sechs habe ich wach gelegen.» Ich brachte ihr wortlos einen Kaffee, was sie mit einem «Danke» beseufzte, und schnitt ihr ein Brötchen auf. Dann setzte ich mich ihr gegenüber und lächelte kurz, damit sie mich nicht nach meiner Gemütsverfassung fragen konnte.

Im Normalzustand wirkt mein Gesicht auf andere depressiv. Also habe ich mir angewöhnt, von Zeit zu Zeit ein mildes Lächeln und ein munteres Augenbrauenheben in meine Miene zu streuen. Wie die Spätsommersonne, die jetzt durchs Fenster schien, so schien auch ich. Der Tisch war reich gedeckt, demonstrativer Konsum, es gab geräucherte Putenbrust, Mortadella, spanischen Schinken, dreierlei Käse, von mild bis würzig, Quark, ja sogar «Unsere Frühstücksmarmelade des Jahres», aber für den Mann vor der Kaufhalle würde es das alles nicht mehr geben. Wahrscheinlich arbeiteten die Lebensmittelchemiker schon an der nächsten Jahres-Frühstücksmarmelade, die noch besser schmeckte. Ob ihn diese Aussicht davon abgehalten hätte, sich totzusaufen? Keine Ahnung. Das würde mir jedenfalls nicht passieren. Ich würde noch mindestens dreißig Frühstücksmarmeladen des Jahres durchhalten. «Was guckst du denn so finster?», fragte Dorit jetzt, und Mascha drehte sich aus dem Halsbeugenkuscheln um und sah mich an. «Ich habe heute Morgen einen Mann vor der Kaufhalle gesehen, der offenbar an einem Alkoholabusus verschieden war», wählte ich kinderseelenschonend meine Worte. «Keiner der hiesigen Nuschelstruppis und auch noch nicht lange auf Trebe. Der sah eher aus wie jemand, dem plötzlich alles entglitten war. Baufacharbeiter mittleren Alters, wahrscheinlich unter der Woche im Westen auf Montage. Möglicherweise Scheidungssache. Die Frau überlastet und kalt. Die Kinder adipös und ADS, Fertigteileigenheim in Randlage, in dreißig Jahren lastenfrei, zwei Gebrauchtwagen mit Reparaturbedarf. Das war alles, wofür er gelebt hat. Und dann die Scheidung und der Schnaps...» Ich schnippte mit den Fingern und pustete sein Leben in die Luft. «Und da habe ich mich eben gefragt, ob die Sinnangebote des Kapitalismus nicht einen alten Scheißdreck wert sind.»

«Ich habe noch ein Sinnangebot für dich, Genosse. Du musst die nächsten Wochen Mascha aus der Kita holen. Ich bin mit dem Lindenwohnpark-Projekt im Verzug und muss mal länger machen, sonst schaffe ich es nicht bis zur *Immo-World*», sagte Dorit nicht unfreundlich.

«Scheißdreck ist ein Schimpfwort, nicht wahr?», petzte Mascha und fragte: «Was ist verschieden, Mama?»

«Na, so verschieden. Du kennst doch auch verschiedene Leute. Und dieser Mann war eben von uns verschieden, wollte Papa sagen.»

Ich nickte.

2 Der tote Mann, der mir am Morgen versehentlich runtergefallen war, machte mir den ganzen Weg zur Arbeit zu schaffen. Ich übersah Vorfahrten, und bei fast jedem Ampelgrün wurde ich ungeduldig angehupt. Ich werde nicht gern an den Tod erinnert. Ich habe fürchterliche Angst vor dem Tod. Schon immer. Mein Vater sagt, das sei ein Zeichen dafür, dass ich noch nichts Sinnvolles geschafft habe. Was genau ich zu schaffen habe, konnte er mir aber auch nicht sagen. Ich würde es aber daran merken, dass der Tod seinen Schrecken verliert. Dann faltete er die Hände vor dem Bauch und nickte ein in seinem Sessel. Er ist schon sehr alt und fürchtet sich vor nichts mehr. Er hat alles geschafft, und es hat ihn geschafft.

Wenn man als Journalist in der Nachmittagssendung eines Lokalsenders arbeitet, beschäftigt man sich eigentlich den ganzen Tag mit Kleinkram. Mit aufregendem Kleinkram immerhin, deswegen merkt man es nicht so. Aber ehe man sich's versieht, sind zehn Jahre um, und man hat wieder nichts geschafft.

Heute würde es nicht anders sein. Als ich kurz vor zehn in die Redaktion kam, war schon alles im Konferenzraum. Gemurmel und Gezische. In dessen Mittelpunkt Petra, die hysterisch herumfuchtelte und ständig «nix, nada, niente» wehklagte. Petra war eine untersetzte Frau Anfang vierzig mit hydrantenrotem Haar und einer kuriosen Schwäche für zu enge Kleider. Eine aus dem Leim gegangene Pippi Langstrumpf. Die Haarfarbe war kein Unfall, sie sollte zeigen, dass Petra sich weniger zum hiesigen Landfunk als zum Internationalen Showbiz zählte. Petra kümmerte sich um die Schlagersänger und Serienschauspieler, um die Visagisten und Weltreisenden, die sogenannten Prominenten, die allnachmittäglich auf der Couch im Studio Platz nahmen. Obschon die Prominenzbehauptung bisweilen mühsam von der Karteikarte abgelesen werden musste («Viele Zuschauer kennen Hans-Peter Bösewetter als ... na, was heißt das hier? ... als Rudi, den lustigen Postbeamten, aus der Serie ‹Tierarztpraxis Pfötchen›» ...), rutschten die «Promis» aufgekratzt und auskunftsfreudig auf der Couch hin und her und gaben Ferienerlebnisse aus Kroatien («ein wundervolles Land») und Eindrücke der letzten Autohauseröffnung in Brummsack an der Daller zum Besten («ein wundervolles Publikum»). Draußen im Land saßen die Rentner vor dem Fernseher und behaupteten, Hans-Peter Bösewetter sei «aber alt geworden» oder hätte ihnen «ohne Bart besser gefallen», was freilich auf einer Verwechslung mit Hans-Joachim Kulenkampff beruhte, dessen Ableben vor rund einem Jahrzehnt ihnen entgangen war. Aber diesmal war es Essig mit den Prominenten.

Chef kam wie immer exakt auf die Minute – wahrscheinlich ging er schon ewig im Büro auf und ab, bis der Zehn-Sekunden-Countdown für die paar Meter übern Korridor angezeigt wurde – und fläzte sich an die Stirnseite des langen Konferenztisches. «Der eine oder andere hat es schon per Flurfunk mitbekommen. Houston, wir haben ein Problem!», sagte Chef in seiner bedrückend leutseligen Art. «Es geht um die Promi-Schiene für heute. Petra?»

Petra rang kurz um Fassung. «Es ist so. Eigentlich sollte Susan Krüger heute kommen.» In der Runde fragende Gesichter. «Susan Krüger war mal die Partnerin von Gunnar Gunnarsson.» Das Rätselraten nahm kein Ende. «Hat sich dann aber für eine Solokarriere entschieden, und jetzt ist ihre erste Platte rausgekommen.» Niemand wollte Näheres wissen. «Gestern Abend hat mir Susan Krüger abgesagt. Wegen Halsentzündung. Ich hab dann Dickie Garré angeklingelt, den Wortakrobaten, der zwar jetzt nicht direkt was Neues hat, aber vor zwei Monaten hier getourt ist.» Juliane, die Moderatorin, presste die Lippen aufeinander. Offenbar hatte sie im Studio schon mehrmals Proben seiner Wortakrobatik ertragen müssen. «War aber Fehlanzeige. Dickie ist auf Malle. Ist ja auch klar: Saison. Dann hab ich Peter, den Visagisten, gefragt.»

«War der nicht erst letzte Woche da?», fragte jemand.

«Ja, weiß ich selbst. Aber der heiratet seinen Freund. Und Slavko Korjevich, der auf der Freilichtbühne Fregel den Aladin spielt, musste wegen ‹Todesfall in Familie› nach Hause.» Jetzt blieb eigentlich nur noch Miss Veronika, eine schon sehr betagte, hagere und zudem herausfordernd wortkarge Zirkusartistin. Miss Veronika war vor Jahren mit ihrer Taubendressur einmal kurzzeitig in die Lokalpresse gerauscht, als ein zur Ehefrauenbelustigung geplanter Auftritt während des Pastritzer Schützenfestes zeitlich mit dem Trap-Schießen koinzidierte. Seitdem konnte Miss Veronika nur noch mit einem extrem reduzierten Tauben-Ensemble auftreten, was sie und ihre Täubchen allerdings studiotauglich machte. Aber Petra hatte beim Rundklingeln tatsächlich niemanden ausgelassen. «Und Miss Veronika geht irgendwie nicht ans Telefon.» Die Liste der kurzfristig erreichbaren C-Promis war damit erschöpft.

«Was ist mit Gorbatschow?», fragte Chef.

Der neuen Praktikantin fiel der Unterkiefer runter. Aber Gorbatschow war nur der interne Spitzname von Atze Hollmann, dem Sieger über vierhundert Meter von 1956. Ein ehemaliger Spitzensportler, dessen rote Wangen und abgezehrte Erscheinung sich nicht fortdauernder Verausgabung an frischer Luft, sondern einem Flachmann in seiner Brusttasche verdankten. Sein vollständiger Spitzname Wodka Gorbatschow war das Ergebnis eines kollektiv veranstalteten Riechversuchs gewesen, bei dem die halbe Redaktion unter allerlei Vorwänden in die Atemluft des Altstars eingedrungen war, um das Geheimnis seiner Spritmarke zu knacken. Atze Hollmann hatte sich das Alkoholproblem im Zuge seiner schon länger zurückliegenden Popularität erworben, hielt sich aber ausgesprochen gut und wirkte oberflächlich ansprechbar.

«Sorry», sagte Petra, «das kann keiner mehr verantworten.»

Chef wirkte allmählich leicht genervt. «Hat noch einer Vorschläge für die Promi-Schiene heute?»

Schweigen.

Erst hörte das Schweigen sich an wie ein ganz normales

Redaktionskonferenzschweigen, aber zwei Atemzüge später stand es schon als Ausdruck stummer Fassungslosigkeit im Raum. Was, wenn es überhaupt keine Prominenten mehr gab? Was, wenn wir den letzten Baum auf der Osterinsel gefällt hatten? Die Promis waren alle. Häuptling Hotu Chef Nui rieb sich gestresst das Gesicht. Dann hatte er eine Idee: «Wir müssen ein oder zwei Reserveprominente aufbauen, die wir bei Bedarf präsentieren können.» – «Reserveprominente?», fragte Petra kicksend, offenbar fürchtete sie, ihr könnte mit einem neuen Kompetenzfeld das Wasser abgegraben werden.

«Reservepromis. Leute, die wir heimlich aufbauen, um sie als Prominente zu präsentieren. Leute, die eigentlich keine Promis sind.»

«Noch weniger Promi als Miss Veronika geht doch gar nicht», murrte ich. «Da ist ja der Wachschutzmann vom Foyer interessanter.»*

«Darum geht es nicht», sagte Chef, «wer prominent ist, bestimmen wir. Wir treffen eine stillschweigende Prominenten-Vereinbarung mit Leuten, die verfügbar sind und

---

* Ich hatte – ohne es zu wissen – recht. Rudolf Gerke, ein Wachschutzmann Mitte fünfzig, war von 1977 bis 1979 als Koch in der DDR-Botschaft in Uganda, verpasste aber bei den Unruhen nach dem Sturz Idi Amins den Flieger nach Kenia, schlug sich ohne Pass und Geld auf eigene Faust nach Zaire durch, verdingte sich dort in einer Kobaltmine, um an etwas Geld zu kommen, wurde von den Rotchinesen, die die Kobaltmine durch einen belgischen Treuhänder betrieben, der Spionage beschuldigt und für fünf Jahre in ein Straflager im Land der Uiguren gesteckt. Floh von dort, gelangte in die Mongolei, infizierte sich beim Verzehr eines Murmeltiers mit der Pest und wurde gerade noch von einer mongolischen Ärztin gerettet, mit der er nach seiner Genesung zwei Kinder zeugte. Usw. usf.

bei Bedarf ins Studio geholt werden können.» Chef boxte in seine Faust. Das hatte er in irgendeinem Film gesehen, aber wie die meisten seiner Gesten und Mienen wirkte auch diese seltsam verirrt. Dann schnipste er aus seiner Faust den Zeigefinger heraus und wies auf mich. «Der Mann mit den tollen Sprüchen kann sich mal was einfallen lassen. Bis nächste Woche. Heute senden wir die Wiederholung mit Dickie Garré. Der spricht so schnell, das kann man sich ruhig nochmal anhören. Das wär's fürs Erste.»

Die Tischordnung löste sich erleichtert auf, und ich, genervt von der Aussicht auf eine äußerst unerquickliche Suche nach lagerfähigen Pseudoprominenten, packte mein Zeug zusammen und ging ins Großraumbüro.

Das Büro war leer bis auf Norbert Kruschik, ein alt gewordenes Jungchen Anfang dreißig, mit Aknespuren im Gesicht und der matten Gestik einer von andauernder Unzufriedenheit mittlerweile körperlich geschwächten Ehefrau. Kruschik war unlängst von Chef im Zuge seines Vorhabens, sich mit konturlosen Lakaien und Armleuchtern zu umgeben, zum Verantwortlichen für die Rubrik *Service* befördert worden und damit der Mann der Stunde, denn Service war in aller Munde. Die panische Angst, dass der Kapitalismus ihnen wichtige Informationen vorenthielt, um sie über unqualifizierte Kaufentscheidungen in den Ruin zu treiben, saß tief in der Seele der ostdeutschen Menschen. Ratgeber versprachen Abhilfe, die Quoten waren bizarr gut. Kruschik brachte diese flüchtige Erscheinung des Zeitgeistes unverständlicherweise mit seiner eigenen Person in Zusammenhang. Mit ihm zu sprechen war unergiebig, es sei denn, man war entschlossen, die Geschirrspülermarke zu wechseln.

Doch jetzt betrat Nergez den Raum. Nergez war eine scharfnasige, quecksilbrige Türkin mit der unglaublichen Fähigkeit, inmitten eines Telefongesprächs von exzellentem Deutsch in wahrscheinlich ebenso exzellentes Türkisch zu wechseln, ohne Haltung oder Stimmfarbe zu ändern. Es klang, als würde sie plötzlich zurückgespult. Sie war klug. Sie war sogar emanzipiert, solange ihre Familie nichts davon wusste. Sie war ein Springquell, ein Labsal.

«Nergez!»

«Schätzchen! Ich bin zu spät, ich weiß. Was kochst du uns heute?»

«Die Faustballerinnen von Bolzow. Sind Vizemeister geworden.»

«Klingt ja irre spannend. Eine Minute fünfzehn fürs Ersatzregal?»

«Täusch dich nicht. Verschwitzte Mädels in Zeitlupe. Das wird ein Aufmacher.»

«Verschwitzte Mannweiber in Zeitlupe. Damenbärte in Großaufnahme. Es ist Faustball. Was ist los mit dir? Stellst du dir das unter Sex vor?»

«Ich bin ein Mann, Nergez.»

«War mir doch so.»

«Ich bin völlig außerstande, bei Begegnungen mit irgendwelchen Frauen darüber hinwegzusehen, dass sie auch als Sexualpartnerinnen in Betracht kommen.»

«Das ist nicht bei allen Männern so», fistelte Kruschik finster in seinen Computerbildschirm, aber Nergez wollte offenbar ihr Interesse nicht auf einen Mann verschwenden, der stolz auf seinen Mangel an Libido war. Sie setzte sich auf den Tisch und drehte sich übertrieben aufmerksam zu mir ein.

«Erzähl doch mal...»

«Nicht, dass ich das selbst will. Es passiert einfach mit mir.»

«Aber Faustballerinnen. Ich bitte dich. Wie weit muss man denn vom Weg abkommen, um sich was mit Faustballerinnen vorzustellen?» Nergez legte ihre Jacke über die Lehne und ordnete ihr Haar. «Haste schon mal überlegt, eine Therapie zu machen?»

«Nein, ich leide ja nicht darunter. Sich ständig vorzustellen, wie man mit irgendeiner fremden Frau Sex macht, ist nicht das Schlimmste. Aber es lenkt mich ab. Ich finde es lästig. Und außerdem finde ich es ... abstoßend.»

«Abstoßend? Du stellst dir vor, wie du mit einer Frau Sex machst, und denkst dauernd dabei: ‹Pfui pfui pfui, wie kann ich nur?›»

«So ungefähr. Aber nicht in diesem Gouvernantenton. Ich finde es einfach unpassend. Ich liebe meine Frau. Ich verstehe nicht, warum sich irgendetwas in mir damit nicht zufriedengeben kann.»

Nergez ließ ihren Kugelschreiber zwischen den Fingern wippen. «Und denkst du jetzt gerade daran, wie du mit mir Sex hast?»

Kruschik stöhnte leise.

«Nein, nicht mehr. Die Phase ist vorbei.»

«Wann hast du denn daran gedacht, mit mir Sex zu haben?»

«Am Anfang. Als wir uns noch nicht so gut kannten.»

«Seit du mich besser kennst, kannst du dir Sex mit mir nicht mehr vorstellen?»

«Das hab ich nicht gesagt. Aber es ist wie in einer echten Beziehung. Wenn man sich länger kennt, ist der Reiz raus. Oder nicht mehr so ... unwillkürlich.»

«Du sagst mir jetzt genau, was du dir vorgestellt hast! Und zwar unwillkürlich!»

Kruschik murrte lauter. «Könnt ihr mal bitte mit dem Scheiß aufhören. Ich geh echt zum Chef und beschwer mich. Bei so was kann kein Mensch arbeiten.»

Nergez schnitt ihm eine Grimasse.

«Es war nicht so doll», wehrte ich ab, «ganz normaler Sex halt. Das übliche Hin und Her. Vielleicht etwas wilder. Aber sonst nichts Besonderes.» – ‹Und es hatte mit Mangosaft zu tun›, dachte ich. ‹Aber im Großen und Ganzen war es normaler Sex.›

«Nichts Besonderes? Vielleicht gut, dass ich davon nichts wusste.»

Kruschik legte sein Arbeitszeug wichtig beiseite. «Ich hab es euch gesagt. Ich will diesen Mist nicht wissen. Ihr hört jetzt auf, oder ich gehe und lass einen Aktenvermerk machen.»

Nergez verdrehte die Augen und stand auf. «Kommst du mit essen?» Wir gingen über den Flur, und Nergez grinste: «Schäm dich. So habe ich dich nicht eingeschätzt. Ganz normaler Sex, eh.» Ich schlurfte neben ihr her und war ein wenig beleidigt. «Was halt so bei mir normal ist.» Nergez blieb kurz stehen. «Du weißt aber schon, dass ich vier Brüder habe.»

«Weiß ich», sagte ich. «Aber wissen deine Brüder, dass du dir die Achseln rasierst?»

«Das reicht noch nicht für einen Ehrenmord, Schätzchen. Aber kann es sein, dass du kulturelle Vorurteile hast?»

«Ich verehre dich, Nergez.»

«Da tust du gut dran.»

Die Kantine dampfte. Es gab Blutwurst mit Sauerkraut,

Grießbrei mit Kirschgrütze und Gemüseburger mit Kartoffelbrei. Umsonst. Es hätte auch alles zusammen geben können. Nergez nahm sich einen Joghurt und einen Apfel aus der Kühltheke. Figursorgen. Nergez hatte kleine Brüste und ein Becken, das sich anschickte, auf sehr orientalische Weise ausladend zu werden. Ihr Körper steckte noch in Anatolien. Und sie hasste es. Sie löffelte ein bisschen Joghurt. «Du stellst dir vor, dass du mich von hinten nimmst.»

«Nergez, das ist die totale Mackersprache. Du musst das Milieu wechseln. Geh mal in die Oper. Außerdem bist du einen halben Kopf größer. Glaubst du, dass mich die Vorstellung, wie ich mir einen kleinen Hocker hinstelle, irgendwie erregt?»

«Sag es mir doch. Bitte! Du musst es mir sagen. Wir sind beide in der Gewerkschaft.»

«Na gut. Wir liegen so rum. Knutschen und so. Liebe machen. Das ist alles.»

«Nicht knebeln und fesseln?»

«Nein. Dafür bist du nicht der Typ.»

«Ha, das ist ja interessant. Deine sexuellen Phantasien wechseln mit dem Objekt deiner Begierde. Für jede Maid ein eigenes Kleid. Kannst du dir mich nicht hilflos vorstellen?»

Nergez schob sich den Apfel fast komplett in den Mund und machte ein so schockierend echtes hilfloses Geräusch, dass von den Nebentischen verwirrt herübergeschaut wurde. Eine türkische Exhibitionistin.

«Nein, aber das ist doch völlig klar. Du kommst aus einer restriktiven Kultur. Du bist schon gefesselt. Nackicht und entspannt miteinander rumhängen ist doch der viel schärfere Kontrast.»

«Das ist sooo klug, Schätzchen. Du bist ein verdammter Nazi. Kommst du zu meiner Party?»

«Mal sehen.»

Natürlich würde ich nicht zur Party gehen. Es war schön, mit Nergez über Sex zu reden. Es war die perfekte Art, miteinander Sex zu haben. Es war so ... rückstandsfrei. Unnötig zu sagen, dass man um ein Vielfaches länger über Sex reden kann als ihn praktizieren. In mancherlei Hinsicht ist ja die Zunge potenter als der Schwanz. Und was Nergez betraf, sollte es auch besser dabei bleiben.

Denn wenn es jemals dazu kommen sollte, dass ich der Letzte auf ihrer Party wäre, und es war dies so sicher wie nichts sonst, dann würde in einem fahlen, sofalümmelnden Morgengrauen ihr überdrehtes Lachen mit einem Mal zu Boden fallen. Dann würden wir es tun, und es wäre vorbei. Ich würde nie wieder hören, wie Nergez, die Arme weit ausgebreitet, durch das Büro ruft: «Du kannst dir gar nicht vorstellen, wie ich schwitze beim Sex! Ich schwitze wie verrückt. Ich schwitze sofort. Es ist noch gar nichts passiert, da schwitze ich schon. Oh, ich schäme mich so dafür.» Ich würde es wissen, aber ich würde es nie wieder hören.

3

Chefs Büro lag auf der Mitte des Flurs. Raumstrategisch beziehungsweise wehrgeografisch ein Punkt der Beherrschung. Alle mussten dran vorbei. Chef kontrollierte Kommunikation und Verbindungswege. Hatte Einsicht ins Kommen und Gehen. Wenn es ihm beliebte, konnte er jeden abfangen. So wie mich jetzt. Er lauerte mir auf in einer Pose äußerst gekünstelter Beiläufigkeit. «Ach, da ich dich gerade sehe. Komm doch mal kurz rein. Hast du gegen zehn nach eins Zeit?»

«Wassen?»

«Wir müssen mal was bereden.»

«Isses was Wichtiges?»

«Wirste dann schon sehen.»

Ich kannte Chef. Das konnte nichts Gutes sein. Wenn er sich unerheblich gab, dann nur um Delinquenten stunden- oder tagelang im Schrecken nicht konkretisierter Vorwürfe schmoren zu lassen. Ohne Informationen. Außerstande, Rechtfertigungen vorzubereiten. Das war eine stalinistische Zermürbungstaktik. Stalin war als mein Redaktionsleiter wiedergeboren worden. Vom Standpunkt des Karmas war das nicht unbedingt vorhersehbar. Oder ging es Würmern und anderen Karma-Mieslingen dann doch noch vergleichsweise prächtig? Lebte Chef als Stalins Wiedergänger auf diesem unscheinbaren Posten im Nachmittagsprogramm eines Lokalfunks im innersten Zirkel der Hölle? Wenn man gewisse Ambitionen hat ... schon möglich.

Zehn nach eins sah ich schon von weitem Kruschik vor Chefs Zimmer. Er stand mit Siegrun Wedemeyer zusammen. Sie standen da, wechselten knappe Sätze und schwiegen wieder länger, musterten das Teppichmuster und seufzten nickend. Der ewig scheiternde Smalltalk der Gehemmten. Siegrun Wedemeyer trug eine pflegeleichte Schüttelfrisur, deren Pflegeleichtigkeit auf eine vollkommen erwartungsfreie Form der Selbstbewirtschaftung schließen ließ. Sie hielt ihren Leib mit einem naturmodischen Wollponcho bedeckt, als handle es sich um Schüttgut. Eine Frau irgendwie immer schon überschrittenen Alters und unbestimmbarer Herkunft, die ebenso FDJ-Schulungsheimen wie katholischen Mädchenpensionaten entwichen sein konnte. Ein Affront gegen die allseits beglaubigte Tatsache der deutschen Teilung. Eigentlich aber Redakteuse. Eine Großraumbuchtenexistenz mit eigener Teetasse. Weiß der Teufel, was sie hier zu suchen hatte. Jemand blies mir in den Nacken. «Schätzchen, jetzt binden sie dir die Eier hoch!» Nergez. Ich drehte mich um. «Weißt du, was die wollen?»

«Jetzt spiel hier nicht den Ahnungslosen. Du hast mir die Unschuld geraubt. Und zwar vor allen Leuten.»

«Nee, nich?»

«Doch, doch. Erinnerst du dich nicht mehr, was du alles mit mir angestellt hast?» Sie hob ihren Zeigefinger und tippte mir zwischen die Augen. «Hier. In deinem Oberstübchen.» Sie fasste mich bei den Ohren und rief: «Ich weiß, dass ich da drin bin! Was tust du gerade mit mir?»

Ich wehrte sie ab. «Hör auf mit dem Quatsch. Mir ist jetzt nicht nach Witzen.»

Kruschik beugte sich zu Siegrun Wedemeyer und wies auf uns. Nergez roch säuerlich nach dem ewigen Zuwenigessen. «Nur, dass du es weißt: Bettina hat gehört, wie Kruschik sich bei Chef beschwert hat. Und die Wedemeyer ist irgendeine Ombudsfrau. So sind die Tatsachen, Schätzchen. Jetzt will ich dich winseln und um Gnade flehen hören.» Nergez kniff die Augen zusammen. Plötzlich war ich mir nicht mehr so sicher, ob ich Nergez richtig eingeschätzt hatte. Chef erschien und bat die Wedemeyern und Kruschik förmlich ins Büro, uns winkte er mit knapper Geste hinterdrein. Zumindest schien Nergez nicht offiziell zur dunklen Seite zu gehören.

Chef wies uns an den Tisch und holte sich selbst einen Stuhl, um der Angelegenheit nicht hinter seiner Cheftheke vom Chefsessel aus vorsitzen zu müssen. Ganz Teambildner, Gefühle-Zulasser und ehrlicher Makler. «Ihr kennt mich», behauptete Chef, «ich bin für manchen Spaß zu haben. Aber Spaß muss Spaß bleiben. Kurz gesagt, wenn der Spaß anfängt, die Arbeit der Kollegen zu beeinträchtigen, dann, und ich sage das hier ganz frei heraus, dann hört der Spaß für mich auf.» Dann lehnte er sich zurück. Kunstpause nach Dr. Leaderships Rhetorikseminar.

«Danke. Gut, dass das mal gesagt wurde!», sagte ich. «Kann ich jetzt gehen? Ich hab eine Menge zu tun.»

Siegrun Wedemeyer verzog unwillig ihren Mund. «Herr Krenke! Sie scheinen das alles nicht sonderlich ernst zu nehmen. Aber ich als Gleichstellungsbeauftragte des Senders bin nicht hierhergebeten worden, um mir Flapsigkeiten aus Ihrem Mund anzuhören. Mir liegen Beschwerden vor, dass Sie Ihre Mitmenschen in diesem Haus in nicht mehr hinzunehmender Weise verbal sexuell belästigen.»

Ich sah Nergez an, und sie nickte mit kindlicher Ernsthaftigkeit. Ich sah Kruschik an, aber Kruschik sah durch mich hindurch. «Da bin ich ja mal gespannt. Ich kann mich nämlich an nichts dergleichen erinnern.»

Siegrun Wedemeyer wiegte ihre Schüttelfrisur und buchte innerlich irgendwas auf ein Pluskonto. «Ich denke, hier sitzen zwei Menschen, die Ihrem Erinnerungsvermögen gleich auf die Sprünge helfen werden.»

Mich wundert manchmal, welche zähnefletschende Metaphorik in manchen Frauen so am Abzug sitzt.

«Frau Bülcyn, erzählen Sie uns doch mal, was Ihnen Herr Krenke vor drei Tagen über seine Phantasien mitgeteilt hat.»

Nergez zupfte an ihrer Strickjacke, blinkerte ein bisschen vor Aufregung und sagte dann sehr beflissen: «Er hat mir gesagt, dass er sich vorstellt, wie er mit mir intimen Umgang hat...»

Siegrun Wedemeyer drehte ihren Kopf jetzt eulenartig zu mir: «Das Auslösen von Vorstellungen intimen Inhalts bei Menschen, die nicht darum gebeten haben, ist eine der Definitionen von sexueller Belästigung nach Lahmers und Grechout. Ich muss Ihnen nicht extra erklären, welche Zumutung das für eine junge Frau aus einer Kultur mit viel höheren Schamstandards als den mitteleuropäischen bedeutet.»

Mir wurde doch etwas bang ums Herz. Nicht, dass Nergez unser stillschweigendes Einverständnis stillschweigend aufgelöst hatte. Nicht, dass aus dieser Farce tatsächlich ein förmliches Verfahren wurde. Chef rutschte unruhig auf seinem Stuhl hin und her und versuchte dringend, Kruschik das Wort zu erteilen. «Mich würde ja in dem Zusammenhang mal Norberts Version...»

Doch Siegrun Wedemeyer genoss ihren Weise-Frauen-Geständniszauber viel zu sehr, um jetzt abzugeben. «Frau Bülcyn, wie haben Sie sich da gefühlt?»

Nergez hob den Kopf und sah mich unverwandt an. «Ich habe ihn sofort zur Rede gestellt und ihn aufgefordert...»

«Aber er hat nicht darauf reagiert?»

«Nicht wirklich.»

«Norbert», hakte Chef ein, der wohl ahnte, dass Nergez' altosmanische Schamstandards bei weitem nicht so hoch waren, wie Siegrun Wedemeyer annahm. Aber Kruschik kam nicht zu Wort.

«Ich habe ihm gesagt, er soll mir sofort sagen, was genau er sich vorstellt.»

«Na, kommt Ihre Erinnerung wieder, Herr Krenke?», frohlockte die Wedemeyern. Es war ihr vorerst letzter Triumph, denn Nergez erfuchtelte sich weiter Aufmerksamkeit.

«Ich habe ihm in aller Deutlichkeit gesagt, dass ich wissen will, was genau er sich da vorstellt! Von vorn, von hinten oder verkehrt herum, allein oder mit ein paar Freunden und/oder schwerem Gerät. Kuschelsex oder die heftige Tour. Aber da war er plötzlich ganz kleinlaut, der saubere Herr Kollege.»

«Das hat Sie empört?», fragte Siegrun Wedemeyer noch etwas entgeistert hinterdrein, aber ihr zuckendes Gesicht verriet, dass sie bereits verstanden hatte. Nergez schob ihr Dekolleté mit der Strickjacke zusammen und rümpfte kurz die scharfe Nase. Ich liebte sie. Mangosaft wollte ich von ihrem Rücken lecken. Falls es ihre Brüder erlaubten. «Am meisten hat mich empört, dass er gesagt hat, er konnte sich nur am Anfang vorstellen, es mit mir zu machen. Jetzt nicht mehr. Möchten Sie eine Frau sein, bei der ein Mann sich nichts mehr vorstellen kann?», rührte Nergez an den wundesten Punkt, an den im Umkreis von zehn Meilen zu rühren war, und schloss schnippisch: «Ich sage mal: Abmahnung ist ja wohl das Mindeste.»

«Norbert», sagte Chef, und es klang wie amen, «Kollege Norbert Kruschik hat wohl noch eine Sichtweise zu bieten, die über diese zweifelhafte Vorstellung hinausgeht. Ich versuche erst gar nicht, herauszufinden, was dich, Nergez, die ich viele Jahre schon als couragierte und engagierte (damit war sein Französisch fürs Erste alle) Autorin kenne, bewogen hat, hier so aufzutreten. Und für dich, lieber Max, hoffe ich, dass sich deine Frau Dorit, die ich ja auch gut kenne, nicht wirklich Sorgen machen muss.»

Die Stalin-Wiedergänger-These begann überraschend schnell auszuhärten. Väterchen Chef kennt sie alle noch von früher. Herrjemine. Was ist nur aus ihnen geworden. Alles Abweichler. Kopfschüttelnd unterschreibt er die Hinrichtungslisten.

«Ich weiß schon, dass die beiden hier alles tun, um das ins Lächerliche zu zerren», beschwerte Kruschik sich jetzt sehr gefasst, «aber ihr seid im Büro nicht allein. Ich muss euch zuhören. Und ich finde es, verzeiht mir die Offenheit, abstoßend. Ja, abstoßend. Ich möchte hier meine Arbeit tun, und ich komme nicht Tag für Tag hierher, um mir euren Unterhosenkram anzuhören.»

Die paar Sätze hatten gereicht, um Siegrun Wedemeyer wieder auf Zack zu bringen. Sie warf Nergez einen Blick frauensolidarischer Enttäuschung zu und konzentrierte sich dann auf den Notizblock vor sich. «Ich danke Herrn Kruschik. Es geht hier nicht um eine Sache zwischen zweien. Es geht auch und vor allem um sexuelle Belästigung Dritter. Wer dies in der Öffentlichkeit eines Büros tut, tut dies allen an.»

Ich lehnte mich weit zurück und verschränkte meine Arme hinter dem Kopf. «Kneifen Sie mich mal. Ist das jetzt die neue Masche nach Rauchverbot und Secondhand-Smoke: sexuelle Belästigung Dritter? Wo soll denn das hinführen? Kommste mit ins Schweinereienabteil, mal fünf Minuten über Sex quatschen?»

Siegrun Wedemeyer kritzelte etwas Unleserliches auf ihren Block und deutete dann mit dem Kugelschreiber auf mich. «Was Sie da gerade machen, ist eine Axilla-Präsentation. Sie zeigen uns Ihre Achseln. Sie machen sich optisch größer und breiter. Sie wollen, dass wir Ihre Pheromone, Ihre männlichen Sexuallockstoffe, schnuppern. Könnten Sie das bitte lassen?»

Ich klappte sofort zusammen.

«Kennen Sie den Begriff Spiegelneuronen, Herr Krenke?»

Ja, Herr Krenke kennt den Begriff. Ich dachte immer, dass gemeinsames Wissen einander sympathisch machen müsste. Aber hier war es mal anders. Man sollte Berechtigungsscheine für bestimmte Erkenntnisse ausgeben. So wäre zu verhindern, dass Unberufene aus den Preziosen der avancierten Wissenschaften ständig Unheil schmieden. Jetzt müssen die armen Spiegelneuronen zur Begründung für Tante Wedemeyers talibanesken Sittenkodex herhalten.

«Jeder Mensch hat Spiegelneuronen im Gehirn», dozierte Siegrun Wedemeyer, in die Runde blickend, fort, «Neuronen, die uns Handlungen anderer, dazu zählen auch Worte oder Gesten, nachvollziehen lassen. Sie sind der Grund dafür, dass wir uns ineinander einfühlen können. Und das sind nicht immer nur schöne Gefühle.»

Chef nickte ein bräsiges ‹Na, da schau her. Die Wissenschaft!›, und Siegrun Wedemeyer räusperte sich zufrieden. Das Seminar der gewerkschaftlichen Erwachsenenfortbildungsstätte zum Thema «Traumatisierungen durch ungerichtete symbolische Gewalt im Arbeitsumfeld. Anzeichen, Formen, Auswirkungen» hatte sich gelohnt.

«Vielleicht fehlen mir ja ein paar Neuronen», grimmte ich, «ich kann das nämlich absolut nicht nachvollziehen!»

«Wenn Sie Ihre schlüpfrigen Vorstellungen im Büro äußern, dann mag das vielleicht auf Frau Bülcyn gemünzt sein, die das vielleicht auch noch aus falsch verstandener Kollegialität hinnimmt, aber im selben Moment zwingen Sie auch Herrn Kruschik, sich in Ihre unerfreuliche Gedankenwelt zu begeben. Herr Kruschik möchte aber vielleicht mit seinen Gedanken bei der Arbeit sein und nicht bei Ihren verschwitzten Phantasien.»

«Jetzt bin ich, ehrlich gesagt, ein bisschen schockiert», sagte ich, «denn bisher bin ich immer davon ausgegangen, dass Nobbi (ich hatte ihn noch nie «Nobbi» genannt, nicht mal «Norbert», ich hatte einfach immer vermieden, ihn anzusprechen) gar nicht weiß, wovon wir sprechen. Ist es nicht so, dass Vorstellungen an bestimmte Erfahrungen geknüpft sein müssen?»

«Das ist ja wohl die Höhe!», fauchte Kruschik böse. «Es geht dich einen Dreck an, ob ich ...»

Seine Aknenarben färbten sich dunkelrot ein. Ich überlegte, ob es meinem Leben Glanz verleihen könnte, mir Kruschik zum Feind zu machen. Immerhin lebten Leute wie er davon, dass man sie für nicht satisfaktionsfähig hielt. So konnten sie sich vermehren. «Wenn ich ‹Eene meene mopel, wer frisst Popel?› gesagt hätte, dann hätten deine Spiegelneuronen gewusst, wovon ich rede, aber so doch nicht.» Es klang ein bisschen nach Schulhof. Aber Nergez sah mich an, eine Spur Dawunderichmichaber in ihrem Blick und eine neue Art Aufmerksamkeit, etwas Scharfes, Scharfstellendes, als entdecke sie plötzlich etwas an mir, das sie nicht kannte und das ihr gefiel. Mangosaft. Himmel! Ich musste unbedingt verhindern, dass je Mangosaft, Mangomischsaft oder ein mangosaftersatzhaltiger Tropicanadrink zwischen uns geriet.

«Schlagt mich tot», schlug Chef vor, «aber so wie ich das sehe, ist es einfach nicht kollegial. Überlegt doch mal: Kollegial wäre es, wenn ihr Norbert in euer Gespräch mit einbeziehen würdet. Ihr redet über sexuelle Phantasien. Okay. Bezieht Norbert einfach mit ein. Fragt ihn. Auch wenn er vielleicht nicht so viele persönliche ...»

«Ich habe Erfahrungen!», rief Kruschik jetzt mit hoher Stimme dazwischen.

«Man muss gar nicht alle Erfahrungen selbst gemacht haben, Norbert», beschwichtigte ihn Chef mit einer Hand, aber Kruschik wollte den Jungfernkranz nicht. Er atmete schwer.

«Herr Kruschik hat Erfahrungen», sagte Siegrun Wedemeyer sehr fest, als werde sie gleich bekanntgeben, einmal selbst Teil derselben gewesen zu sein, «aber er verzichtet darauf, andere Menschen damit zu belästigen. Und Sie sollten es ebenso halten, weil ich sonst davon ausgehen muss, dass Sie Schwierigkeiten mit der sachbezogenen Arbeitsatmosphäre hier im Sender haben und möglicherweise woanders besser aufgehoben sind. Haben wir uns so weit verstanden?»

Ich wollte erst gleich «okay» sagen, aber dann sah ich doch länger aus dem Fenster und kippelte ein bisschen mit dem Stuhl, um mir den Anschein zu geben, ich müsste innere Kämpfe bestehen. «Okay. Verstanden. Ich werde in Gegenwart von Nobbi (das führ ich jetzt ein, das setz ich jetzt durch) keine erregenden Reden mehr halten. Ich kann dies nur für die Zukunft sagen, denn ich weiß, ich kann das Geschehene nicht aus der Welt schaffen. Ich bin mir dessen bewusst, dass mein Reden über diese Sachen Nobbis Hirn für wahrscheinlich sehr lange Zeit kontaminiert hat. Ich habe

Dinge gesagt, die sich schwer vergessen lassen. Schlimme Sex-Dinge. Mir ist klar, dass Nobbi immer, wenn Nergez und ich zusammen im Büro weilen, von Vorstellungen heimgesucht werden wird, wie unsere schweißtriefenden Leiber in unaussprechlichen Po...»

Chef erhob sich. Die Wedemeyer setzte die Hände auf den Tisch und schob sich in ihrem Wollponcho in den Stand. Sie presste die Lippen aufeinander und schüttelte sachte den Kopf, als glaube sie nicht, dass das mit mir ein gutes Ende nehmen würde. Chef beruhigte sie. «Na klar, er muss jetzt noch seine Witzchen machen, aber in Wirklichkeit, was Max, hat er verstanden ...?»

Wir verabschiedeten uns voneinander so höflich, wie es die ausgebremsten Aggressionen zuließen. Nergez zog einen mitleidigen Flunsch, den ich mit einem wurschtigen Schulterzucken beantwortete. Dann gingen wir unserer Wege.

4

Man soll den Kellner nicht fragen. «Da kann ich Ihnen einen Merlot von 2003 mit ausgesprochener Note von Cassis und Chocolat empfehlen, selbstverständlich in Barrique ausgebaut.» Lesen kann ich auch, du Früchtchen. Ich hielt die riesige Weinkarte, als wolle ich einen Paravent vorm Umkippen bewahren. Der Schlacks mit der Serviette über dem Arm stand servil eingeknickt am Tisch. Lackschwarzes, gegeltes Haar. Und die Schmierenkomödie bezahlt man auch noch mit. Ich glaube nicht an dieses Sommelier-Getue.

Die hauen einem doch alle die Taschen voll. Wahrscheinlich trinkt er gar keinen Alkohol. Womöglich sogar Moslem. «Wunderbar, den bringen Sie uns mal!»

Seit ein paar Jahren gingen Dorit und ich jeden zweiten Donnerstag im Monat fein essen, um in unsere Beziehung zu investieren. Wir hatten es zunächst mit einem Tangokurs versucht, aber es ging nicht recht voran. Die hagere Tango-Lehrerin kam immer wieder an uns vorbeigerauscht und klagte, ich solle die Dame «führen!», nicht «abführen!». So was macht man nicht lange mit. Ich hätte danach gerne einen Tauchkurs gemacht, weil ich von der Idee besessen war, ich würde in einem Neoprenanzug und unter Wasser eine gute Figur abgeben. Überdies müssten wir uns beim Tauchen mit wenigen, fest verabredeten Handzeichen verständigen, was Missverständnisse praktisch ausschloss. Aber Dorit litt unter Klaustrophobie. Also gingen wir ins *Savoir Vivre*, den angesagtesten Franzosen in dieser Stadt.

Dorit saß mir in einem vorteilhaften Pullover gegenüber und kniff die Augen zusammen. Sie hatte ein bisschen zu viel gearbeitet. Und der Pullover galt nicht mir. Den ganzen Tag hatte sie ein paar Herren von irgendeiner Immobilienhökerei bespaßt, und das hier war ihr Arbeitslook. Sexy und streng. Offenherzig und abweisend. Ihr Kommunikationsstil: Ich kann nur ehrlich, Leute. Zum Lügen müsst ihr jemand anders buchen. Alles klar? «Ich hab denen gesagt, dass ihre Zielgruppe nicht mehr lebt. Dass ihre Image-Kampagne nur bei Leuten Eindruck macht, die länger in Dunkelhaft waren, und dass sie sich für den Preis maximal selber ein Youtube-Video machen können.» Hatte sie natürlich nicht gesagt. Sie hatte gesagt, das Ganze sei nicht zielgruppenkonform, die Kampagne hätte noch Potential und ihre Kostenvorstellungen seien eine «Challenge» für das Team, aber das war das übliche Gewäsch, und warum sollte man das an anderer Stelle auch noch wiederholen. Außerdem wusste ich, was sie meinte. Ihre Worte wirkten an großen Tischen tatsächlich scharf und knapp, ihre Gestik hingegen war nahezu anzüglich. Sie strich sich unentwegt Locken aus der Stirn, warf das Haar in einer großartigen Bewegung nach hinten, entblößte ihren Hals und senkte den Kopf, um die Herren dann aus sanften braunen Augen reglos anzuschauen. Das alles war sehr irritierend, und ältere Herren, die sich von solchen «Mädels», und zwar «grundsätzlich, nichts vormachen» ließen, entschlossen sich gegen Ende des ersten Meetings mit pawlowscher Sicherheit, einen diesbezüglichen «Versuch» zu wagen. Dorit erinnerte sie an einen Frauentypus, den sie das letzte Mal in UFA-Filmen gesehen hatten. Eine Frau von Sex-Appeal und stählerner Tugend.

Ich war ihr Mann, und alle sieben Tage stieß sie mich an im Bett. «Na, los. Komm schon.» Keine Frage, dass das zu wenig war, aber das war ihr Rhythmus, mehr brauchte sie nicht, und ich mochte es auch gar nicht, wenn sie mich außerhalb dieser Fristen gewähren ließ. Das sah dann aus wie ein Wiederbelebungsversuch, an dessen Ende mein einsamer Höhepunkt irgendwie vor sich hin resignierte. Außerdem fand ich es unhöflich, absichtlich ohne meine Frau zu kommen. Ja, so hatten mich meine Eltern erzogen. Vielleicht nicht direkt, aber so in der Richtung. Alle sieben Tage. Dorit kam fast immer sofort. Sie war die einzige Frau in meinem Leben, die bewusst und berechnend so lange auf Sex verzichtete, bis der Orgasmus schon spasmische Wellen gegen ihren Beckenboden schlug. Ich musste meinen ganzen männlichen Narzissmus aufwenden, um mich dennoch für die Ursache dieses Vorgangs zu halten.

«Du hast Mascha heute erst halb fünf abgeholt», lehnte sich Dorit zurück.

«Sie wird schon keine seelischen Schäden zurückbehalten.» Ich zerpflückte ein Weißbrotscheibchen.

«Du weißt, dass der Spätdienst in der Kita asozial ist!» Dorit hegte hinsichtlich der Betreuung ihrer Tochter Exzellenzvorstellungen, an denen gemessen sich der Beschäftigungsplan eines kommunalen Kindergartens wie behördlich geduldete Verwahrlosung ausnahm. Dass ich ihre Tochter heute aber auch noch in die Mundarthölle der schnauzbärtigen Kastenweiber von der Spätschicht, feisten Kinderscheuchen eines irgendwie dritten Geschlechts, hatte einfahren lassen, war unentschuldbar, und sie wollte es «auswerten».

«Ich war auch immer der Letzte im Kindergarten.»

«Schlimm für dich, aber noch lange keine Grund, Mascha verkümmern zu lassen. Irgendwann ist die eigene Kindheit keine Ausrede mehr.»

Ich entschied mich für ein zweites Weißbrotscheibchen.

«Ich würde mir wünschen, dass du als Vater mehr Verantwortung übernimmst», lehnte sich Dorit nach vorn, «spiel mal mit Mascha, geh mit ihr auf der Wiese toben, bring ihr das Fahrradfahren bei. Du sprichst doch die ganze Zeit davon, dass du mehr für deine Fitness tun willst. Da kannst du gleich zwei Menschen glücklich machen. Deine Tochter und dich.»

Ich hatte den Weißbrotkorb leer gefressen und begann das Besteck mit der Serviette zu polieren. Dorit hatte geendigt und sah mich befriedigt mit leicht hochgezogenen Augenbrauen an. Sie hatte recht. Sie hatte so sehr recht, dass ich erwartete, andere Gäste würden sich leise beim Kellner nach ihrem Namen erkundigen und ihr dann kleine weiße Karten mit einem einfachen «Danke!» zustecken lassen. Aber ich hatte keine Lust, mit meiner Tochter zu spielen, nur um meiner Frau zu zeigen, dass ich mit meiner Tochter spiele, wie sie es mir gesagt hatte. Das war so unsouverän. «Wenn es sich ergibt, ergibt es sich», erwiderte ich mau.

«So denkst du! Genau so denkst du nämlich, mein Lieber!», zeigte Dorit mit ihrem perfekt manikürten Finger auf mich.

«Aha», stellte ich fest, «du kannst also meine Gedanken lesen!»

Ich war auf die therapeutische Ebene gewechselt. Und zwar als Erster. Nicht schlecht. Anstatt auf ihre Anschuldigung einzugehen, sah ich mir die Anschuldigung von oben an, und siehe, sie war formal nicht in Ordnung. Der Angeklagte entpuppte sich als der Richter. König Löwenherz war zurück. Aber ich ahnte bereits, dass es ein kurzer Triumph sein würde. Dorit war definitiv nicht die Frau, die sich von therapeutischen Reflexionskünsten verunsichern ließ.

«Ich würde liebend gerne ...»

Wir schwiegen, abrupt freundlich lächelnd, weil der Kellner mit dem Wein kam. Ich erhob das Glas mit dem Probeschlückchen, prostete Dorit förmlich und zackig zu und zutschte und gurgelte und fletschte die Zähne, blubberte und schäumte, schob den Wein etliche Male zwischen Pausbacken hin und her, bis nur noch bitterer Schaum in meinem Mund war, rollte bedeutend mit den Augen und gab dann dem Kellner nur knapp befriedigt das Zeichen, den

Wein einzuschenken. Dorit gähnte theatralisch und nahm den Faden wieder auf. «Ich würde darauf verzichten, deine Gedanken lesen zu wollen, wenn du mal dein väterliches Versagen in Ich-Botschaften kommunizieren würdest.»

«Ich würde gerne in Ich-Botschaften kommunizieren, wenn du mir nicht immer das Gefühl geben würdest...»

«Immer und nie sind Verallgemeinerungen.»

«Wenn du mir nicht das Gefühl geben...»

«Ich gebe dir keine Gefühle. Ich bin nicht die Gefühlsausgabestelle!»

«Du hörst mir überhaupt nicht zu...»

«Du sagst ja nichts. Du redest nur.»

«Das ist doch die Höhe. Ich versuche, dir den Kontext meiner Auffassung zu erläutern, weshalb ich das Spielen mit meiner Tochter in einen Rahmen situativer Spontanität einbetten möchte, und du...»

«Blablabla. Worte, Worte, nichts als Worte!»

«Dann sag ich eben nix mehr.»

«So bist du. Erst schwatzen, dann schmollen. Das ist so unreif.»

Ich wollte immer eine lebenstüchtige, kluge und schlagfertige Frau. Warum eigentlich? Als Kontrast? Als Sport? Damit es mir nicht zu gut geht? Eigentlich wäre es jetzt ratsam gewesen, die emotionale, die «authentische» Karte zu spielen. (Dorit, solche Herabminderungen verletzen mich. Ist es wirklich das, was wir unter Liebe verstehen wollen...), aber ich hatte irgendwie keine Kraft mehr, sanft zu sein, und eine Abkürzung drängte sich mir auf wie schon seit Ewigkeiten nicht mehr. Ach, fick dich doch selbst! Du kannst mich mal mit deinem arschlosen Pluspunkt-Gequatsche! So wäre Dorit durchaus männlich Bescheid zu geben. Es würde vielleicht einige der Anwesenden irritieren, dass bei uns zwischen freundlichem Prosit und Unterschichtengebell weniger als eine Minute lag, aber wir waren seit fünfzehn Jahren ein Paar, und da fallen beim Streiten schnell mal ein paar Eskalationsstufen einfach weg. Das Essen wurde auf großen Tellern herangetragen, und wir nahmen die Servietten von der Tischdecke.

Heute Abend waren die sieben Tage um. Ich konnte unmöglich noch eine Woche warten. Was, wenn sie in einer Woche unpässlich war? Nochmal sieben Tage warten? Ich würde masturbieren müssen. Und zwar mit links. Ich hatte in der rechten Hand ein lästiges Karpaltunnelsyndrom von der Schreibtischarbeit, das die für diesen Dienst nötigen Handhabungen schmerzhaft, ja unmöglich machte. Es gab Verschiedenes, was ich mit links erledigte. Masturbation gehörte nicht dazu. Ich war links ein derartiger Grobmotoriker, dass es sich anfühlte, als würde diese Tätigkeit lustlos von einem alten Hausmeister verrichtet, den die Wohnungsverwaltung bereits mehrfach ersucht hatte, mir endlich diesen Gefallen zu tun.

Dorit straffte sich im Sitz, um dem Kellner Platz für das Hinstellen des Tellers zu lassen. Es gab nicht viele Frauen ihres Alters, die solche Pullover noch tragen konnten. Es war sicher falsch, einen solchen Körper zu beleidigen.

«Lass es dir schmecken!», sagte ich, und Dorit nickte.

«Du dir auch!»

Oft sieht man in Restaurants schweigende Paare sitzen. Jungverliebte nehmen sich dann immer quer über den Tisch bei den Händen und flüstern: «Siehst du die da drüben? Das Pärchen? Die haben sich nichts mehr zu sagen! Tsss, tsss, tss!» Dann sind sie gleich nochmal so doll ineinander verliebt und plappern den ganzen Abend über den Film, den sie gerade gesehen haben, und die Welt als solche und lachen ständig etwas ausdrucksvoller, als sie es sonst tun. Die Jungverliebten irren jedoch. Schweigende Paare schweigen nicht, weil sie sich nichts zu sagen haben. Sie haben sich einfach zu viel zu sagen und wissen nur nicht, wo sie anfangen sollen und ob der Anfang nicht schon wieder das Ende wäre. Sie schweigen nicht aus Langeweile. Sie schweigen, weil zu viele widerstreitende Gefühle sich prügeln um die enge Pforte der Worte. Sie schweigen, weil sie dem kakophonischen Lärm ihrer inneren Stimmen zuhören müssen, um die Stimme der Vernunft herauszufinden. So ist das nämlich.

Gut, zugegeben, mein Schweigen enthielt auch ein Element der Unterwerfung. Aber die Unterwerfung war streng zweckgebunden.

Den Lohn für mein Schweigen erhielt ich noch vor Mitternacht. Dorit hielt meine Hinterbacken fest und orchestrierte bejahend meine Bewegungen. Und endlich nahm sie den Übergang ins Unsteuerbare. Ihr Mund öffnete sich leicht, und sie machte ein kurzes Geräusch, als staune sie über etwas Unglaubliches. Dann wich das Geräusch des Unglaubens dem langgezogenen Ausdruck einer unfassbaren Empörung, einer massiven, urtümlichen Empörung, wie sie sonst nur noch in Fußballstadien nach nicht gepfiffenen Stürmerfouls erklingt, stieg in der Tonhöhe um etwa eine Quinte und blieb dort, solange ihre Luft reichte. Es war das untrügliche Hörbild ihres Orgasmus. Ich kam schnell hinterher. Es war fast synchron. Gesamtdauer etwa drei Minuten. Mein effektives Weib seufzte noch einmal fröhlich, dann schlief sie ein. Ich schaffte es nie, vor ihr einzuschlafen, wie es meine Pflicht als Mann gewesen wäre. Vielleicht war meine hormonelle Nachbereitung, mein postejakulativer Prolaktinausstoß, nicht in Ordnung. Ich entspannte einfach nicht gründlich genug. Ein Hypophysentumor? Dann ging das Licht in meinem Kopf aus.

5

«Först Zingst först!», eröffnete Chef in bestem Zugschaffnerenglisch. Die heutige Vormittagskonferenz der Redaktion war um eine halbe Stunde nach vorn verlegt worden. Wegen aktueller Entwicklungen, wie Chef sich in seiner Rundmail rätselhaft ausgedrückt hatte.

«Gestern Abend gab es ein Attentat auf den MP. (Chef mochte Kurzsprech. Den Ministerpräsidenten als MP zu bezeichnen, gab ihm das Gefühl von lässiger, ja lästiger, Vertrautheit mit den politischen Geschäften des Landes. Diese Mischung aus «Frontschwein» und «Alter Hase» wurde geradezu zwanghaft, wenn Praktikantinnen in der Nähe waren.) Das Attentat ist fehlgeschlagen, aber ein Personenschützer wurde getroffen. Die Täterin, jawohl, Tääätserinnnn», kaute Chef auf der für ihn offenbar ungemein frivolen Tatsache herum und warf ein Boulevardblatt auf den Tisch, «stammt aus dem linksextremen Spektrum. Der fragliche Personenschützer liegt im Krankenhaus, wurde operiert, aber es steht zur Stunde noch nicht fest, ob er jemals wieder richtig wird schnauben können.»

«Ich hab eben ‹schnauben› verstanden.» Bettina presste die Lippen aufeinander, während ein Glucksen in ihrem Hals herumsprang.

«Ich habe auch ‹schnauben› gesagt», fuhr Chef ungerührt fort, «dem Mann wurde ein etwa erbsengroßes Objekt aus der Nasennebenhöhle entfernt.»

«Was sind das nur für Menschen...», warf Petra erschüttert ein.

«... die ihre politischen Ziele mit Erbsen durchsetzen wollen», ergänzte ich ebenso «erschüttert» und langte nach der bunten Zeitung, die mitten auf dem Tisch lag. Ein unscharfes Foto, vielleicht der Handyschnappschuss eines «Leserreporters». Im Hintergrund an einem Rednerpult stand, kaum noch zu erkennen, der MP, steif, in einer Art Schockstarre, und vor ihm, vornübergebeugt, ein weiß und dunkelrot besudelter Mann. Im Vordergrund wurde eine junge Frau von zwei bulligen Männern an der Bühne vorbeigeschleppt.

«Es war keine Erbse, es war ein Kirschkern. Der MP wurde mit einer Schwarzwälder Kirschtorte beworfen. Der Bodyguard hat sich dazwischen gestellt und hat Teile der Torte vor Schreck durch die Nase eingeatmet.»

Nergez, die mir schräg gegenübersaß, bohrte sich die Fingernägel so fest in den Handrücken, dass man den Schmerz fast hören konnte. Neben mir riss einer ein Taschentuch heraus und presste leise singend sein Gesicht hinein. Bettina wandte sich ab und starrte nach draußen. Ihre Finger spielten auf der Tischplatte Klavier. Auf diese Weise emotional halbwegs festgezurrt, folgte das Kollegium Chefs weiterer Rede.

«Der Mann hat eine Frau und zwei Kinder. Das sollte uns nicht kaltlassen. Wir machen ein Stück über ihn im Krankenhaus. Normalerweise ein Fall für Holger, unseren Polizeireporter, aber weil der seine Doku über illegale Autorennen fertig machen muss, geb ich dir das, Max!»

«Na ja, eh, also wirklich. Ich meine, gut und schön», nörgelte ich, «aber ist doch alles nochmal gut ausgegangen. Der MP ist heil geblieben, die Personenschützer haben ihren Job gemacht. Der Kirschkern ist aus der Nase. Ist irgendwie alles nicht so doll, oder ...?»

Chef fixierte mich mit einem Blick, von dem er annahm, dass er ihn selbst nicht ertragen würde, wenn er sich damit im Spiegel ansähe. Zeit für ein Bekenntnis. «Wir sind ein kleiner Sender in einem kleinen Land. Wir können es uns nicht leisten, solche Dinge zu übergehen. Wir haben jetzt dieses Attentat. Wir können nicht sagen: Es ist ja fast nichts passiert. Bei uns kann es nicht heißen: Bett njus is gutt njus. Bei uns muss es heißen: Anyßink issss news.»

Ich warf einen Blick auf die Zeitung vor mir. Die Attentäterin auf dem Foto hatte ihr Haar adrett hochgesteckt, vermutlich um den Aufpassern durchs Raster zu rutschen. Jetzt, unter dem Griff der Bodyguards, löste sich Schwall um Schwall aus der Frisur, die Haare hingen ihr schon sehr viel linksradikaler ins Gesicht. So viele Haare. «Was ist mit der Frau, der Attentäterin? Kann man die nicht ...?»

«Einer Linksradikalen ein Podium bieten für ihre Hetzparolen?»

«Der mündige Zuschauer wird schon ...»

«Chaoten von links – oder rechts – erteilen wir hier eine Absage!», meinte Chef etwas auswendig. «Ende der Diskussion.»

Was treibt Menschen mit so schönen Haaren dazu, sich gegen das System aufzulehnen? Irgendwas in mir begann, sich für dieses Thema zu interessieren.

«Was ich meine, ist doch dies: Man sollte die Attentäterin mal konfrontieren. Mit dem, was sie angerichtet hat.

Man sollte sie fragen: War es das wert? Ein Mann, ein Vater, wurde verletzt. An der Nase nur, gottlob. Aber es hätte auch das Auge sein können...»

Chef betrachtete mich verunsichert. Sein Instinkt sagte ihm, dass meine Interessen andere waren als die der Redaktion. Sein Verstand hingegen sagte ihm, dass dieser kleine Sender in diesem kleinen Land es sich nicht leisten konnte, auf Interesse, und sei es auch nur geheuchelt, zu verzichten. Da Chef große Achtung vor seinem Verstand hatte, begann er nun, den Kopf zu wiegen. «Das ist natürlich was anderes. Wenn wir sie über die emotionale Schiene zu packen bekommen...», gab Chef den abgebrühten Nachrichtenmacker, um gleich wieder in seine alte Skepsis zu verfallen. «Aber das geht über meinen Tisch, klar? Ich will das Stück vorher sehen. Nur, dass wir uns verstehen. Keine Witzchen, keine Ironie. Attentat ist Attentat.»

«Na aber, das versteht sich doch von selbst, Chef!», salutierte ich.

Nach der Konferenz kehrte ich mit großen Schritten ins Großraumbüro zurück, knackte munter mit meinen Fingern, telefonierte aufgeräumt mit dem Krankenhaus, in dem der Leibwächter lag, und klickte mich pfeifend und singend durch die linken Webseiten, auf denen das vergurkte Attentat samt «Bekennerschreiben» aufgeführt wurde. Ich legte die Beine auf den Tisch und schrieb lässig ein paar E-Mails mit der Bitte um Kontakt zur Tortenwerferin. Bettina stand auf, kam vorbei und roch an meinem Kaffeepott. «Am Kaffee liegt's nicht», verkündete sie und ging wieder. Ich klingelte bei der Produktion an und erkundigte mich, ob ich ein paar Spezialleuchten mit auf den Dreh nehmen könne. Die Produktion zögerte, die teuren Teile herauszugeben. «Kommt schon, habt euch nicht so!», drängelte ich. «Ich muss ein Interviewbild ausleuchten. Mit den ollen Funzeln kommen doch Haare überhaupt nicht zur Geltung.» Im Großraumbüro kamen etliche Gesichter hinter den Monitoren hervor. Fragende Blicke wurden ausgetauscht. Ein paar Leute tuschelten. Die Produktion willigte schließlich mürrisch ein, mir die Spezialleuchten zu geben. Ich rieb mir die Hände, sprang auf und eilte davon. Die anderen sahen mir nach. Wenn man zweiundvierzig Jahre alt ist und plötzlich Freude an der Arbeit hat, stimmt irgendwas nicht.

«Wissen Sie, was das Schlimmste ist?», fragte mich Pitt, der Bodyguard, und fiepte leise. Er lag breit, kurzhaarig und stiernackig und mit bepflasterter Nase auf seinem Krankenhausbett und konnte sich im Angesicht des Fernsehteams nicht gleich entscheiden, ob er nun leicht oder schwer verletzt sein sollte. Schließlich siegte aber das Drama über die Komödie, und er tastete matt nach der Fernbedienung und ließ das Kopfteil surrend hochfahren, um sich beim Sprechen nicht zu überanstrengen. Pitt hieß eigentlich Peter, legte aber Wert darauf, dass ich ihn mit seinem Spitznamen anredete. «Alle sagen Pitt zu mir. Pitt wie Pittbull, verstehen Sie?» Ich lachte kurz und riss die Augen auf, um ihm zu zeigen, wie originell das war und dass ich Personenschützer überhaupt für genau die derben Burschen hielt, für die sie selbst sich hielten. «Wissen Sie, was das Schlimmste ist?», fiepte «Pitt» noch einmal, und ich wusste es nicht. «Dass man niemandem mehr trauen kann.» Ich nickte. «Da kommt so eine Püppi, und du denkst dir erst mal nix. Hat so einen Karton dabei. Du denkst, irgendein Geschenk. Nicht angemeldet, keiner weiß von nix, aber gut. Willst ja kein Unmensch sein. Erst als sie schon auf der Bühne war, da hatte ich so ein Gefühl. Ich mach ja den Job schon paar Jahre. Und irgendwie war mir wie: Die ist nicht von der CDU. Und dann plötzlich zack!» Traumatisiert holte Pitt fiepend Luft, und ich stellte mir sofort eine Reihe delikater Situationen vor, in denen ich, mit dem Laken meine Blöße bedeckend, entsetzt zurücksprang und ausrief: «Du bist gar nicht von der CDU!» Ich stöhnte leise. Pitt fühlte sich verstanden. «Ich hab Kinder», sagte Pitt und seufzte mit dem abpfeifenden Geräusch eines gerade von der Flamme genommenen Teekessels. «Was ist, wenn sie demnächst Kinder gegen uns einsetzen? Soll ich Kindern nicht mehr trauen?»

«Was ist mit diesem Fiepen? Sie haben so ein Geräusch beim Atmen!»

«Das ist von der OP. Von dem Kirschkern, den sie mir rausgeholt haben.»

«Geht das wieder weg?»

«Da sagt jeder was anderes! Ich kann nur hoffen. Berufsmäßig. Wer will schon ständig einen Typen neben sich stehen haben, der solche Geräusche macht.»

Jetzt tat er mir doch richtig leid. Chef hatte recht. Politische Aktionen sollten immer so ablaufen, dass niemand am Ende fiepen muss.

«So, Jungs, an die Arbeit», straffte ich mich. «Schwester, können Sie uns mal den Gefallen tun und ihm den ganzen Kopf verbinden. So eine kleine Pflasterkompresse, das sieht im Fernsehen nicht aus.»

Rikki Schroedel, die Torten-Attentäterin, war nicht schwer zu finden.

Ihre Gruppe nannte sich im ebenso größenwahnsinnigen wie widersinnigen Duktus linker Namensfindungsvorschriften *Anarchistische Clown Armee* und logierte in einem alten Eckhaus im Süden der Stadt. Der Geruch von alten Dielen, Ölfarbe, kalten Kippen, Bierdunst, Teppich- und Sofamuff im dortigen Info-Café erinnerte mich stark an meine Studienzeit, und ich stand mit einem gewissen Respekt vor meiner damaligen Hygiene-Unempfindlichkeit in dem Laden. Es gab Sturmhauben für einen Euro (ich nahm mir vor, nachher drei mitzunehmen, bei Sport-Scheck kosteten die locker das Zehnfache, kann ich mir beim nächsten Skiurlaub drei Speckknödel mehr auftun) und Zeitungsständer mit rotschwarzen Agitprop-Illustrationen, auf denen sich Arbeiterfäuste ballten, als strömten noch heuer die Massen in der Früh beim Pfiff der Werkssirene durchs Fabriktor.

Rikki war nicht da. Ein Schlaks mit einem Kinnbart empfing uns. Er hatte feuchte Hände. «Hallo! Ich bin Veith. Ich vertrete das Koordinationskomitee.»

Ich zeigte mich ratlos.

«Das Koordinationskomitee koordiniert die Aktionen der verschiedenen Gruppen. Also, jetzt nicht so von oben, sondern wir versuchen die einzelnen Initiativen zu bündeln. Die *ACA*, also die *Anarchistische Clown Armee*, ist ja nur eine, wir haben eine Menge Leute, die hier Aktionen machen, bischwul-lesbische Aktivisten, militante – wie Rikki zum Beispiel –, aber auch nichtmilitante, Leute aus dem radikalen Tierschutz, *Phytorebellen*, Rauchverbotsverweigerer. Wir grenzen niemand …»

«*Phytorebellen?* Ich bin nicht mehr ganz auf dem Laufenden. Ist schon 'ne Weile her, dass ich gegen irgendwas war.»

«Das kommt aus der schweizerischen Pflanzenrechtsbewegung, die für den Eigenwert der Pflanzen kämpft. Pflanzen als Wesen, die ein Recht auf ein selbstbestimmtes Leben und eine eigene Würde haben. Ich geb Ihnen eine Broschüre, wenn Sie das interessiert.»

«*Phytorebellen* klingt cool», sagte ich und sah zu Manne rüber, der gerade mit seinem Taschenmesser einen Apfel klein schnitt und sich die Schnitze bedächtig mit der Messerspitze in den Mund schob, wie es nur Männer tun, die vor 1977 einen technischen Beruf erlernt haben, seit dreißig Jahren mit derselben Frau verheiratet sind und klemmende Geschirrspülertüren und Waschmaschinenunwuchten *grundsätzlich* selbst reparieren.

«Wenn unser Kameramann hier einen Apfel isst, geht das aber in Ordnung?», fragte ich vorsichtig.

«Gegen Apfel ist nichts zu sagen, der Verzehr dient ja der Samenverbreitung.»

Ich erinnerte mich. Echt tricky, diese Pflanzen. Wir denken: Lecker Apfel! Dabei sind wir nur nützliche Idioten. Ich wandte mich Manne zu. «Also, Manne, hast gehört: Nachher nicht auf den Pott wie immer, sondern schön hintern Busch und Samen verbreiten.»

Veith ließ sich nicht irritieren. Er war Witze gewöhnt. «Es geht ja ums Prinzip. Anders wäre das schon bei einer Möhre. Die Möhre speichert in dem Teil, den wir essen, Energie für die Blüte und den Samen im nächsten Jahr. Wenn man Möhren isst, na ... Denken Sie mal selbst drüber nach.»

Ich kam nicht dazu. Die Tür flog auf, und Rikki Schroedel kam herein. Kleiner, als ich sie mir vorgestellt hatte, geradezu proper, in einem türkisfarbenen Pullover und umgeben von wahren Fahnen wehenden Haares. Sie hielt eine Zigarette zwischen den gelben Fingerspitzen der linken Hand und reichte ihre zierliche Rechte etwas unwirsch herum.

«Guten Tag, Frau Schroedel», sagte ich freundlich, in formlosen Milieus mit guten Manieren zu punkten schien mir eine gute Idee zu sein. «Ihr Kollege hier war gerade dabei, mir die Pflanzenrechtsproblematik näherzubringen», plauderte ich sie an. Rikki ging nicht darauf ein. Sie sagte, dass sie Fernsehaufnahmen nur vor dem Plakat der *Anarchistischen Clown Armee* zu machen gedenke und dass sie eine Erklärung verlesen werde. Herrisch warf sie ihren Kopf nach hinten. Ihr Haar war dunkel, sehr schwer und glänzender als alles Haar, das ich je in meinem Leben gesehen hatte. Es floss in langen Wellen über ihre Schultern.

«Gibt es damit irgendwelche Probleme?», fragte Rikki schließlich, vermutlich hatte ich sie etwas zu lange fixiert.

«Liebe Frau Schroedel», antwortete ich und konnte meinen Blick nicht von der Pracht losreißen, «mir schwebt da eher so eine Art Gespräch vor, eine zwanglose Erörterung. Ich stelle ein paar Fragen, Sie antworten...»

«Es gibt nichts zu erörtern. Ich bin nicht naiv, Herr Krenke! Ich weiß, wie kapitalistische Medien funktionieren. Das hier wird keine Homestory oder sonst ein albernes Porträt, und ich will Ihnen auch nicht meine Plattensammlung zeigen. Wenn Sie wissen wollen, was ich zu dem Tortenwurf auf den Ministerpräsidenten zu sagen habe, dann stellen Sie Ihre Kamera dort hinten auf, und ich sage es Ihnen.»

Manne, der Kameramann, verzog das Gesicht und machte eine Handbewegung, als hätte er sich verbrannt. Rikki Schroedel zündete sich eine neue Zigarette an und sah mir ins Gesicht. Ich zögerte. Schade um das schöne Haar.

«Frau Schroedel. Ich bin nicht Ihr Feind», sagte ich sanft.

«Das können Sie gar nicht wissen, ob Sie unser Feind

sind!», erwiderte Rikki Schroedel nicht unmilitant. «Das gehört ja zur kapitalistischen Ideologie, dass man unbewusst das Geschäft seiner Herren besorgt.» Manne nahm resigniert seine Kamera auf und deutete mit dem Kopf zum Ausgang. Rikki Schroedel inhalierte einen tiefen Zug.

«Was ist nun? Machen Sie Ihre Aufnahme, so wie ich es gesagt habe – ja oder nein?»

Sie wollte sich mit dem Rauch ihrer Zigarette eine Strähne aus der Stirn blasen, aber es gelang ihr nicht recht. Die Strähne flatterte hoch und fiel wieder zurück. Leider. Wäre sie doch nur fortgeblasen geblieben. Schöne fette Strähne aus strahlendem Zauberhaar. Rikki Schroedel blies nicht die Strähne, sie blies mein Leben davon. Denn plötzlich sah ich meine höchsteigene Hand ohne weitere Erwägungen in ihr Gesicht fahren und unter die Strähne gleiten, um sie ihr hinter das Ohr zu legen. «Ich werde Ihnen mal helfen», sprach es dazu aus meinem Mund. Ich hatte mich etwas nach vorn gebeugt, und der Geruch ihres Haares schlug in einer kurzen Böe herüber. Triefende belutschistanische Mitternachtswürze. Unzerrauchbar. Von keiner militanten Lebensform zu verspröden. Es war ein Wunder. Es war ein Fehler.

Dann sackte ich unter einem atemraubenden Schmerz zu Boden und versuchte, mein Gesicht mit den Armen vor Rikkis Schlägen zu schützen, was aber nur dazu führte, dass sie noch hysterischer schrie und auf mich eindrosch, als gelte es das Leben. Ich wurde sie überhaupt nicht los. Mehr noch: Als ich mich auf dem Boden krümmend von ihr wegdrehte, folgte sie mir schreiend mit dem ganzen Oberkörper, nach mir spuckend und beißend. Es war so schnell gar nicht zu begreifen. Dann hörte ich es auch noch poltern, Manne irgendetwas Verzweifeltes rufen und Glas splittern und bekam es wirklich mit der Angst zu tun. In meiner Not umklammerte ich Rikki und zog sie an mich, damit sie nicht mehr ausholen konnte, und strampelte mich mit einem Bein zwischen ihre Knie, um einen zweiten Stoß in meine Weichteile zu verhindern. Ich atmete schwer, und plötzlich drang sogar Brandgeruch in meine Nase. In einer plötzlichen Erinnerung an alte Schulhofraufereien bog ich mich weit ins Hohlkreuz und drehte die Wilde mit einem Ruck unter mich. Rikki hielt mit beiden Händen mein Handgelenk fest und fletschte die Zähne. Dann wurde die Tür zum Infoladen aufgestoßen, und alles war vorbei. Ein Dutzend Leute – Typen aus dem besetzten Haus gegenüber, Passanten mit und ohne Einkaufstüten, zwei Politessen, die gerade die Straße heruntergeschlendert waren – starrten uns an. Einer der jungen Autonomen zog langsam, immer noch ungläubig gaffend, einen Fotoapparat aus seiner Umhängetasche, und dann machte es Blitz.

6

Wie durch ein Wunder waren Kamera und Kameramann heil geblieben, als Manne rückwärts durch die Scheibe ging. Er war unsanft mit dem Kinnbärtigen zusammengestoßen, als beide hinzusprangen, um Rikki Schroedel und mich auseinanderzureißen. Dann war Manne mit einem Fuß im Lampenkabel hängen geblieben und mit großem Hallo über die Auslage in die Scheibe gefallen. Die Lampe hatte beim Umfallen den Zeitungsständer mitgerissen und die Zeitungen angekokelt. Mehr war eigentlich nicht passiert. Okay, die teuren Spezialleuchten waren hinüber. Aber ansonsten: maximal mittlerer Versicherungsschaden. In Ausübung der beruflichen Tätigkeit. Bettina hatte sogar mal ein niederländisches Ölbild aus dem 17. Jahrhundert mit ihrem Kugelschreiber durchstochen, als sie dem Kameramann ein Detail für die Aufnahme zeigen wollte. ‹Also, was soll der Geiz?›, dachte ich. Aber Chef dachte anders.

Interessiert betrachtete er ein paar Bilder, die der Infoladen auf seine Website gestellt hatte, während ich, die Hände vorm Gemächt verschränkt, vor ihm stand.

«Sieht ja furchtbar aus. Auf den ersten Blick könnte man es für einen Neonazi-Überfall halten.»

«Ich muss doch mal bitten. Mein Opa war im KZ.» Mein Opa war nicht im KZ, mein Opa war zwangsweise im Arbeitsdienst, aber das war zu komplex, um es jemandem an den Kopf zu werfen.

«Du hast recht. Das war kein faschistischer Überfall», sagte Chef. «Hier steht es: ‹Sexistischer Überfall eines Fernsehreporters. Heute um 14 Uhr wurde unsere Genossin Rikki Schroedel Opfer einer sexistischen Attacke. Ein Reporter des hiesigen Landfunks täuschte Interesse an einem Interview mit der ACA-Aktivistin vor, um sie dann in einem geeigneten Moment zu Boden... Mein lieber Scholli... Und sich zwischen ihre Beine zu...› Man möchte es fast nicht glauben», blickte Chef wieder zu mir, «aber hier steht es.» Er zeigte mit großer Geste auf den Monitor.

Ich sagte: «Okay, ich habe ihr ins Haar gefasst, aber der Rest war die Uhr.»

«Der Rest war die Uhr? Interessant. Was für eine Uhr?», fragte Chef.

«Meine Uhr. So ein No-Name-Teil, aber mit eigentlich

ganz edler Optik. Das Einzige, was daran wirklich billig war, war der Verschluss des Stahlarmbands. Der stand immer ein bisschen ab. Normalerweise kein Problem, schlackert die Uhr halt, aber durch den Tritt in die Eier und mein, entschuldige, irgendwo dann ja auch verständliches Zurückzucken hat sich die Haarsträhne in dem Armband verfangen. Deswegen sah das aus, als wenn ich sie zu Boden gerissen hätte. Dabei bin ich nur umgefallen, und sie musste halt mit. Ich wollte ihr nix tun. Wir waren verfangen.»

Chef spitzte den Mund, als müsse er sich mittels einer speziellen Atemtechnik davor bewahren, die Fassung zu verlieren, und setzte dann konzentriert die Fingerspitzen gegeneinander. «Das Problem ist nur: Es gibt keine Uhr. Auf dem Foto hier auf der Website: keine Uhr. Hier bei dir, an deinem Handgelenk: keine Uhr.»

«Das kleine linke Biest hat mir die Uhr abgezogen. Weißt du überhaupt, was da los war?»

Chef zuckte mit den Schultern. «Kann sein. Kann aber auch sein, dass diese Uhr gar nicht existiert, dass diese Uhr womöglich nur ein Symbol ist? Ein Symbol dafür, dass eine bestimmte Zeit um ist.» Offenbar hatte Chef eine lyrische Ader. Was machte er eigentlich hier? Hätte ja quasi alles werden können. Bei den Talenten.

«Warum sollte ich eine militante, vegane, vielleicht sogar lesbische Kettenraucherin bei einem Drehtermin in ihrem eigenen Infoladen überfallen? Hältst du mich für völlig verrückt?»

«Ich wünsche uns allen von Herzen, dass dem nicht so ist. Aber beantworte mir bitte diese eine Frage: Hast du ihr ins Haar gefasst, ohne dass sie darum gebeten hätte?»

«Ja, aber es war nicht so, wie du vielleicht...»

«Mehr will ich gar nicht wissen. Die Vorfälle der jüngsten Zeit – die Sache mit Nergez, heute die Attacke auf diese Politaktivistin –, ich denke, dass du Schwierigkeiten hast. Hormonelle Schwierigkeiten, um ganz ehrlich zu sein.»

Da war es wieder. *Die Internationale Der Ganz Ehrlichen* trat auf den Plan. Dem war schwer zu entgehen. Jetzt war an mir alles Symptom. Schweigen oder sprechen, vernünftig bleiben oder ausrasten.

«Ich habe keine hormonellen Schwierigkeiten. Mein Sexleben ist völlig in Ordnung. Frag Dorit.»

«Ach, was wissen denn Ehefrauen? Die wissen doch nun wirklich am wenigsten...»*, verkündete Chef in sonderbarer Freimütigkeit, und ich hätte gern erfahren, aus welcher trüben Quelle ihm dieses Wissen zugeflossen war. «Manchmal entwickelt sich im Laufe der Jahre da etwas. Wird zur fixen Idee. Nimmt überhand! Ich will mir später nicht vorwerfen lassen, ich hätte nicht reagiert.» Das Chef-Orakel stand auf und ging ans Fenster. «Es ist meine Aufgabe, Schaden von der Redaktion abzuwenden», gelobte Chef feierlich der Fensterscheibe. Dann begann er Stimmen zu hören. «Es gibt Stimmen, die sagen, dass du eine Auszeit nehmen solltest. Es gibt sogar Stimmen, die sagen, dass du nicht mehr tragbar bist.»

«Ich kenne die beiden Kollegen.»

Chef wandte sich um. «Ich kann dich jedenfalls nicht mehr so ohne weiteres auf die Menschheit loslassen.»

---

* Chef zum Beispiel war ein ganz schlimmer Trimmerschmieger, keine Gelegenheit ließ er aus, sich während des Nackenscherens in die Trimmschere zu schmiegen, und hörte erst auf, wenn die Friseuse den Trimmer entnervt wegnahm, weil sein Kopf schon halb auf der Schulter lag.

Ich hasste diese verbale Schnitzeljagd. Immer überließ Chef es den Angeklagten, sich durch den Nebel seiner Phrasen hindurchzuinterpretieren, bis das Urteil endlich Gestalt annahm. «Soll das heißen, ich bin raus?»

«Das heißt, du brauchst Hilfe. Ich denke, du solltest dir zwei, drei Monate freinehmen, damit du dich wieder zentrieren kannst.»

«Ich muss mir nicht freinehmen. Ich bin frei. Also: Was soll das? Du kennst den Job. Nach drei Monaten Auszeit brauche ich drei Monate Anlauf, bis ich wieder für ein paar Beiträge angefordert werde.»

«Ehrlich gesagt, finde ich deine Worte unangemessen. Du willst mir jetzt nicht wirklich ein schlechtes Gewissen machen? Was denkst du dir eigentlich? Du machst fortwährend unsere Arbeit lächerlich, benimmst dich gegenüber den Kolleginnen in einer Weise ... Und jetzt, wo du mich zum Handeln zwingst, muss ich mir auch noch Vorwürfe anhören ...»

Es war Ernst. Tiefster Ernst. Chef würde so mit mir nicht umgehen, wenn er mich im Geiste nicht schon zum Teufel geschickt hätte.

«Ich brauche diese Arbeit. Ich habe Familie», sagte ich und fand, dass es ein bisschen wie «Ich habe Masern» klang. «Ich muss an meine Kinder denken.»

«Du hättest vorher an deine Kinder denken sollen. Jetzt muss ich an meine Kinder denken. Das wirst du sicher verstehen.»

«Du machst einen schrecklichen Fehler.»

«War das eine Drohung?»

«Nein, um Gottes willen. Wo denkst du hin?»

«Apropos du», sagte Chef, «ich habe schon länger die

Idee, dass es zielführender sein könnte, unserem Umgang einen offizielleren Ton zu geben. Ich denke, dass wir, egal, wie und wann du wieder zum Team stößt, das ‹Sie› einführen sollten!»

Es war vierzehn Uhr, als ich die Tür zu Chefs Büro schloss. Die Sekretärin hielt kurz inne und blickte mich mit ihrem Mischgesicht an, aus dem sich jedermann Verständnis mitnehmen konnte wie Bonbons aus einem Glas im Kaufmannsladen. An der Wand hingen Autogrammkarten der Moderatoren, ein paar Schnappschüsse von mäßig putzigen Reportereinsätzen (ein Ferkel nuckelt am hingehaltenen Mikrofon) und Babyfotos von den glücklichen Müttern der Redaktion. Chef wollte, dass wir uns wie eine Familie fühlten. Ich registrierte fein, dass genau das mich abstieß. Diese Leute waren nicht meine Familie. Nicht mal meine eigene Familie war immer meine Familie.

Am Kopierer standen Bettina und der dicke Chef vom Dienst. «Wie vergrößert man hier?», fragte Bettina und riss die Arme genervt auseinander. Der dicke Chef vom Dienst griff schmunzelnd unter ihrem Arm hindurch. «Was willste dir denn vergrößern lassen?», schnaufte er froh und drückte eine Taste. Der Kopierer funzelte leise grummelnd über das Papier. Bettina rollte mit den Augen, sagte aber trotzdem danke.

Er war ein alter Sack, wie er im Buche stand. Ganz feiste Freundlichkeit – ein Roger-Whittaker-Nachbau –, wackelte er an den Praktikantinnen vorbei, hielt ihnen kalte Colaflaschen an die Hälse, schnipste gegen die Zeitung, die sie lasen, um sie «juchzen», um sie «zucken» zu sehen. Ein «Na, siehste woll! Geht doch!»-Wangenkneifer, ein notorischer

Furzkissen-Onkel, dem es bei jedem Schabernack noch einmal tüchtig im Gemächt bommelte.

Irgendwann hatte sein Begehren angefangen, sich in dieses krötenhaft kleine, bucklige, hopsende Etwas zu verwandeln. Dieses kleine Begehren hatte sich losgemacht, es springteufelte durch sein ewiges Zwinkern und Brauenwinken, es machte ihn lächerlich. Aber bei ihm sagte niemand etwas. Seine Libido wurde palliativ behandelt – der arme, alte, dicke Mann.

Ich stand vor Chefs Zimmer, deklassiert, verfragwürdigt, in einer Joker-Jeans mit hohem Hüftschnitt, damit man den Bauchansatz nicht so sah, in Trekkingschuhen mit alberner Outdoor-Verwegenheit. Ich hätte nie gedacht, dass mein Leben mal von einer derart peinlichen Schäbigkeit sein würde.

Zurück im Büro, hoffte ich, dass niemandem auffiel, in was für einem katastrophalen Zustand ich war. Ich raffte meine Sachen zusammen und warf sie in die Tasche, als wäre ich in Eile, ja, in Gefahr, einen Termin zu verpassen. Dann verließ ich das Haus, den Hof, den Sender, in dem seit fünfzehn Jahren mein Arbeitsplatz gewesen war. Mein Leben war plötzlich gekippt wie ein überdüngter Tümpel. Ich konnte es nicht fassen.

Mit großen Schritten eilte ich durch die Toreinfahrt, aber nur, um zwei Meter dahinter abrupt stehen zu bleiben. Ich hatte ja gar nichts, wohin ich gehen könnte. Ich musste zwar Mascha aus dem Kindergarten abholen, aber es war noch viel zu früh. Nach zwei, drei Minuten banger Unschlüssigkeit – hoffentlich sah mich niemand hier draußen herumstehen – beschloss ich, nicht sofort zur Haltestelle zu gehen, sondern erst einen kleinen Spaziergang durch das nahe Wohnviertel zu machen. Es war Ende August. Alles war staubgrün und voll von trockenen Samenkapseln. Der Sender lag in der Vorstadt, wo man sich noch vor dem Krieg rote Klinkerhäuschen in den Sand gebaut hatte, kleine Kiefern eingesetzt, die jetzt, nach einem Lebensalter, alles überschatteten, den Rasen verdursten ließen und mit dem Kehricht langer brauner Nadeln bedeckten. Die Terrassen waren moosig, die Geländer trugen knorpelig den achten Lack. Ein in die Jahre gekommenes Idyll. Hier und da eine Eigentumsübertragung, ein Verkauf, sichtbar an den frisch gekärcherten Fassaden. Vier Riegel gegen Einbruch an den neuen Fenstern, den neuen Türen, die mit deutscher Perfektion gedämpft ins Schloss gingen. Auch frischer Rollrasen unter den sauren Kiefern. Die Genehmigung zum Bäumefällen war schwer zu kriegen. Bäume hatten eigene Rechte. Es war sicher einfacher, einen Mann wie mich aus dem Erwerb zu kegeln, als eine von diesen blöden Koniferen umzuhauen.

Das Schlimmste war, dass es mich im vollen Bewusstsein der Gefahr getroffen hatte. Ich wollte ja nie ein alter Sack werden. Ich wollte nie jemand werden, der im Suff ranrutscht und Fühlung mit den Damen aufnimmt. Ich wollte ganz bewusst nie ein alter Sack werden, und eine Weile sah es auch so aus, als würde das ein Problem anderer Männer bleiben. Dorit und ich waren ein gutes Paar. Wir waren nicht zu früh und nicht zu spät zusammengekommen. Wir waren sozusagen reif für unsere Beziehung. Menschen mit Bildung und Charakter. Ich kochte für Dorit rosa Rehrücken mit Pumpernickeltunke und Zimt-Quark-Birnen in Orangensauce und erläuterte dabei mehrstündig das Wesen der Welt. Dorit schleifte mich an den Wochenenden durch Parks und Schlösser und hieß mich an allen Blickachsen und Alleen stille stehen und sie feste drücken. Wir zeugten erfolgreich Konrad und ächzten IKEA-Pakete die Treppe hinauf. Wir schraubten, stemmten und bauten und stellten und standen glücklich vor den neuen Möbeln. Dorit bekam Konrad, als liefe im Kreißsaal ein Taxameter, mit finsterer Entschlossenheit und ohne viel Weiberlärm, den sie verachtete. Ich arbeitete wie ein Besessener, produzierte Stücke über die Landesmeisterschaft im Strohballenwettrollen, im Gummistiefelweitwurf, über die *Miss Erdbeere*, die *Miss Gurke*, die *Miss Meerrettich*, über Kugelschreibersammler, über Radiergummisammler, und von dem Geld kauften wir uns einen VW Passat. Wir luden Konrad und den ganzen Baby-Kladderadatsch hinein und fuhren Leute besuchen, damit die alle Konrad hochheben, abküssen und beschnuppern konnten. Später stand Konrad auf, fiel wieder um und stand wieder auf und ging als Erstes zu meinem Schallplattenspieler, um mit der Nadel über meine Erstausgabe von Pink Floyds «Umma Gumma» zu kratzen. Wir kauften mehr und höhere IKEA-Möbel und schraubten sie zusammen. Dorit ging wieder arbeiten und drehte Werbefilme, Footage, Stadtmarketing. Von dem Geld kauften wir uns Urlaube auf Lanzarote, auf Korfu, in Schweden und in den italienischen Seealpen. Wir belehrten Konrad, dass man anderen Kindern im Urlaub nicht mit der Schippe auf den Kopf haut, bloß weil sie ausländisch sprechen und nicht deutsch, dass man die Oma nicht tritt, wenn das Lego-Monster zu Weihnachten mal nicht exakt dasselbe ist, das man sich gewünscht hat, und dass man nicht bis zum Schluss wartet, sondern gleich was sagt, wenn einem beim Serpentinenfahren schlecht wird. Nach alledem schulten wir ihn ein. Wir sahen ihn an, wie er frech grinsend mit seiner Schultüte dastand, und empfanden beide dasselbe. Er sah aus wie ein verdammtes Einzelkind. Ich nahm Zinktabletten, trank grünen Tee, Dorit fuhr mit dem Fahrrad zum Klienitzsee und kraulte bei fünfzehn Grad (es war September) zur Insel rüber und wieder zurück, und dann zeugten wir im Laufe der nächsten Vormittage – die sicherste Zeit, Konrad nachtwandelte noch immer – Mascha. Wir hatten einfach einen Lauf. Doch eines Tages war Schluss. Und zwar bei der Kommode Malm. Hatte es nicht das Orakel der Cree-Indianer gesagt? «Erst wenn ihr die letzte IKEA-Kommode zusammengeschraubt habt, werdet ihr merken, dass man sich nicht ewig einrichten kann.» Es war vorbei. Wir waren eingerichtet. Die Gutenachtküsse verloren an Seufz, die morgendliche Kaffee-Nachfrage wurde ungemeinter, mechanischer, tonloser, die SMS wurden sachlich, flirtfrei.

Und dann kam zu allem Unglück auch noch die Redaktionsweihnachtsfeier, an deren Ende ich mit Nergez zur Straßenbahn ging und plötzlich dieses Spaziergefühl hatte. Ich machte Chef samt Nasenfalte nach, und Nergez hetzte über Petra, dass die Fetzen flogen. Wir waren ein bisschen betrunken, Nergez hatte einen seltsam vorgebeugten, wiegenden Schritt, als schleppe sie Holz auf ihrem Rücken. Sie gackerte wegen irgendeiner komischen Sache, die bei der Feier passiert war, und warf lachend den Arm um meine Schulter. Es war nichts Großes, einfach nur so ein angeschickertes Wohlfühlen, aber es reichte, um zu wissen, dass meine Gefühle Verrat begingen. Ich fühlte mich nämlich besser als nur wohl. Zu Hause hatte Dorit sich mit Mascha hingelegt. Baby Mascha hatte Koliken. Das Übliche. «Sei schön leise, wenn du kommst. Ich hab dir das Bettzeug ins Wohnzimmer gelegt!» Und ich ging lachend mit Nergez durch den Frost und dachte darüber nach, wie es sich anfühlen würde, mit ihr mal so richtig eine IKEA-Kommode zusammenzuschrauben.

Es hatte keine Folgen gehabt, wir hatten uns brav verabschiedet, eine Sekunde gezögert, gegrinst und dann doch aufs Küsschen verzichtet. Wir waren betrunken gewesen, und ich hatte dem zunächst keine Bedeutung beigemessen, doch irgendetwas war passiert. Die Welt um mich herum füllte sich wieder mit Frauen und weiblichen Körpern. Hormonell war das alles erklärbar. Der Testosteronspiegel bei Männern fällt während der Verliebtheitsphase. Der Oxytocinspiegel steigt. Der Druck geht raus, die Zärtlichkeit nimmt zu. Hält leider nicht ewig. Jetzt sank die alte Wippe wieder zurück. Ich sah – wohlinformiert, aber hilflos ausgeliefert – mein Leiden, mein Begehren zurückkehren. Und wie mein Begehren zurückkehrte! Als hätte es zwischendurch promoviert! Wenn ich nicht gerade eine Lebensmittelvergiftung hatte oder einem Geisterfahrer ausweichen musste, war nahezu alles erotisch besetzt. Ich konnte meinen Blick nicht davon wenden, wie Frauen sich beim Telefonieren den Hörer zwischen Kinn und Schulter einklemmten, wie sie die Kuchenkrümel neben ihrem Teller mit dem kurz angeleckten Finger auftipsten, wie sie über einen Tisch gebeugt vom Standbein aufs Spielbein wechselten, wie sie sich Haarsträhnen aus dem Gesicht bliesen, schwere, glänzende Haarsträhnen wie die von Rikki... Ich hatte einfach keine Chance. Es kam von überall her.

Ich war ja selbst schuld. Kluge Männer reagieren auf Sinnlichkeitsdefizite in Langzeitbeziehungen, indem sie sich ein Hobby suchen. Ein Aquarium zum Beispiel hätte mir das alles erspart. Viele Männer meines Alters stehen in Zooläden und lassen ihre Finger über Moorkienwurzeln gleiten, riechen interessiert an Flockenfutter für Diskusfische und starren begeistert auf den Schwarm Trauersalmler, während die formschöne Verkäuferin neben ihnen unbeachtet auf die Klappleiter steigt. In deutschen Hobbykellern wachsen alljährlich Modellbauten und Eisenbahnanlagen zu Monumenten umgenutzter Libido. Aber ich hatte gedacht, ich wäre stark genug, das auszuhalten. Stattdessen wurde ich immer kribbeliger, immer empfindlicher gegen alles, was nur im Entferntesten mit Sinnlichkeit zu tun hatte. Am Ende war es so weit gekommen, dass ich den Raum verlassen musste, wenn Nergez eine Dose Mangosaft aufknipste.

Ich setzte mich in die Straßenbahnhaltestelle und starrte, die Ellenbogen auf den Knien, fassungslos vor mich hin. Wie hatte mir das nur passieren können? War ich nicht mehr Herr meiner Sinne? Aber wer zum Teufel war der Herr meiner Sinne, und wie konnte ich ihn sprechen?

7

Schließlich hatte ich einfach zu lange in der Straßenbahnhaltestelle gesessen. Ich litt schon seit Jahren unter Achsenzeitproblemen. Die Achsenzeiten, um die mein Leben schlenkerte. Da absolvierte die Familie die Morgentoilette, frühstückte, verteilte sich in den Alltag, kam wieder zusammen und aß zu Abend, ging ins Bett. Die Achsen takteten mein Leben. Sie sagten mir, wie viel Zeit mir noch blieb für dieses oder jenes, und es war eigentlich nie genug. Ich kam einfach nicht dazu, etwas Sinnvolles zu tun, weil immer irgendein Essen gemacht oder jemand abgeholt oder irgendwo hingebracht werden musste.

Die Gefahr, dass ich eines Tages an einer dieser Achsen stecken bleiben würde, war vermutlich immer schon groß. Aber diesmal saß ich im Wartehäuschen und kam nicht über die Achse. Eigentlich wollte ich die 14er Bahn nehmen, aber ich konnte mich nicht durchringen, mich zu erheben, als sie vorfuhr, dann hätte ich die 24er Bahn nehmen können, aber auch die ließ ich vorbei. Die 34er fuhr ohne mich, und als die 44er abklingelte, kam ein Mann in der Uniform der Städtischen Verkehrsbetriebe auf mich zu. Die Uniform passte ihm nicht, was darauf hinwies, dass es sich um einen lieblos eingekleideten ehemaligen Langzeitarbeitslosen und Lohnzuschussler handelte, aber die Uniform war nicht das Einzige, was ihm nicht passte. «Kann ich helfen?», fragte er mit dem pampigen Unterton Geringbefugter, die nur darauf aus sind, ihre überaus geringe Befugnis an unbescholtenen Bürgern in Anwendung zu bringen, und fuhr, ohne eine Antwort abzuwarten, fort: «Sie sitzen jetzt schon eine ganze Dreiviertelstunde im Wartehäuschen von den Verkehrsbetrieben, ohne...»

«Na und?», setzte ich an, aber der Dienstmann wiederholte sein «ohne» noch etwas lauter, «... ohne eines von die Verkehrsmittel zu benutzen. Ich muss Sie auffordern...» Ich wollte noch etwas sagen, aber da er Anstalten machte, ins Brüllen überzukippen, ließ ich es lieber. «Ich muss Sie auffordern, entweder eines von die Verkehrsmittel zu benutzen oder den Platz für welche freizugeben, die...» Er war dick und sicher alleinstehend. Zu Hause hatte er bestimmt einen alten PC, von dem aus er im Internet auf die Pornos klickte, dazu ein Schälchen Knabberspaß und ein Biermischgetränk.

«... den Platz für solche freizugeben, die in Wirklichkeit auf eines von die Verkehrsmittel warten wollen.»

Ich wurde blass. Ich hatte noch nie von Leuten gehört, die betrieblicherseits aus Straßenbahnhaltestellen vertrieben worden waren. Wenn das hier aber eine Singularität war, dann hatte sich der Mann mit dem Wort «in Wirklichkeit» verraten. Denn in Wirklichkeit musste ich ja die Bahn nehmen und meine Tochter aus dem Kindergarten abholen. Wenn ich dies also nicht tat, war ich offenbar im Begriff, die Wirklichkeit zu verlassen. So begannen Psychosen. Interessant.

Plötzlich fühlte sich Amok irgendwie angemessen, blindwütige Raserei ganz natürlich an. «Hat Ihnen schon mal jemand den Arm umgedreht?», hörte ich mich regungslos und mit einer sehr seltsamen Stimme fragen. Das Gesicht des dicken Mannes verlor an Fassung, seine Nasenlöcher weiteten sich, als könne er sein nahes Ende riechen. «Hat Ihnen schon mal jemand so richtig schmerzhaft den Arm umgedreht?», fragte ich diskant weiter, als sei Klaus Kinski in mich gefahren. «So schmerzhaft, dass Sie um Gnade gewinselt haben? Dass Sie alles bereuten, dass Sie die Stunde und den Weg verfluchten, der sie dorthin führte, wo Ihnen so entsetzlich schmerzhaft der Arm umgedreht wurde?» Statt einer Antwort holte der Mann ein Handy raus und verband sich mit zwei behänden Tastendrücken zu irgendeinem Vorgesetzten. «Priesemann hier, Haltestelle Ströhmplatz, Linie 7», haspelte er angsterfüllt ins Telefon, «Angriff von männliche Person, mischblond, spricht Deutsch, vermutlich ohne Akzent!»

Ich hockte unbewegt vor dem dicken Mann und starrte ihn mit flackernden Augen an. Als der Mann vorsichtig ein paar Schritte zurückwich, sah ich das Transparent am ersten Obergeschoss des Hauses gegenüber. *Fitness- und Kampfsportstudio Niekisch/Zentrum für Realistische Selbstverteidigung.* Schwarz auf weiß. In einfachen Lettern. Keine Reklame. Nur ein Hinweis. Aber der entscheidende, nicht weniger als ein Versprechen, dass ich eine Chance haben würde, mich zur Wehr zu setzen gegen all das, was mir heute passiert war. Der Amok dampfte aus mir heraus. Ich stand abrupt auf. Der Dicke sprang entsetzt auf die Schienen.

«War nur eine Frage, Mann!», sagte ich ruhig zu ihm. «Hat mich einfach interessiert, diese Arm-umdreh-Sache. Nichts für ungut.»

Ich hörte ihn noch keuchen, als ich über die Schienen schritt und auf das Haus zuging, das sich hinter der Wirklichkeit befand, in der ich den armen Mann zurückließ, um das *Zentrum für Realistische Selbstverteidigung* zu betreten. Ich fragte mich, was es kosten würde.

Ich hatte 2437,11 Euro auf dem Konto. Mein Dispositionskredit betrug 3500 Euro. Ich hatte also, laut meinem morgendlichen Konto-Check, 5937 Euro und 11 Cent lang Zeit, mein Leben auf Vordermann zu bringen, bevor ich in die Wirklichkeit zurückmusste. Allerdings vor Steuern. Das war nicht sehr viel, aber auch nicht ganz wenig. Wichtig war nur, dass ich wieder der Präsident meines Lebens wurde, der Herr meiner Sinne und Kapitän meines Herzens!

Am Counter des Studios stand eine junge Frau und hielt den Telefonhörer zwischen Kinn und Schulter eingeklemmt. «Schoko ist auch aus!», sagte sie, nickte, leckte kurz ihren Zeigefinger an und tipste versonnen ein paar Krümel von der Tischplatte. Beim zweiten Nicken fiel ihr eine Strähne ins Gesicht, und sie blies sie davon. Ich fiel rückwärts gegen die

Tür, durch die ich gekommen war. Die junge Frau entdeckte mich und beendete das Gespräch.

«Ich bin Nancy!», sagte Nancy und wedelte mit den Zöpfen. «Das ist ja furchtbar», stammelte ich, hatte ich doch gerade beschlossen, nie mehr zu begehren. «Kann ich Ihnen helfen?», fragte Nancy. Ich schritt vorsichtig, weiträumig jeden Blickkontakt vermeidend, wie ein Blinder auf den Counter zu. Zögernd trat ich näher. «Ich möchte ein bisschen Eisen stemmen», sprach ich mit gesenktem Kopf die Tischplatte an. «Muskelaufbau also!», sagte Nancy und begann, unter dem Tresen herumzukramen, um irgendwelche Formulare und Schreibzeug zusammenzuholen. Muskelaufbau. Das klang, als hätten mich zwei Pfleger hier reingetragen. Ich hob den Kopf und versuchte mich an ihre Gegenwart zu gewöhnen. Nancy las irgendwelche Tarife vor und sah mich dann erwartungsvoll an. Ihre Lider waren zweifarbig geschminkt. Die Wimpern waren echt.

«Ich nehm den Arbeitslosentarif, die Vormittagskarte», sagte ich.

«Wie groß sind Sie und wie schwer?» Ich sagte es ihr, sie trug es ein. Immerhin ein Anfang. Nancy hauchte den Stift an. Im Odenwald gibt es eine Sekte, die daran glaubt, dass Mädchenatem das Leben verlängert. Beim Stift schien es zu funktionieren. Schwungvoll kratzte sie meine Daten aufs Papier. Schöne Schrift. «Und wie schwer bist du?», fragte ich Nancy zurück.

«So um die fünfzig Kilo. Warum?»

«Nur so», erwiderte ich und überlegte den Bruchteil einer Sekunde, wie schwer sich fünfzig Kilo anfühlen.

Nancy kam hinter dem Tresen hervor, um mir das Studio zu zeigen.

«Das hier ist der Gerätebereich.» Nancy ging mit leicht nach auswärts gedrehten Füßen vor mir her.

«Hast du mal getanzt?»

«Heh, woher wissen Sie das?»

«Ich habe ab und zu mit Tänzern zu tun. Ich bin Journalist», sagte ich, und weil mir das zu schwach erschien: «Fernsehjournalist!»

«Ach sooo?» Nancy machte ein interessiertes Geräusch und warf mir über die Schulter einen Blick zu. Einer der Gründe, warum ich Journalist geworden bin.

Im Freihantelgehege stöhnten ein paar Fleischberge auf der Drückbank um Gnade. Ich zählte die Summe der aufgelegten Gewichte, und es war eine Zahl außerhalb des medizinisch Vertretbaren.

«Soll ich noch mit Ihnen in die Sauna gehen?» Eine Bilderfontäne ging in meinem Hirn hoch, und ich bekam sie erst nach ein paar Sekunden verstopft. Nancy kippte ihren Kopf zur Seite und sah mich munter an. Wann hatte ich so was das letzte Mal gesehen? Scheint eine Geste zu sein, die sich mit der Jugend aus dem Bewegungsrepertoire verflüchtigt.

«Hallo? Ob Sie noch den Saunabereich sehen wollen...?» Nancy schwenkte ihre Hand vor meinem Gesicht.

«Nein, nein. Danke», sagte ich abwesend. Einer der Fleischberge schmiss den gewichtsmäßigen Gegenwert eines Einfamilienhauses in die Halterung und erhob sich ächzend von der Bank. «Meikel, du Vooochel, wo warst du gestern?», brüllte er einem ebenfalls nicht so leicht zu übersehenden Mann zu, der gerade aus der Umkleide kam. «Wir waren noch im *Flozz* und im *Sechseck*, du halber Hahn. Du hast schlappgemacht.» Ein Lachen brüllend, wankten sie aufeinander zu, warfen die Hände ineinander, zogen daran und rammten sich mit der Schulter. «Du kriegst nichts mit, Alter. Das ist dein Problem! Ich hab sie geknallt, Alter!» Der andere schrie jetzt, dass er das nicht glaube, ja, verdammt nochmal, das glaube er nicht, etliche Male beteuerte er, das nicht glauben zu können, während sein Gegenüber ständig «Ja!» und «Aber jawoll! Und zwar geknallt!» dazwischenbrüllte, und wieder rammten sie einander, dass schon das Zugucken wehtat. Ganz offenkundig war ich in eine Atmosphäre von Sex und Gewalt geraten. Ich blickte zu Nancy, die ein bisschen ihre Anträge in der Klemmmappe ordnete, und sagte: «Ja, doch. Ich denke, ich könnte mich hier einleben.»

Nancy schlenderte mit mir zurück zum Counter. «Das ist Ihre Karte! Die Sauna ist inklusive. Getränke und alles andere kriegen Sie bei mir. Bringen Sie ein Handtuch mit, wegen dem Schweiß.» Eigentlich musste es ja wegen des Schweißes heißen. Aber Nancy kippte ihren Kopf zur Seite und sah mich fröhlich an. Ich hätte das Handtuch auch wegen das Schweiß mitgebracht.

Ich war nicht Bastian Sick, und Grammatikfehler rissen mir nicht den Meldearm hoch. Zudem war ich mittlerweile der Auffassung, dass Nancy alles in allem eine Kluge war. Das schöne Schriftbild, der wache Blick, der schwungvolle Gang. Deutlich anders als bei Fräulein Kelle, meiner Bäckereiverkäuferin. Fräulein Kelle hatte sich eines Tages mit einem unmöglich zu übersehenden Dekolleté in mein Blickfeld gedrängt und mit ihren Polyethylen-Einweg-Handschuhen turbulente Krankenhausszenerien in meinem Kopf ausgelöst. Doch nicht für lange: Selbst die kleinsten Bestellungen überforderten Miss Kelles weniger üppige Auffassungsgabe. Brötchen für Brötchen, Croissant für Croissant musste sie rückfragen. Kunden hinter mir begannen zu soufflieren. Das ging ein paarmal so, dann war auch meine wildeste Phantasie nicht mehr bereit, vom sündigen Krankenhaus in die Förderschule umzuziehen. Kein Vergleich mit Nancy. Die ließ mich jetzt den Antrag unterschreiben und legte eine Kopie zu den Akten. Das Originalblatt gab sie mir.

«Das hätten wir geschafft», sagte Nancy, «jetzt müssen Sie nur noch versuchen, wiederzukommen!»

«Ist das so schwer?»

«Scheint so», erwiderte sie, «Karteileichen haben wir jedenfalls genug.»

«Na, dann, tschüss, Nancy!», sagte ich, und Nancy sagte: «Tschüss, Herr Krenke!» Ich fand das sehr apart und hätte mir beinahe vorgestellt, wie sich das Herr Krenke bei anderer Gelegenheit anhören würde, wenn ich mir nicht jeden Ausflug in diese Phantasiegegend verboten hätte. Und das war gut so. Ich war zweiundvierzig und angeödet vom Begehren.

Die Garderobe des Kita-Spätdienstes war ein einziger Kleiderhaufen. Ich suchte im Gemöhle auf dem braun-gelben Linoleum unwirsch unsere Brottasche. Mascha saß trotzig mit ausgestreckten Beinen auf der Bank und verlangte, dass ihr die Schuhe angezogen wurden. Aus dem Augenwinkel erspähte ich den knapp verachtenden Blick einer hageren Grauscheitelmutti – vormals im mittleren Management oder höheren Verwaltungsdienst, dann erstes und einziges Kind kurz vor der Menopause –, die Arme vor der Brust verschränkt, der Bub brav beim Schnürsenkelbinden, nachher sicher noch Flötenunterricht. Mach mal halblang; die Küken werden im Herbst gezählt, und Mascha klettert auf jeden

Baum, den dein Bürschchen bloß aufsagen kann. Ich plünnte Mascha an und schleppte sie an meiner Hand über den Bürgersteig. «Was ist denn los heute? Du hast doch irgendwas, sag mal!»

«Nee.»

«Was gab es denn zu essen?»

«Nichts.»

«Ach, komm schon. Sag, was los ist.»

Dann brach es aus Mascha heraus: «Die anderen hatten heute alle Geheimnisse. Nur ich nicht. Ich hatte kein Geheimnis. Kein einziges.»

«Wollen wir uns ein Geheimnis ausdenken?»

«Ich will kein ausgedachtes Geheimnis. Ich will ein richtiges Geheimnis.»

Meine Kinder waren keine Kinder aus dem Kinderbuch. Meine Kinder riefen nie «O ja!» oder «Toll, Papi!». Meine Kinder waren wirkliche Kinder. Sie wussten instinktiv, dass ihre schlimmsten Probleme den Erwachsenen nur Anlass für schmunzelnde Herablassung und putzige Anekdötchen waren.

«Ich will das geheimste Geheimnis von allen. So geheim, dass sie es nie, nie, nie rauskriegen.»

Ich hätte sie knuddeln können. Aber das hätte ja nix geholfen. Wenn mein Auto kaputt ist, will ich ja auch nicht, dass der Mechaniker mich knuddelt, sondern dass er das Ding repariert. So schwieg ich, und wir trödelten die Straße runter. Mascha trat nach Pusteblumen, die Schirmchen stäubten.

Als wir nach Hause kamen, war Konrad schon da. Oder auch nicht. Schlafend lag er mit leise bummernden Kopfhörern auf seinem Bett. «Oh, er hat wieder Pubertät!», flüsterte Mascha, die hinter mir durch den Türspalt äugte und dann kichernd in ihr Zimmer hopste. Ich ging in die Küche, machte mir einen Kaffee und setzte mich auf meinen Platz. Am großen Küchentisch standen sechs Stühle, aber nach fünfzehn Jahren war ich außerstande, mich an einen anderen Platz als den meinen zu setzen, obwohl ich dazu um den ganzen Tisch herumgehen musste. Ich trank den Kaffee, und das akute Fehlen einer Zukunft machte sich durch Entspannung bemerkbar. Mein Herz schlug nur noch so vor sich hin, ich befand mich in einem Zustand, den ich an bewegteren Tagen als Nahtoderfahrung erlebt hätte. Ich starrte in die Küche und verbrachte eine ganze Weile mit nichts als Anwesenheit. Dann fiel mir ein, dass das Kind unbeschäftigt war, womöglich Sinnmangel litt, und ich ging zu Mascha und fragte sie, ob sie was malen wolle. Mascha wollte, und ich stellte ihr Wasser, Papier und Tuschfarben auf den mitwachsenden Kinderschreibtisch.

Zurück in der Küche, trank ich einen lauwarmen Schluck aus meiner Kaffeetasse und stand rum wie ausgeschaltet. Ich dachte an das *Fitness- und Kampfsportstudio Niekisch/ Zentrum für Realistische Selbstverteidigung*, an die Brüllaffen und an Nancy. Versuchte, den Kopf schief zu legen, wie sie es getan hatte, aber es gelang mir nicht. ‹Fürwahr, ein munteres Persönchen, ein kesses Ding sozusagen›, dachte ich, und auch bei näherer Prüfung wirkte das nicht verschwitzt auf mich. Ich sollte überhaupt mehr im Sound der Vorkriegsjahre denken, als die Sprache noch den Arm bot und nicht auf den Hintern klatschte. In der Diele klappte hart eine Tür auf. Ungelenke Motorik eines Menschen in der Geschlechtsreifung. Konrad kam angeschlurft, um den Kühlschrank leer zu vespern. Ich entsann mich meiner Vaterrolle und sprach ihn auf die bevorstehende Mathematikarbeit an. Ich redete von den Vorteilen einer gewissen Vorbereitung.

«Mach ich noch», stöhnte Konrad, dem derzeit selbst längere Ausflüchte zu viel waren.

«Denk an dein Abi. Du willst studieren!», unterstellte ich ihm.

«Ja doch!», stöhnte Konrad weiter und schmierte sich ein fingerbreit gebuttertes Käse-Salami-Brötchen, um seine Pickel zu düngen.

«Später kann es zu spät sein», agitierte ich weiter, «versau dir nicht die Chancen! Am Start erkennt man den Sieger!» Mir ist schon früher ein Rätsel gewesen, warum ich ohne den Beweis der geringsten Wirkung bei Konrad auf diese alberne kapitalistische Leistungsrhetorik setzte, aber heute hörte es sich wirklich an wie Aberglaube. Der bankrotte Erfolgsberater erklärt, wie es geht. Konrad verschwand mit seinem Brötchen, und ich hörte den Startton seines Laptops, eine Minute später ein metallisches «Was befehlen Sie, Commander?», das verlegene Tippen auf dem Lautstärkeregler und dann nur noch mikrobisches MG-Feuer und Artilleriegekrache.

Die Hoffnung meines Alters. Dahin.

Ich ging ins Wohnzimmer und goss ein paar Zimmerpflanzen, damit wenigstens irgendwas gedieh. Dann kam Dorit die Treppe rauf. Sie ging langsam, so als schiebe sie den gesamten Erwartungsdruck ihres Nachhausekommens vor sich her. Gleich würde ich sie begrüßen müssen, und ich würde wieder nicht wissen, wie. Ich habe das nie gelernt.

Dorit stand in der Diele und zerrte sich die Stiefel von den Waden. «Hallo, begrüßt mich mal jemand?» Und selbst wenn ich es gewusst hätte, hätte ich es jetzt nicht mehr gekonnt. Aufforderungen lähmten meinen Antrieb, seit ich Antrieb kannte. Mascha kam aus dem Kinderzimmer geschlurft und fiel ihrer Mutter schlapp um den Hals. «Die waren heute alle doof zu mir.» Der Sohn rief «Hallo!» in seinen Laptop. Dorit drückte ihre Tochter und fragte, ob Papa heute mit ihr gespielt habe. Das Kind verneinte. Ich ging aus dem Wohnzimmer in die Küche und warf Dorit im Vorbeigehen einen Kuss auf den Hals. Es war zu spät. «Sag mal, muss ich hier ewig stehen, bis mich mal jemand registriert?» Dorit fragte immer. Wer fragt, führt. Und Dorit führte gerne. Sie wusste es wahrscheinlich nicht, aber mittlerweile war der Singsang ihrer Fragen zu einer Art Erkennungsmelodie geworden. Sie ging zu Konrad und fragte ihn so lange aus, bis sie seiner hingenuschelten Antworten überdrüssig war. «Ich krieg hier sowieso nie eine vernünftige Antwort!», knurrte sie und klappte die Tür zum Jugendzimmer zu. Dann kam sie zu mir. Ich stand in der Küche, hatte mir schnell eine Gurke gegriffen und schnitzelte Gurkensalat. Dorit hasste Untätigkeit, und es war immer eine gute Idee, kleine Verrichtungen vorzuschützen, um sie milde zu stimmen.

«Und, was hast du heut gemacht?»

«Och, nichts Großes.»

Dorit machte ein schnippisches «Aha!», dem man entnehmen konnte, dass sie einerseits von mir sowieso nichts sonderlich «Großes» erwartet hatte und andererseits überhaupt nie verstehen würde, wie man so in den Tag hinein leben konnte.

Na ja, es war wohl was passiert, aber das schien mir nicht

portionierbar für ein Abendbrot. Ich war heute mit einer wildgewordenen Linken in einer Dunstglocke von Secondhand-Smoke und Papiergekokel durch einen autonomen Infoladen gerollt, und mein Kameramann war deshalb durch die Scheibe des Ladens gegangen. Alles nur, weil ich dieser Frau unaufgefordert ins Haar gefasst hatte. Und ich hatte mich in einem Fitness-Studio links oben hinter der Wirklichkeit angemeldet und ein Mädchen namens Nancy getroffen, das den Kopf schräg halten konnte und die Füße beim Gehen leicht auswärts drehte, weil sie mal getanzt hatte. Alles nicht geeignet, um am Abendbrottisch erzählt zu werden. Ich rettete mich in: «Wie war denn dein Tag?»

Dorit pustete einmal kurz, und es stellte sich heraus, dass sie auch heute wieder von Inkompetenz und Einfallslosigkeit umgeben gewesen war. Ich schnitt zweierlei Brot, eins mit Körnern, eins ohne. Der Sohn war Nahrungsspezialist und verweigerte sich beim Fehlen von Mischbrot komplett. Ich holte Aufschnitt und Getränke aus dem Kühlschrank, stellte das Geschirr auf den Tisch, und siehe, es war alles angerichtet für eine neue Aufführung von «Denn sie wissen nicht, dass sie es jeden Abend tun» – einem Dramolett für zwei Erwachsene und zwei Kinder (eines davon in der Pubertät).

Es ging so: Dorit würde gleich die Kinder rufen, und tatsächlich: Dorit rief die Kinder. Mascha würde brav angetapst kommen, und da kam sie schon. Konrad hingegen würde aus seinem Zimmer «Gleich!» rufen, und, siehe da, er rief «Gleich!». Dorits Reaktion würde sein: «Nicht ‹gleich›. Du kommst bitte sofort, wenn ich es sage!», und es war Dorits Reaktion. Konrad würde sich stöhnend auf den Stuhl fallen lassen, und er tat es, bevor ich es ganz zu Ende gedacht hatte.

Gleich würde er, wie an allen Abenden seines jungen Lebens, nach der Salami greifen, was Dorit zuverlässig zur Attacke treiben sollte und auch tat.

«Nein, es gibt nicht immer nur Salami. Tut mir leid. Heute gibt es mal was anderes.»

«Und was ist mit der da?», trotzte Konrad, wie ich es in meiner unendlichen Weisheit vorausgesehen hatte. Dorit würde jetzt «Mascha hat zwei Eltern, die sich kümmern. Wenn du selbst Kinder hast, kannst du dich erzieherisch verausgaben» antworten, und – allez hopp! – sie sagte es. So ging das seit Jahren – ohne die geringste Variation. Konrad wurde dreist. «Was soll der Scheiß, Mama? Ich kann doch essen, was mir schmeckt!», polterte er über den Tisch. Dorit stutzte ihn zurecht: «Du sprichst nicht in diesem Ton mit mir. Du bist immer noch das Kind.» Mascha müsste jetzt eigentlich keinen Appetit mehr haben, damit Dorit ihr allabendliches «Eine halbe Schnitte wird wenigstens gegessen…» intonieren konnte, und – Mascha schob den Teller weg – da war ihr Einsatz. Nur einer hatte bisher geschwiegen. Der immer schwieg bis zu diesem Moment, in dem Dorit sich ihm frustriert zuwenden würde. Ich zählte den Countdown. Dorit brauchte keine zehn Sekunden. «Und was ist mit dir, Rainman? Sagst du heute auch nochmal was? Das ist die einzige Zeit, wo die Familie mal beisammen ist…»

«Ich genieße jede Sekunde, Liebes. Das kannst du mir glauben!»

8 Es wehte ein trockener, ungewöhnlich gleichförmiger, fast gebläseartiger Wind, als ich am nächsten Tag mit der Sporttasche über der Schulter auf das Loch in der Wirklichkeit zuging. Der Wind bog rauschend die Pappelspitzen zu Fahnen um und verteilte den Knüllkram der Papierkörbe auf dem Platz. Die Leute standen und gingen in ihren flatternden Kleidern herum, damit befasst, an sich zu halten, was zu halten war.

Das Haus, auf das ich zuging, das Haus, in welchem Sascha Ramon Niekisch sein *Fitness- und Kampfsportstudio Niekisch/Zentrum für Realistische Selbstverteidigung* eingerichtet hatte, war in jeder Hinsicht ein Musterexemplar für die brave Epoche der bürgerlichen Wiedergutmachung, in der ich mein Leben zu absolvieren habe. Ein hypermodern rekonstruierter Gründerzeitprotz, ein Mischmasch aller Baustile mit trutziger Rustika, Weinlaubstuckgirlanden und vor sich hin palindromierenden Reliefpfeilern. Der Klopper war mit Sorgfalt, ja mit Anbetung wiederhergestellt worden. Wie immer, wenn westdeutsche Investoren vor so einer imperial vor sich hin bröckelnden Bude standen, war das harte Renditekalkül einem sentimentalen Gefühl der Verpflichtung gewichen, die Jugendbrunst des deutschen Großbürgertums wiederauferstehen zu lassen. Ich ging durch die Toreinfahrt, über der sich zwischen dem ersten und zweiten Stock das weiße Transparent mit dem Versprechen auf Realistische Selbstverteidigung blähte.

Nancy hatte heute einen Pferdeschwanz und war ganz in Weiß. «Guten Morgen, Herr Krenke! Acht Uhr dreißig. Respekt. Sie meinen es ernst. Wollen Sie ein paar Gummibärchen?», fragte Nancy lächelnd und hielt mir eine Schale hin. Nein, sie ließ die Schale elegant aus einer Bewegung ihrer Schulter nach vorn fliegen. Eine Bewegung wie ein Peitschenknall in Zeitlupe. Woher kommt die Anmut, und was will sie hier? Ich wusste es nicht. «Nein danke! Später vielleicht.»

Nancy ließ mich eine Viertelstunde warmradeln.

Dann sagte sie: «Kommen Sie jetzt mit!», und trug ihren wippenden Pferdeschwanz vor mir her. Ich schlurfte hinterdrein.

«Ihr Körper besteht im Wesentlichen aus einem Skelett, für dessen spezielle Ausmaße Sie sich bitte bei Ihren Eltern bedanken, und ein paar großen und etlichen kleinen Muskelgruppen, für die Sie selbst verantwortlich zeichnen. Heutzutage verkümmern durch die überwiegend sitzende Tätigkeit und den allgemeinen Bewegungsmangel viele funktional wichtige Muskeln, und dann...», Nancy drehte sich mit Schwung zu mir um, dass ich beinahe auf sie geprallt wäre, und musterte mich mit großen Augen von oben bis unten, «... sieht man eines Tages aus wie Sie jetzt!»

Ihre großen Augen waren braun, schokoladenbraun, genauer gesagt: bitterschokoladenbraun, ganz konkret: bitterschokoladenkuvertürebraun, von ebenjenem in grundlose Tiefen hineinschmelzenden Bitterschokoladenkuvertürebraun, das den erwartungsgemäßen Fortgang des Lebens eines Mannes für ein paar äußerst gedehnte Sekunden aufzuhalten imstande ist. Trotzdem wäre es mir lieber gewesen, wenn dieser magische Moment schneller vorbeigegangen wäre, denn ich war unpassend gekleidet.

«Ist das neu?» Nancy beäugte interessiert mein etwas zu knappes gelbes Radlershirt und meine lila Lauftights, Zeugnisse einer weit zurückliegenden Absicht, mehr Rad zu fahren.

«Nö.»

«Ich dachte schon, ich hab einen Trend verpasst. Ganz schön mutig. Die meisten Männer mit so einer Apfelmännchenfigur kommen erst mal in Schlabberzeug hier rein. Aber ich denke, wir nehmen die Pelle als Benchmark. Wenn Sie sich damit wohl fühlen, sind wir am Ziel.»

«Was muss ich machen?»

«Was wollen Sie denn haben?»

«Breite Schultern.»

«Breite Schultern heißt dicker Hals. Dicker Hals heißt kleiner Kopf. Optisch verkleinert sich der Kopf, wenn der Hals dicker wird. Sie wollen einen kleineren Kopf?»

«Na ja, nee, eher diese berühmte V-Form. Enge Hüften. Knackiger Bizeps.»

Nancy zog die Augenbrauen hoch. «Und die Waden?»

«Was soll mit meinen Waden sein?»

«Sie haben total dünne Beine. Wollen Sie Ihre tollen Rumpfmuckis dann auf diesen Kranichstelzen spazieren führen?»

«Ach, ich weiß es doch auch nicht. Was will ich denn? Gut aussehen? Mehr Kraft haben?»

Plötzlich verschwand das Kesse, Vorwitzige aus ihrem Gesicht. Nancy neigte den Kopf zur Seite und sah mich schräg aus den Augenwinkeln an. «Wirklich?»

Ich brauchte eine Weile, bis ich begriff, was anders war. Sie stand in meinem Sicherheitsbereich. Normalerweise habe ich ein großes Distanzbedürfnis, und es gehört zu meinen wertvollsten Talenten, in pickepacke vollbesetzten Zügen den Sitzplatz neben mir frei zu halten, indem ich jedem vorbeirumpelnden Bahnreisenden mit der passenden Ekeltat wie dem fiesen Hosenrichten und dem widerlichen Hustenkrampf das Dazusetzen verleide. Jetzt aber stand Nancy viel zu dicht vor mir herum, und es irritierte mich nicht im Geringsten.

«Nancy», sagte ich fest. Eigentlich hatte ich das gar nicht vorgehabt. Aber es war, als könnte ich einem Menschen, der mir so nahe stand, nichts sagen, ohne ihn mit seinem Vornamen anzusprechen. Es war gewiss nichts Erotisches. Ich hätte wahrscheinlich auch vom armsteif gebrüllten «Mein Führer!» zum traulichen «Wölfchen!» gewechselt, wenn Hitlers Bürste direkt vor meiner Nase gewesen wäre. («Mein Führer, der Russe steht am Landwehrkanal!» – «Das kann nicht sein!» – «Doch, Wölfchen, echt, es ist aus!») «Nancy», sagte ich, «eigentlich bin ich hier, weil ich Probleme habe.»

«Ich weiß», sagte Nancy ernst.

«Woher weißt du das?»

«Sie haben eine Vormittagskarte. Ein Mann wie Sie sollte keine Vormittagskarte haben.»

«Ja, das stimmt.»

Nancy wiegte ihren Kopf von rechts nach links, ohne groß den Hals zu bewegen. Dann kniff sie die Augen ein bisschen zusammen und sagte leise, als verrate sie mir ein großes Geheimnis: «Wenn Sie Probleme haben, machen Sie erst mal Kniebeugen!»

Dann trat sie einen Schritt zurück und drehte sich wieder um, und gerade als sie sich abwandte, sah ich in ihrem Gesicht ein Lächeln aufziehen.

Nancy ging dozierend vor mir her durch die Maschinerie und erweckte fingerzeigend etliche Hub- und Druck- und Reißgeräte zum Leben. «Also Kniebeugen, aber mit dem Hintern wirklich runter. Nicht bloß so 'ne Damenknickse. Rudern an der Maschine, gerade aufsetzen, nicht nach hinten lümmeln, keinen Buckel machen. Hier Bankdrücken, mal breit, mal eng, aber maßvoll. Sonst haben Sie schnell mehr Brust als ich.»

Mitten hinein in meine vom Pendeln ihres Pferdeschwanzes erzeugte Trance schrie es plötzlich: «Butterfaaaß!» Und wieder: «Butterrrrfasss!» Wir wandten uns um, und hinten vor dem Freihantelgehege klemmten zwei gewaltige kahlrasierte Jungmänner Rücken an Rücken aneinander und schwenkten sich gegenseitig in die Luft.

«Ach ja, Dehnen hätte ich beinahe vergessen. Kann man auch ohne Partner machen. Alles klar? Na, dann machen Se mal los!»

Sie ging. Die Füße leicht auswärts gedreht, während ihr Leib auf dem Becken hin- und herpendelte, als sei ihre Wirbelsäule ein ausbalancierter Tellerstapel in einem artistischen Weltrekordversuch. Dann wurde die Luft wieder etwas stickiger.

Ich sah mich um. Das Fitness-Studio wies genau den richtigen Grad der Abnutzung auf, den ein Eisenhebewerk aufweisen sollte, um suchenden jungen Männern einen Ort unverfälschter Maskulinität anzuzeigen. Grauer Filzboden bedeckte den Estrich. Die Wände waren weiß getüncht. Überall standen Kraftmaschinen aus unlackierten Profilstählen mit klumpigen Schweißnähten herum und machten durch leichte Dysfunktionalität jedem klar, dass ergonomisch nur ein anderes Wort für «feige» war. Hier glitt und rauschte nichts, hier schrammten, knarrten und polterten die Gewichte in den Führungen. Die Hantelscheiben waren rohes, ungummiertes Eisen. Hier stürzten die Zentnerlasten ungeschützt aus den Fäusten in die blanken Halterungen. Alles für das eiserne Klonken, Krachen und Scheppern, die akustischen Signale männlicher Unbekümmertheit. Unvorstellbar, dass hier Sätze fallen könnten wie: «Diese Hundertfünfzig-Kilo-Langhantel kann man auch etwas leiser abstellen, junger Mann.» Unter den Blicken der beiden Butterfassschwenker breitete ich mein Handtuch sorgfältig auf der Bank an der Rudermaschine aus, setzte mich darauf und zog am Griff, aber er bewegte sich nicht so weit zu mir wie erwartet. Ich sah nach vorn. Die Arretierung der Gewichte steckte bei fünfzig Kilogramm, und eigentlich hatte ich mich als jemanden betrachtet, der so etwas ziehen kann. Ein Irrtum. Nur gut, dass mein Leben bisher ohne Bewährungsproben der Maximalkraft verlaufen war! Was, wenn ich einer alten Frau gütig angeboten hätte, ihr die Taschen über die Straße zu tragen, um mich dann, von zwei Tüten am Bordstein festgezurrt, zähnefletschend vor dem Zebrastreifen aufzubäumen?

Die beiden Typen vor dem Freihantelbereich verschränkten die dicken Arme so gut es ging vor der dicken Brust und warteten. Ich musste im wahrsten Sinne des Wortes zurückstecken, aber wohin? Auf fünfundvierzig Kilogramm, um dann zur Freude der beiden Muskulösen eine neuerliche Enttäuschung zu erleben? Auf zehn Kilogramm? Aber ich war hier, um meine Muckis zum Wachsen zu bringen, und nicht zur postoperativen Bewegungsschulung.

Ich stand nochmal auf und begann mich zu dehnen und die Arme in den Schultergelenken herumzuschleudern, als hätte ich bloß das Aufwärmen vergessen. Dann nahm ich das Handtuch, wedelte mir ein bisschen Luft zu und hängte es wie beiläufig so an den Turm, dass der Gewichtskasten großräumig verdeckt war, und steckte bei ein paar letzten federnden Rumpfbeugen schnell und doch hoffentlich unbemerkt den Stecker auf zwanzig Kilo um. Dann setzte ich mich wieder hin und zog den Griff nunmehr behände, aber auch schnaufend in meinen weichen Bauch. Zu meiner Freude steigerte sich das Interesse der beiden Männer ab dem zehnten Zug, anerkennend pufften sie sich beim fünfzehnten, und ihr Interesse verwandelte sich beim zwanzigsten in Vorstadien der Ungläubigkeit, um dann – ab dem dreißigsten bei dem einen und ab dem fünfunddreißigsten bei dem anderen – komplett in sich zusammenzufallen. Irgendwann hatten es beide raus. Ich schätzte, dass das kognitive Leistungsvermögen der beiden Kraftmenschen so etwa fünf Punkte auseinanderlag. Allerdings in einem Bereich, wo Abstände keine Rolle mehr spielten. Beleidigt wandten sie sich ihren Bizepscurls zu, die sie mit einer Intensität zu curlen begannen, als wollten sie sich für ihre Leichtgläubigkeit bestrafen. Wohltuend unbeobachtet trottete ich zum Langhantelrack und machte Kniebeugen mit der blanken Hantel, bis meine Oberschenkel prall von Sauermilch waren. Nancy hatte recht. Es ging mir wirklich besser.

Als ich nach dem Training aus der Dusche kam, wurde die Tür zur Umkleide aufgestoßen, und ein Mann kam herein. Er trug eine schwarze Lederjacke, darunter ein schwarzes T-Shirt und eine weite schwarze Hose. In der einen Hand hielt er eine schwarze Sporttasche, in der anderen eine lange schwarze Taschenlampe, wie sie amerikanische Motorrad-Cops benutzen, um nachts bei steif nach vorn blickenden Serienmördern im Fahrgastinnenraum herumzuscheinwerfern, natürlich nur, um sie dann wieder fahren zu lassen. Der Mann ging auf meine Bank zu, schob mein

Sportzeug gut zwei Meter zur Seite und warf seine Tasche auf den Platz. Nackt und fassungslos stand ich hinter ihm. Es war ein Akt so beiläufiger, so unbegründeter Aggression, dass selbst Mahatma Gandhi ins Hyperventilieren geraten wäre. Der Mann öffnete seelenruhig den Spind neben meinem, hängte seine Jacke hinein und riss sich das schwarze T-Shirt von einem Kreuz, das so breit und so talgig war wie eine Schweinehälfte. Dann ließ er die weite Hose fallen und stieg, auf einem Bein hüpfend, aus dem Slip. Der nunmehr splitterfasernackte Mann warf ein paar Badelatschen vor sich auf den Boden und schlüpfte hinein. Dann wühlte er weiter in seiner Tasche herum. Mir wurde langsam kalt. Meine Straßenklamotten hingen im Schrank, und ich konnte nicht an sie heran, solange er dort herumwirtschaftete. Ich hüstelte. Der Mann reagierte nicht. Ich räusperte mich noch einmal und schon sehr viel vernehmlicher. In der Welt, aus der ich kam, hätte dieses vernehmliche Räuspern gereicht, um alle Tätigkeit im Umkreis von zehn Metern zu unterbrechen. Der Mann jedoch kramte weiter in seiner Tasche, drehte ein Döschen auf, schüttete sich etwas daraus in die Hand und warf es sich in den Mund.

Wenn ich jetzt nicht Zivilcourage zeigte, dann würde sich diese Umkleide in einen rechtsfreien Raum verwandeln, wo das Gesetz des Dschungels herrschte. Ich, Max Krenke, würde mir jetzt mein Recht und mein Zeug nehmen, aber ohne Gewalt. Geräuschlos schlich ich mich an den barleibigen Fleischberg heran, der über seine Tasche gebeugt stand. Wenn ich mich auf Zehenspitzen nach vorne reckte, könnte ich über ihn hinweg ins obere Fach meines Spinds langen und wenigstens meine Unterwäsche herausnehmen. In Unterwäsche wäre mir schon wohler. Ich stand jetzt leisen Atems hinter ihm. Drei Millimeter trennten die äußersten Spitzen meiner Schamhaare von seinem Hintern, eine Distanz, die feinere Seelen als ihn bereits in unerklärliche Unruhe versetzt hätten. Doch dann hob der Mann plötzlich langsam seinen Kopf, und obwohl ich hätte schwören können, dass er mit dem Rücken zu mir stand, sah mich ein Schädel mit leeren Augenhöhlen und bleckenden Zähnen an. Es war der Tod! Der Tod auf Badelatschen! Grauen klappte meine Gelenke ein. Ich zuckte zusammen. Genauer: Ich zuckte mit dem nackten Schwerathleten zusammen und hielt mich versehentlich auch noch an seinen Hüften fest, um nicht zu fallen. Der Schrei, der jetzt ertönte, war irritierend hoch. Der Mann sprang einen für seine Masse beachtlichen Halbkreis, blieb dann kampfbereit stehen und starrte mich hasserfüllt aus plötzlich wieder sehr lebendigen braunen Augen an. «Hast du die Scheiße? Hast du Scheiße? Wolltest du mich ficken, du schwule Sau? Ich mach dich platt, ich klatsch dich auf!», keuchte er atemlos. Zu meiner Verwunderung war sein Erschrecken um einiges größer als das meine. «Aber ich hab das gecheckt, du warme Ratte...», keuchte der Mann weiter, und ich registrierte, dass es in der Welt dieses Mannes offenbar zu den ernsthaften Gefahren zählte, unbemerkt penetriert zu werden. Ich wollte ihn erst freundlich anlächeln, aber da ihn dies möglicherweise nur in seinen Befürchtungen bestärkt hätte, hob ich nur sachte die Hände und sagte: «Ich wollte Sie nicht ängstigen!» Der beschwichtigende Effekt stellte sich nicht ein. Der Fleischberg brüllte etwas Unverständliches, sprang auf mich zu und packte meinen Hals, dass mir die Adern an der Stirn hervortraten. «Ich hab keine Angst vor dir, du Schwuchtel! Ist das klar?» Ich bestätigte ihm dies ausgiebig. Der Griff war tatsächlich sehr hart und machte das Atmen komplett unmöglich. Erst als ich ihm mit fuchtelnden Händen bedeutete, dass ich in Kürze irreversibel tot sein würde, ließ er von mir ab und stieß mich auf die Bank.

«Ich wollte nur meine Sachen aus dem Schrank holen», röchelte ich.

«Dann mach's Maul auf, du Sack, du, und schleich dich nicht mit deinem Schwanz hier an.» Halb nackt lag ich auf der Bank und massierte schluckend meinen Hals, der sich noch nicht wieder richtig offen anfühlte. «Ich habe deutlich gehüstelt, zweimal sogar!», verteidigte ich mich krächzend. Der Mann riss die Augen zu Glotzgröße auf und ließ den massigen Unterkiefer herabsacken, um sein Gesicht noch auffassungsschwächer aussehen zu lassen als sowieso schon. «Und was sollte das bringen? Lutsch 'n Bonbon oder huste deine Oma an, du Clown! Aber nicht mich. Klaro?» Ich nickte artig mit dem Kopf. «Na, also!», meinte der Mann schon zufriedener, ging wieder an seine Tasche, holte ein Tanktop und Boxershorts heraus und zog sich an. Als er sich wieder wegdrehte, sah ich es: Auf dem Hinterkopf trug er einen tätowierten Totenschädel.

9 Ich hatte Dorit nichts davon gesagt, dass ich jetzt meine Vormittage in Sascha Ramon Niekischs Zentrum für Realistische Selbstverteidigung verbrachte, anstatt «auf Arbeit» zu gehen. Vor Jahren einmal hatte mich Dorit bei den

Schultern genommen und mich sehr eindringlich beschworen, dass ich ihr immer alles erzählen könne. Das Ergebnis war indes, dass ich ihr nur noch das Nötigste erzählte. Denn schon bei der allernächsten Gelegenheit hatte ich leider erfahren müssen, dass sie nicht mein «Mülleimer» sei. Dorit ist zwar der Meinung gewesen, dass Liebende keine Geheimnisse voreinander haben sollten, aber offenbar hatte sie sich mein geheimes Innenleben irgendwie erhebender oder wenigstens unterhaltsamer vorgestellt. Meine Phobien und Besorgnisse waren ziemlich kleinteilig und eigneten sich nicht für ergreifende Geständnisse am Kaminfeuer. Im Grunde war ich nur von der Furcht besessen, die Wurst könne nicht mehr frisch sein. Die Frage, wann der Bierschinken noch saftig und wann er schon schmierig war, teilte sich Dorit aber nicht in derselben Dringlichkeit mit, und sie wollte davon verschont bleiben. Vielleicht hatte sie mit ihrer Abwehr sogar recht. Schließlich musste sie mit dem Mann, der eben noch unschlüssig an der Wurst gerochen hatte, ins Bett gehen.

Im Moment war mir sowieso nicht nach Reden. Ich hatte immer noch Schluckbeschwerden. Meine Beine schmerzten von den Kniebeugen, mein Gang fühlte sich ein wenig zittrig an, und ich war so ausgepowert, dass ich schon anderthalb Stunden nach dem Abendbrot wieder Hunger und Durst hatte. Leider saß Dorit mit dem Laptop in der Küche und entwarf irgendwelche Storyboards mit glücklich lachenden Kindern vor Immobilien. Wäre ich jetzt zum Kühlschrank gegangen, hätte mir das mindestens einen kritischen Blick eingetragen. Just als ich überlegte, ob ich stattdessen nicht einfach ins Bett gehen sollte, fiel mir ein, dass im Wintergarten noch Chips und Bier von der letzten Party standen. Ich schlurfte durchs Schlafzimmer am Doppelbett vorbei zum Wintergarten. Wir hatten das Bett damals mit durchgehender Matratze gekauft, weil wir verliebt waren und keine Besucherritze wollten «wie bei alten Leuten». Im Laufe der Zeit hatte sich aber herausgestellt, dass die alten Leute gar nicht so blöd waren. Immer wenn ich mich im Schlaf wie eine fette Kegelrobbe wendete und niedersackte, hüpfte Dorit am anderen Ende in die Höhe. Behauptete sie zumindest. Noch weigerten wir uns, die eine gegen zwei Matratzen auszutauschen, aber es war nur eine Frage der Zeit.

Im Wintergarten gab es tatsächlich einen halbvollen Kasten Radeberger und zwei Tüten Erdnussflips, und ich wollte mir gerade eine Flasche herausziehen, als ich schräg gegenüber Licht sah. Zwar war ich selten abends im Wintergarten, aber ich hatte da drüben noch nie Licht gesehen. Denen musste es mit unserem Wintergarten ähnlich gegangen sein, denn sonst hätten sie die Vorhänge zugezogen. Ich hielt es nur eine einzige Sekunde für etwas anderes als Geschlechtsverkehr, dann ließ das vertraut repetetive Bewegungsbild keine andere Deutung mehr zu. Das Zimmer sah im Licht der viel zu hellen Deckenleuchte seltsam unwirklich aus. Der Schrank, das dazu passende Bett mit dem hohen Kopfteil, alles aus lackierter Buche, die pralle, türkisfarbene Damast-Steppdecke, die sich das Paar zu den Füßen gestrampelt hatte – alles schien aus einer anderen Zeit zu stammen und nach Mottenkugeln zu riechen. Von der Frau waren nur ein Viertel Frisur, altbackene Kunstlocke und die dicken Knie zu sehen. Vom Mann der bleiche Rücken und haarige Oberschenkel, die Füße steckten unter der Steppdecke, wahrscheinlich hatte er sie gegen das Bettende gestemmt. Die beiden umklammerten sich so fest, als wären sie aus einem Flugzeug gefallen und nur einer hätte einen Fallschirm dabei, ihre Hände suchten manchmal fahrig seinen schon etwas lichten Schädel ab, seine weißen Pobacken – so weiß, dass man annehmen musste, sie hätten noch nie das Sonnenlicht gesehen – hoben und senkten sich regelmäßig, man hätte ein Metronom darauf einstellen können. Nach einer kleinen Weile merkte ich, dass ich immer noch gebückt über dem Bierkasten stand. Da ich schon zu lange zugesehen hatte, um mich noch dezent abwenden zu können, zog ich leise – obschon sie mich nicht hören konnten – eine Bierflasche aus dem Kasten, öffnete sie mit einer zweiten, setzte mich in den Rohrsessel, trank einen Schluck und schaute im Haus gegenüber dem Paar fortgeschrittenen Alters beim Liebesringen zu. Die Szene, so monoton sie war, und das Bier senkten Frieden in mein Herz. Abwesend fingerte ich eine Erdnussflipstüte auf und stopfte mir das Maul. Es war unglaublich. Der Mann kam einfach nicht zum Ende. Dann hörte ich Dorit. Ich schaffte es gerade noch, ihre Hand vorm Lichtschalter zu stoppen.

«Was machst du hier im Dunkeln? Heimlich Bier trinken? Schon mal drüber nachgedacht, ob das ein Symptom zu viel ist...?»

«Psst!», ich zeigte auf den zweiten Rohrsessel der Wintergarteneinrichtung. «Setz dich!»

«Ach Gottchen!», entfuhr es Dorit. Jetzt hatte sie es auch gesehen. «Komisches Zimmer, findest du nicht? Da würde ich ja gar nicht...»

Dorit sagte eine Weile nichts und betrachtete wie ich

mit einer gewissen Fassungslosigkeit den ausdauernden Akt, doch irgendwann meinte sie: «Mein lieber Scholli, die haben's aber nötig.» Sie setzte sich endlich hin, was mich freute, und ich gab ihr von meinem Bier ab. «Ob wir auch so aussehen?», fragte Dorit nachdenklich, und ich bejahte. Ich hätte es einmal selbst gesehen, in Prag, in dem Hotel mit dem Spiegelschrank. Echter Sex sah von außen immer doof aus. Logisch: Wenn innen so viel los ist, kommt man nicht dazu, auf seine Außenwirkung zu achten. Der Mann in dem altertümlichen Schlafzimmer war am Ende. Das Paar verharrte erschöpft.

«Wollen wir klatschen?», stieß ich Dorit an, aber Dorit verleierte nur die Augen.

Als wir eine Stunde später im Bett waren, gab ich einer Regung nach und griff nach Dorit, aber sie schob meine Hand weg und meinte, das sei «geschmacklos», «nach alledem». Ich überlegte, ob sie mit mir nur schlafen konnte, wenn ihr die Tatsache, dass sie mit mir schlief, nicht explizit bewusst war, und diese Überlegung entrollte sich zu einer Reihe sich fortpflanzender, drängender Fragen, über deren Lärm ich einschlief.

Meine Laune besserte sich von Kniebeuge zu Kniebeuge. Ich machte Fortschritte. Matze und Meikel sowie Rodscher, der Mann mit dem tätowierten Totenkopf, kamen, wenn sie ausgeschlafen hatten. Sie arbeiteten «an der Tür» im *Krassus* und im *Ballhaus*, wie ich ihren etwas kryptischen Unterhaltungen entnahm, die sie beim Auf- und Ablegen Dutzender Fünfundzwanzig-Kilo-Scheiben führten. Matze hatte gerade irgendjemandem den Kiefer gebrochen, weil der ihn provoziert hatte oder weil Matze, wie Rodscher sagte, ihn mit jemandem verwechselt hatte, der ihn früher mal provoziert hatte oder genauso geguckt hatte wie der, der ihn früher mal provoziert hatte oder sein Bruder war, wie sollte Matze das wissen, wenn die alle gleich aussahen. Zum Glück war Meikel dazugekommen und hatte dem anderen die Hand mit dem Messer auf den Rücken gedreht, wobei er sich selbst beinahe die Eier abgeschnitten hätte, wie er im Nachhinein einschätzte. Dann sahen sie plötzlich alle zu mir her und fragten, ob es einen bestimmten Grund dafür gäbe, dass ich meine Übung an der Butterflymaschine nicht fortsetzte. Hurtig flügelte ich wieder los. Die Konfusion schien auf allen Seiten gleich zu sein. In derselben Nacht hatten entweder «von Driton welche» oder ein paar «Alis» dem BMW von Genadi die Reifen zerstochen. Matze hatte gar keinen BMW, sondern einen Audi, aber der war in der Werkstatt, «so blöd waren die alle». Genadi wiederum hatte in derselben Nacht noch das *Al Mansor* «entglast», was aber wahrscheinlich Quatsch war, weil Mahmoud ein guter Bekannter vom Kaukasier war, der wiederum mal mit der Freundin von Genadis Schwester, «ja genau, du sagst es, Alter, die mit dem Birnenar... Aber hallo, junger Freund, das Fenster bleibt zu!!», kommandierte es mir ins Kreuz. Ich hob die Arme und ging in kleinen Schritten wieder zurück. Das bisschen Schweißmief machte doch mir nichts aus. Meikel, der Voluminöseste von allen, mit Schultern, als hätte man ihm Kokosnüsse implantiert, hatte überraschenderweise eine etwas tantenhafte Gesundheit. Gliederschmerzen, übles Aufstoßen und seltsames Nässen an problematischen Stellen begleiteten seine Übungen, und einmal soll er sogar beim Kreuzheben in Ohnmacht gefallen sein, weil seine Halsmuskeln die Blutversorgung zum Gehirn abgedrückt hatten. Mir schien er sowieso nicht sonderlich gut durchblutet zu sein.

Mein Problem hingegen bestand darin, dass ich zwar gut gelaunt war, aber keine sichtbaren Veränderungen an mir beobachten konnte. Ich sah genauso aus wie vorher. Rundrücken, Hohlkreuz, abstehender Hintern. Nicht, dass ich hier einen von Grund auf verbeulten Reifen aufpumpte und nachher den kräftigsten Rundrücken, das stärkste Hohlkreuz und den muskulösesten abstehenden Hintern der ganzen Stadt hatte. Aber egal: Ich war voller Energie und hatte vor ein paar Tagen sogar mit dem Fahrrad einen fetten Bremsstreifen in den Parkweg gebremst, was ich vor ungefähr vierunddreißig Jahren das letzte Mal getan hatte. Ich lief leichter die Treppen hoch und hatte mir einen Powerball gekauft, um meine Handkraft zu stärken. Leider war ich ohne Beschäftigung und hatte keinerlei Gelegenheit, jemandem auf meine neue, zupackende Art die Hand zu schütteln, obwohl ich schon mal kurz überlegt hatte, Dorit abends per Handschlag zu begrüßen.

Als ich nach dem Training an den Counter kam, stand Nancy dahinter und warf sich ein Gummibärchen in den Mund. «Sie essen ja keine Gummibärchen!», meinte sie und zeigte mir etwas, was ich als eine freche Schnute bezeichnet hätte, wenn ich imstande gewesen wäre, mein eigener Onkel zu sein. «Doch, doch, ich mag Gummibärchen ganz gern», sagte ich schlapp, «aber ich bin zu dick.»

«Sie sind nicht dick. Sie stehen falsch.»

Ich hievte mich auf einen der Hocker am Tresen, packte kraftlos meine Sporttasche auf den Nachbarhocker und reichte ihr den Spindschlüssel rüber. «Kennt Reiner Calmund deine Theorie?»

«Na ja. Ihr Becken ist nach hinten gekippt.»

«Das ist alles? Warum hast du mir das nicht gleich gesagt? Dann kippe ich mein Becken wieder nach vorn und melde mich hier ab.»

Nancy tänzelte mit dem Schlüssel zum Schlüsselbrett und tauschte ihn gegen meine Karte aus. «Das geht nicht», sagte sie fröhlich. Sie hielt mir die Karte hin und zog sie auf Zack zurück, als ich gerade danach greifen wollte. «Ihr Becken hat Angst.»

Ich erkenne eine Wahrheit sofort, wenn sie sich offenbart. Das Einzige, was diese Wahrheit schwerer annehmbar machte als andere, war die Tatsache, dass Nancy heute unter ihrem weißen T-Shirt deutlich sichtbar ein Oberteil in Leopardenfelloptik trug und nach der Leopardenfellunterwäsche-Logik das Unterteil genauso aussehen musste. Ich kannte die Wahrheit in Kitteln und Uniformen, aber noch nie hatte sie mir in Leopardenfellunterwäsche gegenübergestanden.

Ich merkte, dass Nancys Blick meinem Blick gefolgt war, und ich nutzte diese Sekunde, um mir meine Karte aus ihren Fingerspitzen zurückzuholen. Ich erinnerte mich an den Eiertritt von Rikki Schroedel. Möglicherweise war mein Becken wirklich traumatisiert. Aber ich wollte kein offenes Buch sein, in dem junge Menschen ohne jede Lebenserfahrung im Vorbeigehen so ein bisschen herumlesen. Ich versuchte, meine Stimme tief und satt klingen zu lassen, wie die eines Mannes, dessen Becken sich vor rein gar nichts fürchtet. Aber es klang mehr schief als höhnisch. «Wovor soll mein Becken denn Angst haben?»

«Keine Ahnung. Ich kenne Sie noch nicht lange genug. Ihr Becken speichert jedenfalls Angst.»

Das wurde ja immer schöner. Jetzt war mein Becken auch

noch ein Angstspeicher. Hatte die Natur gut eingerichtet, für schlechte Zeiten wahrscheinlich, falls es mal weit und breit nix zum Sichängstigen gab. Liebe Wahrheit in Leopardenfellunterwäsche, das musst du mir dann doch mal näher erklären! «Ja, wie denn das?»

Nancy federte aus den Knien in die Höhe und wuppte ihr eigenes Becken grazil auf den Tresen, als ertrüge die folgende Auskunft keine Barriere zwischen uns. Sie drehte sich zu mir ein, lehnte sich vor und sah mich mit ihren Schokoladenaugen an. «Ihr Becken hat nicht Angst vor irgendwas Konkretem. So ist das nicht. Aber, wenn Sie ein guter Junge waren...»

«Ich war ein guter Junge», sagte ich und schluckte den Kloß in meiner Kehle hinunter. Es war, als würde ich an einem Sarg stehen. Sie war mir schon wieder zu nahe gekommen.

«... dann haben Sie vielleicht Signale der Angst empfangen, unbewusst, von außen», sie äugte in der Gegend umher, «von Ihrer Familie, von Ihrer Mutter, Ihrem Vater, Ihren Lieben...»

Die Wahrheit war heute Morgen auf Zehenspitzen zum Kleiderschrank getippelt und hatte lange im Wäschefach gestöbert, um mir im Raubtierkostüm ihre Aufwartung zu machen. Die Wahrheit wollte mir heute das Genick durchbeißen, und dafür war es der passende Aufzug.

«Vielleicht hat sich Ihnen unbewusst mitgeteilt, dass es gefährlich ist, gerade zu stehen, und Sie haben Ihr Becken zurückgenommen, damit Ihre Lieben sehen konnten, dass Sie verstanden haben.»

«Das klingt sehr, sehr unwissenschaftlich», sagte ich trotzig. Aber ich wusste schon länger, dass meine Mutter sich immerzu Sorgen gemacht hatte. Nicht nur, ob das Wetter bis zum Nachmittag «halten» würde, wenn die Wäsche draußen war, ob Tante Gerda «was Ernstes» hatte, ob Vater von der «Versammlung» sicher heimkommen würde (die Sorge war unbegründet: Normalerweise schleppten sie ihn zu zweit oder zu dritt und warfen ihn, während er seine Kollegen saftig abknutschte und sie gleichzeitig als «ausgemachte Hallodris» beschimpfte, aufs Bett, wo sie ihn bloß noch auskrempeln musste), manchmal hielt meine Mutter auch nur inne, sie stand am Küchentisch und rollte Teig aus, und ihr Blick entglitt ins Nichts, dann wieder hockte sie sich vor mich hin und nahm mich bei den Schultern und sagte, ich würde sie nochmal ins Grab bringen mit meinen Dummheiten (ich hatte ein Hakenkreuz auf die Tafel gemalt, allerdings, wie mein Vater und der Direktor bei der Tatortbegehung fachmännisch feststellten, falsch herum). Was Nancy nicht wusste, war, dass meine Mutter mit dem Treck aus Ostpreußen hierhergekommen war und dass das Schicksal ihrer Mutter, meiner eigentlichen Großmutter, unausgesprochen blieb, solange ich noch ein Kind war, weil ich «es noch nicht verstehen würde». Später, als ich kein Kind mehr war und erfuhr, wie meine Großmutter auf einem Feld in Ostpreußen zu Tode gekommen war, «verstand» ich es allerdings auch nicht. Im Grunde gab es nichts zu «verstehen», außer dass meine Mutter alle Gründe hatte, mit größter Sorge und schlecht beherrschter Furcht auf die Welt zu sehen. Dass diese Zeit gleich quer durch die Generationen die Leute krumm schlug, leuchtete mir ein.

«Und wenn das Becken erst mal schief steht», fuhr Nancy fort und drehte sich so auf dem Tresen, dass sie nun ganz vor mir saß und mit den Beinen baumelte, «gerät die Wirbelsäule aus dem Lot, und dann kostet das bloße Herumstehen Kraft. Auch wenn Sie das vielleicht nicht wollen, Sie wirken immer ein wenig erschöpft.»

«Das würde vieles erklären», meinte ich und fügte schmallippig an: «Zu vieles.»

«Sie müssen mir nicht glauben. Beckenfehlstellungen wirken auch, wenn man nicht dran glaubt.»

«Du meinst, während ich tolle Reden schwinge und gut drauf bin, macht mein Körper dauernd hinter meinem Rücken den Leuten geheime Zeichen?»

Nancy dachte nach und sagte dann: «So ungefähr.»

Ihre Füße steckten in Leopardenfellpantoletten. Das Ganze war so unwirklich, wie man es sich nur wünschen konnte. Oben schrien Rodscher und Matze Meikel an: «Los, einen noch, einen schaffst du noch! Los, drück, du Sau!» Was Meikel aber falsch verstand, wie man gleich darauf hören konnte.

An der Seite von Nancys weißer Jerseyhose zeichnete sich der Abdruck einer Schleife ab. Was habe ich in Bibliotheken an Zeit verloren! Schnürhöschen in Leopardenfelloptik werden die Welträtsel lösen! «Du bist mir ja eine. Ich dachte immer, mein Leben sei sinnlos, dabei war es nur eine Beckenfehlstellung.»

«Ach, Sinn», sagte Nancy, «das ist doch zwanzigstes Jahrhundert.»

Ich nahm meine Tasche und sagte: «Tschüss, Nancy!»

Und Nancy sagte: «Tschüss, Herr Krenke!»

Beim Hinuntergehen kam mir ein Mann mittleren Alters mit perfekt graumeliertem Haar entgegen, ohne zu grüßen. War ja klar. Ich blieb stehen und kippte mein Becken vor und zurück und wieder vor, als würde ich mich an- und ausschalten. «Alles in Ordnung?», rief der Mann von anderthalb Treppen über mir herunter. Ich winkte ein Okay.

Heute Abend würde Nancy an den Schleifen ziehen.

Nach dem Training fuhr ich mit dem Fahrrad in die Stadt. Ich wollte nicht, dass Dorit mich tagsüber in der Wohnung antraf. Ich hatte mir ein bulliges Mountainbike mit Alurahmen gekauft, das man leichten Fußes Treppen hoch- und runtertragen konnte, was mir, wie ich fand, die dynamische Ausstrahlung eines Fahrradkuriers verlieh. Das Fahrrad lenkte sich eierig, weil ich «Brust» trainiert hatte. Offenbar war die Muskulatur ermüdet und reagierte deshalb nur widerwillig. Am liebsten hätte ich die Arme über den Lenker baumeln lassen, wie Konrad als Kleinkind, wenn er sich auf dem Dreirad durch den Park hat schieben lassen, die faule Socke! Eine Weile machte ich immer bei der Halfpipe halt, in der ein paar Jungs, denen der Begriff «Schulpflicht» nichts sagte, mit ihren Rollbrettern oder gedrungenen Kunsträdern hin und her rollten. Einer von ihnen, ein aschblonder Schlaks, schien mir besessener als andere zu sein, wie ein Verrückter übte er seine Flips, bei denen er sich regelmäßig ziemlich drastisch auf die Fresse legte. Einmal, als er mir aus der Halfpipe direkt vors Rad rutschte, klinkte irgendeine Ermunterungsautomatik in mir ein, und ich sagte: «Junge, wenn du in der Schule so viel Einsatz zeigen würdest wie hier, wären deine Eltern sicher glücklich!»

Der Schlaks sah mich mit einem Gesicht an, in dem kindlicher Respekt und jugendliche Verachtung nebeneinanderwohnten. «Aber ich nicht!», sagte er dann, stand auf, kickte sich das Rollbrett in die Hand und kletterte wieder auf die Halfpipe.

Ich war einfach ein Idiot.

An geraden Tagen aß ich beim Chinesen, an ungeraden beim Türken. An geraden Tagen ging ich zum Verdauen in den Buchladen und las mich flüchtig durch ein paar Bücher, die mich schon immer brennend interessiert hatten, aber die ich niemals in aller Öffentlichkeit über einen Kassentisch reichen würde. «Haarausfall muss nicht sein – die Jack-Godwin-Methode», «Mit Bäumen sprechen – Wege zur inneren Natur», «Russische Häftlingstattoos rechtzeitig richtig deuten» oder «War Jesus bisexuell? – Fragen an das Thomasevangelium». An ungeraden Tagen musste ich im Freien bleiben, weil ich Bestandteile des Döners nicht ordnungsgemäß verstoffwechsle. Ich setzte mich vorm Rathaus auf den Rasen und ließ das Rauschen des Springbrunnens alles andere übertönen. An der anderen Seite standen Bänke, und auf den Bänken ruhten sich fette ältere Frauen aus. Gemütlich, die Finger mit den eingewachsenen Eheringen ineinander verhakt, hockten sie da. Schräg gegenüber lungerten ein paar Punkpärchen, die ständig ihre Hunde oder einander anschrien. Ich hatte mir eine Sonnenbrille gekauft, um besser beobachten zu können. Machte ja auch Sinn. Lieber andere beobachten als dauernd in sich selbst hineinhorchen.

10

Als Dorit am Abend nach Hause kam, wirkte sie verändert. Ich brauchte sie nicht einmal zu sehen, um zu wissen, dass etwas vorgefallen war. Ich hörte es schon an der Art und Weise, wie sie den Schlüssel in der Tür drehte. Auch wie sie Maschas selbstgemaltes Bild lobte, wie sie mit Konrad ganz fachmütterlich die Möglichkeitsbedingungen für den Besuch eines Friseurs in den nächsten Jahren diskutierte, war perfekt normal, eine Art Zuwendung, die Dorit nur demonstrierte, wenn sie etwas «nicht vor den Kindern» mit mir besprechen wollte. Diesmal aber war ihre Normalität so furchterregend normal, dass ich den Wunsch verspürte, in der schützenden Nähe der Kinder zu bleiben, am besten mit ihnen ins Bett zu gehen. Gott sei Dank kam im Fernsehen ein Krimi, und ich betete, dass er Dorits Aufmerksamkeit zu fesseln vermochte.

Ein Zoolöwe musste notoperiert werden. Man fand Plastik in seinem Magen. Der Löwe war ein Zuchtlöwe und sehr wertvoll. Der Veterinär war stinksauer. Der Tierpfleger konnte sich die Sache gar nicht erklären, aber das schien bei ihm etwas Grundsätzliches zu sein. Vielleicht hatte ja ein Zoobesucher ... Als aber der Veterinär am Abend mit einem Kumpel beim Bier saß und immer noch empört mit dem Plastikfetzen wedelte, sagte der Kumpel, dass er das Teil zu kennen glaube, vor zwei Jahren hätte sich seine Uschi zum Vierzigsten den Busen aufwuchten lassen, und da hätte sie zwischen ein paar Größen wählen können, das waren genau solche Plastikbeutel mit genau solcher Nummer drauf. Die Tür klappte, und Konrad kam im Schlafanzug, um seine immer formaler werdenden Gutenachtküsse auf uns zu verteilen. Kaum, dass er die Wohnzimmertür geschlossen hatte, drehte sich Dorit zu mir ein und sprach mit fremder Stimme, als bewege ihr ein Dämon die Zunge: «Ich habe heute deinen Chef getroffen.»

«Und was erzählt er so?», erwiderte ich mit erstickter Beiläufigkeit.

Dorit schürzte vor Wut die Lippen, während ihr gleichzeitig Tränenglanz über die Augen zog. Ich bewunderte sie. Ihr Körper tat immer beizeiten, was er sollte. Ich würde mich da sonst wie im Ausdruck verheddern.

«Er hat gesagt, er könne dich fürs Erste nicht mehr weiterbeschäftigen wegen deiner Probleme.»

«Ach das», kommentierte ich flau.

«Wegen deiner Sexprobleme!», stieß sie hervor und wandte erschüttert den Kopf ab. «Er hat gesagt, die Kolleginnen würden sich weigern, mit dir zu arbeiten, weil du dir immer vorstellst, wie du in sie eindringst.»

Das war der Beweis! Chef – der wiedergeborene Stalin. Der gütige Erzschurke. Im Gewand der Besorgnis ließ sich jede Lüge verstecken. Kolleginnen! Eindringen! Mir pumpte das Blut in gewaltigen Kolbenhüben durch den Kopf. Dorit wandte sich mir langsam wieder zu, diesmal als Schmerzensreiche. «Sag mir, warum du uns das antust!»

«Ich tue euch nichts an», sagte ich, «das ist alles etwas komplexer.»

«Ist denn Oralverkehr wirklich so wichtig?», sprach Dorit den einzigen wirklich relevanten sexuellen Disput unserer Beziehung an, in der Hoffnung, hier die Quelle allen Verderbens zu finden und, wenn es denn sein musste, zu stopfen. Die Oralverkehranfrage, von mir eines Sonntags beim Mittagessenkochen freimütig vorgebracht (ich hatte in der Zeitung gelesen, man solle ruhig mal mit seinem Partner sprechen, wenn es im Bett etwas trockenbrotmäßig zuginge), war nämlich abschlägig beschieden worden. Dorit hatte mir eine gerade geputzte Mohrrübe in die Hand gedrückt und gesagt, die solle ich mal eine Minute im Mund behalten. Aber ohne Zähne. Ich fragte noch, ob eine Gurke nicht realistischer sei, aber Dorit sagte, nein. Beleidigt gab ich Dorit die Mohrrübe zurück, und sie drückte sie mitleidlos in den Zerkleinerer. Meine Vorhaltung, dass ich mich schließlich auch hin und wieder dergestalt an ihr zu schaffen machen würde, hatte sie mit geheuchelter Enttäuschung beantwortet. «Ich wusste nicht, dass du das aus Berechnung tust. Ich dachte, es wäre Liebe!»

Aber jetzt war sie auf dem falschen Dampfer. «Dorit», sagte ich, «da sind ein paar Sachen zusammengekommen. Aber ich krieg das wieder hin.»

«Warum hast du nicht mit mir darüber gesprochen? Weißt du, wie ich mich gefühlt habe, das alles zufällig von einem Fremden zu erfahren? Die ganze Stadt wusste es wahrscheinlich schon, nur ich nicht.»

«Du glaubst ihm offenbar jedes Wort.»

«Du hast eine junge Frau überfallen. Vor Zeugen. In einem Antifa-Café. Oder hat er sich das alles ausgedacht?»

«Ich bezweifle, dass dich meine Version überzeugen würde.»

Was ich ihr nicht sagte, war, dass ich selbst meine Version auch nicht sonderlich überzeugend fand. Die Wirklichkeit hat ja gewisse Plausibilitätskriterien zu erfüllen, aber sie tut uns nicht immer den Gefallen. Eine simple, versöhnliche, gewöhnliche Lüge ist da manchmal besser.

«Wie soll ich ihm nicht glauben? Du sagst mir nichts, tust so, als wäre alles in Ordnung, gehst jeden Morgen aus dem Haus. Das spricht, verzeih mir, nicht gerade für Ehrlichkeit.

Wo gehst du eigentlich hin? In den Park, vor die Kaufhalle zu den anderen...» Sie stoppte noch rechtzeitig vor dem Wort «Versagern».

«Ich gehe in ein Fitness-Studio. Ich habe eine preiswerte Vormittagskarte.»

«In ein Fitness-Studio? Um deine Sexprobleme zu lösen? Wäre ein Therapeut da nicht die bessere Wahl?»

«Noch einmal, Dorit: Es war nicht so, wie du denkst. Du musst mir vertrauen.»

«Ich habe dir so lange vertraut...»

Das stimmte zwar nicht, sie hatte mir nie richtig vertraut, aber offenbar hatte Dorit Gefallen daran gefunden, mit einem Monster ihre Fernsehabende zu verbringen. Den Krimi vor und hinter der Mattscheibe. Sie schwieg länger, dann legte sie ihre Hand auf meine. «Bist du noch der Mann, den ich zu kennen glaube?»

«Die Meldestelle sagt ja», sagte ich, worauf Dorit mich lange durchdringend ansah und dann fassungslos den Kopf schüttelte.

Im Fernsehen wedelte jetzt ein Antiquitätenhändler mit einem affigen blaugelben Seidentuch im Hemdausschnitt durch eine großbürgerlich mahagonigetäfelte Szene und heuchelte der Kommissarin – einer gefeierten Schauspielerin jenseits der fünfzig, von der nur im Zusammenhang mit ihrer unglaublichen Jugendlichkeit gesprochen werden durfte – sein Unverständnis über die plötzliche «Weltreise» seiner sonst so gewissenhaften Sekretärin ins Gesicht. Im Hintergrund stand steif seine hagere Gattin in einem der Tageszeit unangemessenen Jacquardblazer oder Kurzmantel, der ihren Reichtum symbolisieren sollte, und zischte durch einschüchternd große Pferdezähne, die Sekretärin sei ein Flittchen gewesen und habe ihrem Mann mit ihren «Möpsen» den Kopf verdreht. Die hagere Gattin hatte ein rauchiges Timbre und tatsächlich einen gewissen Adel der Haltung, und es war sehr schön, diese Obszönität aus ihrem Mund zu hören. Die Kommissarin erkundigte sich eingehender. So auch meine Frau. «Sag mir, was du jetzt machen willst!»

«Ich hebe Gewichte und denke nach. Es ist eine Auszeit.»

«Das kann nicht dein Ernst sein, oder? Du willst mir jetzt nicht sagen, dass du diese unhaltbare Situation in einer Muckibude aussitzen willst?» Dann streckte sie ihren Arm aus und wies ins Zimmer beziehungsweise durch das Zimmer hindurch, in die Diele, in die Zimmer, die an die Diele anschlossen. «Dahinten schlafen deine Kinder. Tief und fest. Träumen von Geburtstagen, von Urlauben, Kinobesuchen, ach, vielleicht nur von einem Ausflug im Auto, einem Fernsehabend. Du hast Verantwortung übernommen, mein Lieber, als du diese Kinder gemacht hast.»

Ich war mir sicher, dass niemand, der mich damals auf Dorit gesehen hätte, auf die Idee gekommen wäre, dass ich gerade dabei war, Verantwortung zu übernehmen. Es muss insgesamt doch eher unverantwortlich ausgesehen haben.

«Du trägst die Verantwortung, dass es ihnen gutgeht. Verantwortung für ihren Lebensstandard!»

Es war das erste Mal, dass ich Dorit in so deutlichen Abstiegsängsten gefangen sah, und ich mochte es nicht. Scheiß Lebensstandard-Erpressung. «Das wird schon wieder. Irgendwas geht immer!», beruhigte ich sie, zog meine Hand unter ihrer hervor und tätschelte sie hilflos.

Dorit fegte meine Hand weg und sprang auf. «Nein, mein Lieber, so kommst du mir diesmal nicht davon. Du bewegst deinen Hintern und suchst dir eine Therapie, und die besuchst du auch! Die besuchst du, bis du wieder auf Spur bist. Das lässt du dir schriftlich geben und legst es deinem Chef auf den Tisch. Und sei froh, wenn bis dahin nicht jeder einzelne Kollege spitzgekriegt hat, dass du deine Triebe nicht im Griff hast...»

«Niemals! Das wollen sie doch alle. Merkst du nicht, dass ich ihnen damit recht geben würde!»

«Na und!», schnappte Dorit wütend, «Sie haben dein Geld, und damit haben sie sowieso recht. Glaubst du, ich kann mir solche Allüren leisten? Glaubst du, ich könnte nicht manchmal vor gekränktem Stolz explodieren, wenn einer von diesen Idioten in ihren Regentanzügen mich mit der hundertsten Version eines Exposés antanzen lässt, nur um sich einen runterzuholen? Aber ich schluck das. Ich schluck das alles, weil ich nicht so blöd bin, mir von meinem Ego mein Einkommen versauen zu lassen.»

Die hervorragende Dorit – Schrecken der Meetings, der Pitchings, der Briefings – dauergedemütigt. Jedes servile «Kein Problem!», jedes «Machen wir!», jedes «Dazu sind wir ja da!» nur ein knapp erstickter Amok. Danach im Damenklo den Lippenstift nachziehen auf den angenagten Lippen, und weiter geht's. Eine Welle Beschützerwut durchflutete mich. «Du hast mir das nie so erzählt. Ich hätte doch...»

«Weil ich Verantwortung habe. Weil ich Kinder habe.»

Die Kinder hatten schon dazu geführt, dass Dorit sich von einer anbetungswürdigen Frau in eine sehr viel weniger anbetungswürdige Mutter verwandelt hatte, die sich zudem ihre Dosis Anbetung lieber von abhängigen Wesen wie dem Goldlöckchen Mascha oder dem mittlerweile allerdings nur noch sekundenweise verkuschelten Konrad holte.

«Du meinst, der Kapitalismus hat uns am Arsch, weil wir uns fortgepflanzt haben? Müssen wir jetzt vor jedem Drecksack mit Budget-Hoheit den Buckel krumm machen, nur damit unsere Kinder nicht die Wohnung, die Schule und den Freundeskreis wechseln müssen?»

Dorit verscheuchte meinen Einwand wie ein Insekt. «Was ich jetzt überhaupt nicht brauchen kann, sind irgendwelche marxistischen Macho-Sprüche. Jetzt ist gleich wieder das System schuld, wenn du dich nicht zusammenreißen kannst! Weißt du, wie viele Kinder deinem Karl Marx gestorben sind? Weißt du das?»

Ich entdeckte beiläufig, dass Streit unter ehemaligen Teilnehmern sozialistischer Schulungsseminare noch einen ganz anderen Spin bekommt. Karl Marx liebte seine Kinder, und er weinte bitterlich wochenlang, als sein Söhnchen starb. Aber was Dorit hier ablieferte, war unterster Bundestag. «Dorit, du brauchst jetzt nicht in Existenzängste zu verfallen. Das renkt sich wieder ein, wenn sich die Wogen abgekühlt haben.»

«Du musst mal zum Arzt mit deinen Redewendungen.»

Ich kochte kurz hoch. Wenn mich etwas wirklich aus der Fassung brachte, war es Stilkritik in erregten Auseinandersetzungen. Geht man davon aus, dass der Großteil aller Tötungsverbrechen im familiären Bereich geschieht, dann waren Bemerkungen wie diese die dunkle Nebenstraße, in der die Wahrscheinlichkeit, dass einem etwas zustieß, schon an Sicherheit grenzte. Nur gut, dass mein strenger Formwille jede Art von Unwillkürlichkeit ausschloss, sonst wäre ich ihr jetzt an die Gurgel gesprungen.

«Es ist ein bisschen was durcheinandergelaufen die letzte Zeit. Es war alles etwas ... ungünstig.»

«Ungünstig nennst du das? Ein gesunder Mann in den besten Jahren, in seiner HochLeisTungsZeit, lässt sich aus einer todsicheren Kiste (sie meinte meinen Tagesreporterstatus, der mich frei, aber fest an die *Hiersindwirzuhaus*-Redaktion band) rausmobben, weil er seine Zunge und seine Finger nicht unter Kontrolle hat. Was daran ist, bitte sehr, ungünstig? Das ist nur noch lächerlich!»

Meine Beschwichtigungsneigung neigte sich dem Ende zu. Ich wollte diese Diskussion nicht.

«Vielleicht gehst du mal einen Moment davon aus, dass ich unschuldig bin! Dass mir jemand eine Falle gestellt hat! Du weißt, dass Chef schon seit langem seine Altkader entsorgen will, damit niemand mehr erzählen kann, was für eine blasse Type er früher war.»

«Das macht es doch nicht besser!», rief Dorit lauter, als es ihre eigenen Abendton-Kinderschlafenschon-Gebote erlaubten. «Wer ist denn sonst immer der Geistesriese, der alles durchschaut? Du hast dich vorführen lassen wie ein Schuljunge!»

«Ich habe ein bisschen geträumt, okay! Aber warum? Vielleicht fragst du dich mal, ob meine Aufmerksamkeit gegenüber anderen Damen nicht damit zu tun hat, dass es zu Hause nur noch so vor sich hin klappert.»

In vielen anderen Ehen, oder auch in Ehefilmen, wäre dies ein toller Satz zum Innehalten gewesen. Beginn einer ernsthaften Aussprache. Aber nicht bei Dorit. «Jetzt soll ich schuld sein? Kneif mich mal, denn das glaub ich einfach nicht. Jedes Wochenende zwing ich dich auf die Beine, damit wir was unternehmen, damit du keinen Schimmel ansetzt, jeden Abend frage ich dich, was los war, wie dein Tag war, mache dir Gesprächsangebote und muss mir deine Maulfaulheiten gefallen lassen. Ich würde mal sagen, du kriegst mehr Aufmerksamkeit, als du verdienst.»

Es war sinnlos. Sie verstand den Unterschied zwischen Beziehungszauber und Beziehungsarbeit einfach nicht. Aber um ihr den deutlich zu machen, hätte ich selbst zaubern müssen, und das konnte ich leider nicht. Ich schwieg traurig, was bei mir aber wie Trotz aussah. Ich sollte mir mal Masken für meine Gemütszustände anfertigen lassen.

«Aber wie auch immer», pumpte Dorit, schwer herausgefordert von dem unglaublichen Verdacht, eine ungenügende Gattin zu sein, «ich gucke mir das nicht ewig an. Ich gucke mir diesen Ego-Trip nicht ewig an. O nein! Das hier ist eine Familie, in der jeder mitziehen muss. Und wenn du glaubst, eine Extrawurst gebraten zu bekommen, weil du der Mann bist (sie schraubte sich bei «der Mann» sarkastisch in die Höhe) oder gerade jetzt eine Midlife-Krise markieren musst, wo es bei mir auf Arbeit drunter und drüber geht, dann sage ich dir klipp und klar, wird es für dich und mich kein Happy End geben, mein Lieber.»

Anders, als es ihre Worte vermuten ließen, sah Dorit eher verzweifelt aus. Sie hatte sich weit vorgewagt. Sie hatte die böse Exit-Option erwähnt. Mit dem Ende der Beziehung zu drohen ist eine Vorgehensweise mit einem ziemlich paradoxen Selbsterfüllungspotential. Irgendwann muss man wirklich Schluss machen, und sei es auch nur, um glaubwürdig zu bleiben. Wobei einem die Glaubwürdigkeit in den Augen des dann ja immerhin Expartners eigentlich völlig schnuppe sein sollte.

«Dorit, glaubst du, dass ich solchen Erpressungen nachgebe? Glaubst du, dass ich mit dir lebe, weil ich Angst vorm Alleinsein habe?» Ich war fast ruhig geblieben und fand gerade den letzten Satz ausgesprochen gelungen. Meine Hände hielten meine Knie fest, sodass ich selbst nicht sehen konnte, ob sie zitterten. Hier saß ein Mann auf dem Thron der Wahrheit. So viel demonstrative Gelassenheit musste Dorit doch verunsichern! Allein: Sie tat es nicht. Dorit hatte die Contenance verloren, und dafür hasste sie sich. Deshalb war es nur gerecht, wenn ich mich auch hasste. «Du kannst schon mal prüfen, ob du wirklich keine Angst vorm Alleinsein hast. Du schläfst nämlich auf der Couch!»

Die Kommissarin hatte jetzt den affig gekleideten Antiquitätenhändler im Garten dabei gestellt, wie er gerade irgendwelche Liebesbriefe verbrennen wollte, und sprach ihn mit ihrer ganzen unglaublichen Jugendlichkeit an. Sie sagte ihm, dass seine kunstbusige Sekretärin nicht nur seine Geliebte gewesen sei, sondern auch von dem illegalen Handel mit Elefantenbeinhockern aus Zoo-Elefantenbeinen gewusst hätte. Sie sagte des Weiteren, dass seine Frau und Hauptgesellschafterin, die Hagere mit den Pferdezähnen, gedroht habe, ihn aus der Firma zu werfen und sich scheiden zu lassen, wenn er nicht mit der Sekretärin Schluss machen würde, und dass die kunstbusige Sekretärin daraufhin erklärt habe, sie werde alles auffliegen lassen, weswegen er dem Elefanten-Tierpfleger, der sowieso in alles verwickelt war und die möglichen Folgen wegen einer geistigen Behinderung nicht übersehen konnte, befohlen habe, die Sekretärin totzuhauen und an die Löwen zu verfüttern. Der Antiquitätenhändler sagte gar nichts mehr, sondern zuckte nur wild mit den Augen. Dann überschüttete er sich mit dem mitgeführten Benzin und wollte sich anzünden. Aber beim Überschütten waren die Streichhölzer nass geworden, und niemand wollte ihm Feuer geben. Dann folgte eine sauteure, sinnlos erhabene Hubschrauberkamerarunde, die in immer weiter sich entfernenden Kreisen die Kommissarin, ein paar Polizisten und den triefend benzinnassen Antiquitätenhändler auf dem makellosen Grün des Rasens zeigten, worüber sich ein Abspann spannte.

Ich holte mir das Bettzeug, trug es ins Wohnzimmer und warf es, ohne Dorit noch eines Blickes zu würdigen, auf die Couch. Dorit verschwand im Schlafzimmer und schloss die Tür fast geräuschlos hinter sich, aber so fest, wie jemand die Tür schließt, der nicht möchte, dass jemand in den nächsten Stunden auch nur an der Klinke vorbeistreicht. Dann kam sie doch nochmal zurück und warf mir meinen Schlafanzug an den Kopf, von dem sie behauptete, er müsse gewaschen werden.

Tatsächlich hatte ich aktuell weniger Angst vorm Alleinsein als vorm Schlafen auf der hypermodernen, harten, kalten, unnötigerweise auch noch dreiteiligen Ledercouch mit dem Charme einer Pathologenwanne. Ich verfluchte meine Vorliebe für nüchternes Interieur. Sitzen ging gerade so, aber reinlümmeln, sich nach Herzenslust auf die Couch werfen war nicht, barg sogar Verletzungsgefahr. Ich klemmte das Laken in die Ritzen, presste das Kissen zurecht und wollte mich schon zudecken, als mir einfiel, dass ich mir noch nicht die Zähne geputzt hatte. Vorsicht! So fängt es bei den meisten an. Subtile Selbstbestrafungen. Wozu noch gut riechen, wenn man sowieso nicht geliebt wird? Dann ein pelziges Gefühl im Mund. Kann man doch einfach wegspülen – mit Kristallwodka. Haare kämmen? Für wen? Aber nicht mit mir. Ich lasse mich nicht verfallen, weder in guten noch in schlechten Tagen. Ob sie es ernst meinte mit der Trennung? Kaum vorstellbar. Andererseits, wenn doch? Dann erst recht Zähne putzen.

11

Vielleicht war das Problem, dass ich so lange auf Dorit hatte warten müssen. Vielleicht war das Problem, dass ich Dorits zweite Wahl gewesen bin. Eigentlich sollte Dorit nicht meine Frau werden, sondern Martins. Aber Martin hatte zu tun. Er hatte damals gerade seine Werbefirma gegründet, besaß schon einen höllisch lauten Nadeldrucker und ein aktenkoffergroßes, tragbares C-Netz-Telefon, dessen tolle Tragbarkeit allerdings durch die Tatsache eingeschränkt wurde, dass das C-Netz-Telefon nur links hinten, in der Ecke neben dem Bürofenster, funktionierte. Dort stand Martin im September 1992 und rief mich an. Er hatte Dorit vergessen. Der Keks-Job («Da hängen viertausend Deutschmark dran, verstehst du?») und die Steuererklärung. Es war alles zu viel. Martin fragte, ob ich für ihn zum Bahnhof fahren und seine Freundin abholen könne. Sie käme mit dem Zug aus Basel und hieße Dorit Klett. Ich solle sie in seine Wohnung bringen, wo sie auf ihn warten solle. Natürlich solle sie «bitte!» auf ihn warten. Er werde es aber nicht vor einundzwanzig Uhr schaffen.

«Max, kauf halt irgendwelche Blumen und sag ‹Entschuldigung›. Dir fällt schon was ein!» Ich sagte zu, riss einen Umzugskarton entzwei und malte ein Schild namens «Dorit Klett». Das Schild gibt es noch. Es hängt im Gästeklo.

Wir haben Fotos aus einem Fotoautomaten draufgepinnt. Ich stand also mit dem Schild am Ende des Bahnsteigs und sah sie kommen. Naturstolz. Offener Mantel. Haarspraylocke à la *The Cure*. Unter dem lässigen Dark-Wave-Outfit aber ein ausgesprochener Sportlerkörper. Brust raus mit B-Körbchen. Eine Hebammentasche an der Seite. Die Menschen um sie herum – nichts als Bevölkerung. Dorit sah das Schild und hob eine Augenbraue. Ein Zeichen, das ich mittlerweile gut deuten kann. Es heißt: Nicht gut.

«Martin lässt sich entschuldigen», sprach ich, als sie vor mir stand, «er hat es nicht geschafft.»

«Das denke ich auch», sagte Dorit vieldeutig.

«Ich bin sein Freund Max», sagte ich und reichte ihr unter dem Schild den Blumenstrauß hervor.

«Du hast ja schöne Freunde», sagte Dorit, und mir fiel auf, dass ich viele schöne Freunde hatte, aber keine einzige schöne Freundin. Lust auf Verrat umschlich mich. Ich nahm ihr die Hebammentasche ab, was sie erst nicht wollte, aber dann doch ganz lustig und sogar «old school» fand. Wir gingen zu meinem alten, butterweich gefederten Opel Ascona Automatik, und ich machte ihr Platz auf dem Beifahrersitz, indem ich die Zeitungen, Zigarettenschachteln, Coladosen und Strafzettel nach hinten schaufelte. Als wir saßen, sagte ich, dass ich sie jetzt eigentlich in Martins kalte Wohnung «schaffen» solle und dass sie dort «ein paar Stunden» auf ihn zu warten habe, aber ... (Dorit siedete leise vor sich hin) ... ich persönlich würde ihr lieber die Zeit vertreiben und ihr ein bisschen die Stadt zeigen.

«Na denn, mach mal», sagte Dorit und schraubte die Sitzlehne ein Stück nach hinten. Ich zeigte ihr, wo vor der Wende die illegalen Hausbars und Bohème-Salons gewesen waren, in denen verbotene Liedermacher verbotene Lieder zur gerade noch erlaubten Gitarre gesungen hatten. Früher hatte ich mit diesem Geheimwissen die eine oder andere Frauensperson beeindruckt und war ein wenig beleidigt, weil Dorit es nur mäßig spannend fand. Dann führte ich sie in den Park, was sie mochte, und wir redeten über Bücher, Filme und Musik und stellten dabei sachlich fest, dass wir praktisch überhaupt keine Gemeinsamkeiten hatten. Wir fuhren Tretboot und diskutierten, wie und wo man «heutzutage» eine Familie gründen solle und nach welchen Prinzipien sie zu führen sei. Da war es, als würden wir uns gegenseitig das Wort aus dem Mund nehmen, so einig waren wir. Liebevolle, aber strenge Eltern würden wir sein, und es würde gegessen, was auf den Tisch kommt, und sei es auch nur, um das Essen zu ehren. Jawohl. Wir kamen gut voran mit dem Tretboot. Dorit hatte einen ziemlich kräftigen Tritt, möglicherweise sogar kräftiger als meiner. Als es Abend wurde, fuhr ich sie langsam und auf Umwegen durch die Stadt zu Martins Wohnung. Ich redete viel, Dorit weniger, aber sie schien mir trotzdem nicht abweisend zu sein. Dorit hatte ein schönes freches Lächeln, aber eine zugegebenermaßen ordinäre Lache. Als wir schließlich bei Martins Adresse hielten, nahm ich meinen Mut zusammen und sagte, dass der Nachmittag sehr schön gewesen sei, sogar schöner als andere schöne Nachmittage, vielleicht sogar einer der... und... ob sie wirklich jetzt da hochgehen wolle. Dorit tätschelte mein Knie, was ich damals nicht mochte und auch heute nicht ertrage, und sagte, ja, sie gehe jetzt da hoch, aber ich könne ja noch ein bisschen mitkommen. Wir stiegen die fünf Stockwerke hoch zu Martins Wohnung. Es war wirklich kalt da drin. Martins Wohnung war eigentlich ein ausgebauter Dachboden, geräumig wie ein Loft und karg möbliert. Man musste zwei Meter um die Ecke gehen, um das zentrale Möbel zu sehen. Ein dreistufiges Podestbett. Es stand mitten im Raum, sehr breit und selbst gezimmert. Kein Bett, eine Bühne. Wieder hob Dorit die Augenbraue. «Das ist ja ein Prachtstück!», sagte sie spitz und ging einmal drum herum. Links und rechts dahinter standen mannshohe Boxen zur Beschallung. Halleluja. Dorit hatte in der Dachschräge neben der Anlage seine Schallplattensammlung entdeckt und blätterte sich durch die Hüllen, um zu sehen, was denn der Martin für einer wäre. Offenbar einer mit Glück bei Frauen. Ich fragte mich, bei welcher Mugge sie es tun würden. Der Gedanke verursachte mir Schmerzen. Ich sagte, so lässig ich konnte, dass ich jetzt gehen werde, sie könne es sich «ja schon mal bequem machen». Dorit antwortete nichts. Stattdessen nahm sie eine Platte aus der Hülle, stellte den Spieler an, legte sie mit einer gekonnten Drehung auf den Teller und senkte die Nadel auf die Rille. Es düste los, dann kam der Beat. Irgend so ein Wave-Kram. Sie drehte die Anlage auf.

«Also, wie gesagt. Fühl dich wie zu Hause», räusperte ich mich, «ich mach dann mal los», und wandte mich zum Gehen. Ich war schon fast um die Ecke, als ich zu hören glaubte, wie sie sich hinter mir auf das Bett warf. Ich stolperte verwirrt noch einen Meter, dann machten meine Füße von selbst kehrt. Dorit lag, den Kopf auf die Hand gestützt, grinsend in der Mitte des Raumes auf dem Podestbett. «Komm», formte ihr Mund langsam, die Musik war zu laut, um sie zu verstehen. Das war jetzt nicht wahr, oder? Wollte sie sich für die Warterei schadlos halten, indem sie es mit Martins Freund trieb? In seiner eigenen Wohnung? Auf seinem Paradebett? Wie ruchlos! Das würde ich doch niemals... Andererseits. Martin war mein, na ja, vielleicht zweitbester Freund. Uns verband vieles. Aber das war doch eine Floskel. Loyalität? Überbewertet! Dorit lag heiter auf dem Bauch und formte mit den Lippen Wörter, die mein Hirn mit Inbrunst zu deuten versuchte. Zwei Sekunden später hatte ich es raus. «Komm... gut... heim!», hatte sie gesagt. Kein Zweifel. Ich winkte ihr nochmal und ging.

Von da an sahen wir uns häufiger. Aus Gründen, über die ich mir keine Rechenschaft ablegte, wurde mir die Freundschaft zu Martin plötzlich lebenswichtig. Ich hatte wenig später etwas mit Verena angefangen, meiner randlos bebrillten Banknachbarin in einem Englischkurs, und zwei Paare passten ja immer gut. Wir gingen essen oder machten am Wochenende kleine Touren. Dorit hegte gegen Verena eine nicht geringe Abneigung, was ich idiotischerweise berückend fand, Verenas Reden kommentierte sie immer nur mit einem knappen «na ja» oder «soso». Diese schöne Zeit endete nach anderthalb Jahren, als Verena mich verließ und ich nicht mehr recht zu Paaraktivitäten, außer seelsorgerischen, passte. Zwei Jahre später, im Sommer 1995, machten Dorit und Martin eine Einweihungsparty, zu der ich eingeladen war. Sie hatten nach einigem Hin und Her (Dorit wollte mehr in die Peripherie) eine sanierte Altbauwohnung im Parkviertel gemietet. Die Gäste kamen und bestaunten den Stuck, was beabsichtigt war. Was ich jedoch neben dem Prunk der Wohnung registrierte, war, dass Dorit und Martin sich stritten. Fast die ganze Party über. Es war ein ungleicher Streit. Dorit wollte Aufsehen vermeiden, und Martin nutzte das aus. Er konnte sie am Arm zurückzerren, wenn sie gehen wollte, er konnte laut werden, damit sie ihn flüsternd beschwichtigte, und einmal fasste er ihr sogar ans Kinn und drehte ihr Gesicht zu sich, als sie wegblicken wollte. Ich unterhielt mich unkonzentriert mit der reichlich abgefüllten Liane über Boris Jelzins Trunksucht («Atommacht! Verstessu? Atommacht!!! Und denn Jelzin! Verstessu? Ach, du verstehsnich!») und blickte immer wieder durch den Türspalt in die Küche, wo Dorit jetzt mit den Tränen kämpfte. Irgendwann rannte sie aus der Wohnung, und ich wartete eine viel zu kurze Weile, um «nach Zigaretten zu gucken».

Sie stand draußen vor der Tür, die Arme vor der Brust, und nagte zornig an der Unterlippe. Ich gab ihr eine Zigarette, und wir rauchten eine Minute still.

«Nimm's nicht so schwer», sagte ich, «er liebt dich», obwohl dies das Letzte war, was ich sagen wollte. «Er liebt dich wirklich», sagte ich, und dann knisterte es auf meiner Zunge, und meine Rede schloss mit meiner Sehnsucht kurz. «Er liebt dich, er denkt oft an dich. Bevor er einschläft, denkt er an dich. Wenn er aufwacht, denkt er an dich. Tausend kleine Dinge erinnern ihn an dich. Er hat sich Platten gekauft, die du magst, und er hört sie den ganzen Tag. Er liest Bücher, die dir gefallen haben, nur um die Zeilen zu lesen, die du gelesen hast. Er geht die Wege, die ihr gemeinsam gegangen seid. Er vergrößert sogar die Gruppenfotos, auf denen ihr gemeinsam nebeneinandersteht, damit es so aussieht, als wäret ihr ein Paar, auch wenn sie dadurch ganz grobkörnig werden...»

Dorit blies den Rauch in einem Seufzer fort und lächelte. «Warum macht er das? Was findet er an mir?» Wir standen nebeneinander an der Hauswand. Schulter an Schulter.

«Er bewundert dich», sagte ich, zitternd von so viel Geständnis, «Du bist anders. Du bist geradliniger, energischer, physischer als alle anderen Frauen. Du bist einfach jemand, den es nicht an jeder Ecke gibt und den man immer bei sich haben möchte. Du bist so etwas wie eine letzte Instanz. Jemand, den man noch fragt, wenn man keinen mehr fragen möchte, jemand, den man noch küssen möchte, wenn man keinen mehr küssen möchte...» Dorit lehnte ihren Kopf ein bisschen gegen meinen und sagte versonnen: «Du bist lieb, Max.» Und dann kam sie herum und küsste mich. Langsam kam sie herum, aber ohne Zögern. Es war sehr gut, auch wenn sie anders schmeckte, als ich es mir vorgestellt hatte. Ich wollte sie anfassen, aber sie hielt meine Hände fest. Dann strich sie mir über den Kopf, was ich damals hasste und auch heute noch verabscheue, und ging mit einem warmen, aber nicht zu warmen «Danke für die Zigarette!» wieder hoch. Zu Martin.

Ich war die zweite Wahl. Sie würde mich vielleicht wollen, das war jetzt irgendwie klar, aber erst, wenn sie mit Martin fertig war, quasi ausgelitten hatte. Ich war der Mann nach Martin. Ich musste nichts anderes tun als warten.

«Klar, Stress haben wir schon, aber nein, nein, aus ist es nicht», sagte Martin ein paar Monate später am Telefon, während ich mit dem Hörer am Ohr die Wohnungstür öffnete, um dann vor meinem überraschenden Besucher rückwärts durch den Flur in das Zimmer meiner Einraumwohnung zu stolpern, «aber du weißt ja, wie sie ist. Sie nimmt immer alles so furchtbar genau. Ich hab ihren Geburtstag nicht wirklich vergessen, ich wollte am Abend mit ihr weggehen, aber da war sie schon eingeschnappt. Ich habe sie angebrüllt, dass sie jetzt mal locker bleiben soll, aber sie hat überhaupt nicht mit sich reden lassen.»

«Verstehe», sagte ich starr und setzte mich auf den Bettrand, weil mir etwas flau war.

«Weißt du, Max, mir wächst die Arbeit über den Kopf, ich habe eine Betriebsprüfung am Laufen, dazu die Bierkampagne, und dann macht sie so einen Terz. Wegen nix. Fängt an, Koffer zu packen und so einen Scheiß. Ich hab sie erst mal in ihr Zimmer eingeschlossen und hab gesagt: ‹Jetzt beruhigste dich mal wieder.› War nix Aggressives oder so. Nur so auszeitmäßig...»

«Klar doch», sagte ich und fiel rücklings aufs Bett.

«Erst hattse rumgetobt, aber in der Nacht gegen zwei war sie dann halbwegs wieder ansprechbar. Ich wollte ja noch feiern, mit Sekt und Stößchen und und und, aber sie..., nö und so. Ist halt 'ne Empfindliche. Aber wie gesagt, aufgeschoben ist nicht aufgehoben. Jetzt isse erst mal Brötchen holen. Machen wir ein bisschen Lachsfrühstück, und dann sehn wir weiter...»

«Martin, ich muss jetzt auflegen», sagte ich an die Decke glotzend, drückte ohne ein weiteres Wort die rote Taste und legte das Telefon auf den Nachtschrank. Dorits Haar schob sich über meine Brust, aber ich wollte mich nochmal hochstützen.

«Lass mich erst gucken, ob wirklich aufgelegt ist... nee, so viel Zeit muss... das ist doch jetzt kein Akt, wenn ich schnell gucke..., was, wenn er alles mit anhört?»

Dann fraß Dorit mein Gesicht.

Als ich mich im Wohnzimmer hinlegen wollte, stellte ich fest, dass ich in der Wut ihr Bettzeug genommen hatte. Es roch nach *Cool Water Woman*. Das war sie wirklich. Ich wühlte mich schnaufend hinein. Nö, nö, nö. Ich geh nicht nochmal los. Ich fang nicht nochmal von vorn an. Nö. Ich will kein spätes Glück. Ich weiß, was das ist. Ich kenne ein paar von denen. Späte Paare, agenturverkuppelt; versonnen spazieren sie an Wochenenden durch die Schlösser und Gärten, machen Rast in Cafés, sie nimmt Cappuccino, er auch mal ein Bier. Sein Bauch stört sie «nicht wirklich», solange er nur nett zu ihr ist. Halten sich sanft-innig an den Händen wie Überlebende einer Katastrophe. Sensibilisierte. Fortan ist jeder laue Luftzug, jedes Blättertrudeln Ereignis. Nacheheliche Geistwesen, die alles abgelegt haben. Wirken erleichtert wie Amputierte. Alle vertrackten Anziehungskräfte, alles rätselhaft Physische, das frühere Bindungen so prekär und schleudergefährlich machte – vorbei. Man achtet auf die rechte Distanz. Ganz bewusst. Gewährt einander Freiheiten. Niemals mehr jemand wieder so nahe kommen lassen, dass er «verletzen» könnte. Kleine Wohnung, die Alimente zwicken, Essplatz mit Barhockern, sie wollte es schon immer so, er kauft ihr oft Blumen und lächelt mild. Jedes zweite Wochenende kommt sein Kind zum Umgang, maulfaule Vorpubertät, Kino oder Rummel, abends ein Würfelspiel, dafür staubt in der Woche ein extra Zimmer vor sich hin, und ihre sind ja sowieso schon groß. Sie sprechen ihn mit dem Vornamen an, weil die Vorstellung, dass ein Herr Kleinschmidt morgens aus dem Schlafzimmer ihrer Erzeugerin kommt, sie irritieren würde, und sie «respektieren» oder, noch schlimmer, «tolerieren» ihn, «weil er Mutter guttut». Hauptsache Frieden. Ich will nicht irgendeiner Mutter guttun: Ich will der Mutter meiner Kinder wehtun und rumschnauzen und muffeln und trotzen und es ganz genau wissen. Ich will auch, dass die Mutter meiner Kinder ihren ganzen ätzenden Spott über mich gießt und mich zum Rasen bringt oder bockt und wütet und Türen knallt. Ich will Fotos mit «Weißt du noch...?» beseufzen. Keine Familienalben wie historische Urkunden hinten im Schrank, und alle zehn Jahre ruht ein fremder, verständnisloser Blick darauf. «Ich wusste gar nicht, dass du mal einen Bart hattest! Wer ist denn die Frau neben deiner Frau?» Ich will jemanden, den ich von Anfang an kenne und nicht verstehe bis zum Schluss. Ich will nicht weg von der Frau, mit der ich im Zeugungsfuror vom Sofa gerutscht bin, irgendwo zwischen den Couchtisch und die Polster, während sie mir atemlos ins Ohr stammelte: «Los, mach mir ein Baby!» Ich will nicht fort von der Frau, die danach immer aufging wie ein Hefeteig, Willendorfer Venus, schwere Brüste, praller Bauch, und der ich die blut- und käseverschmierten, nach Atem schnaubenden Kinder auf den geschundenen Leib gelegt habe, ihre Haare vom Schweiß an die Stirn geklebt, nur zwei Minuten nachdem sie im Kreißsaal bis zum Herzerweichen gebarmt hatte, sie könne nicht mehr, und das solle alles aufhören und weggehen, und ich solle doch was tun. Ich will eine Frau lieben, die mir wortlos einen Eimer zum Kotzen hinstellt, wenn ich besoffen ins Bett stürze. Eine Frau zum Zeckenentdecken und Rausdrehen an Stellen, an die ich selbst nicht komme, die mir die Zehennägel schneidet, und zwar nicht «aus Liebe», sondern nur, weil sie «es nicht mehr mit ansehen kann». Ich will einen Hintern fassen, den ich schon kannte, als er noch bebte und nicht wackelte. Ich will einfach dabei gewesen sein.

Ich will mich nicht trennen. Ich will nicht, dass meine Frau mit einem anderen Mann aus dem Auto steigt, einem tollen Auto womöglich. Metallic blau, 350 Stundenkilometer Spitze, 2,6-Liter-Maschine, beschleunigt von null auf hundert in sechs Sekunden. Ich hab immer verloren, wenn wir im Bus Autokarten spielten. War irgendwie nicht meins. Oder war das ein Zeichen?

12

Drei Tage lang hatte ich Wut. Kochende Wut. Was für eine kosmische Energie! Es gibt nicht vieles, was wütend besser geht. Aber Eisentraining zählt definitiv dazu. Zum ersten Mal, seit ich Mitglied im *Fitness- und Kampfsportstudio Niekisch/Zentrum für Realistische Selbstverteidigung* geworden war, hatte ich das Gefühl, dass sich wirklich etwas an mir veränderte. Ich fühlte mich mental den Brüll- und Stöhnkloppern wie Meikel, Matze und Rodscher viel näher. Ich machte fünfzig Crunches und hatte begriffen, dass man nicht wachsen kann, ohne vor Schmerz zu schreien. Ich drückte im Bankdrücken siebzig Kilogramm und hasste mich durch die letzten Wiederholungen, bis ich unfähig war, die Hantel weiter hoch zu drücken und eine quälende Viertelminute kurz vor der Halterung mit der Aussicht kämpfte, von ihr erschlagen zu werden, bis Matze meine Keuch-, Wimmer-, Pressgeräusche endlich gedeutet hatte und vorbeikam, um die Hantel mit drei Fingern (es war etwa die Hälfte seines Aufwärmgewichtes) zu nehmen und abzulegen. Meine Schultern dehnten sich gegen das T-Shirt, als ich mich aufsetzte und einen Dank schnaufte. Ich freute mich still. Nichts auf dieser Welt funktioniert so vorhersehbar wie Muskelwachstum. Muskeln tun nicht nur so. Muskeln überlegen es sich nicht mittendrin anders. Muskeln wachsen, wenn man sie über einen bestimmten Punkt hinaus beansprucht. Das ist alles.

«Hi», sagte es neben mir. Auf der Schrägbank saß ein Typ, der sich von dem Türsteher-Trio dadurch unterschied, dass er irgendwie konzentrierter, weniger grobmotorisch, überhaupt gegenwärtiger wirkte. Er guckte freundschaftlich wie jemand, dessen Freundschaft nicht zu genießen keine gute Sache ist. «Ich bin Sascha Ramon. Mir gehört der Laden hier. Grüß dich!» Er schob mir eine geballte Faust hin, und ich pochte vorsichtig mit meiner dagegen, wie ich es bei den anderen gesehen hatte. Dann bot er mir noch ein paar andere Griffe aus dem Harte-Kerle-Begrüßungsritual, aber da ich nicht mehr wusste, wie die gingen, winkte ich nur. Er griff in mein Winken und befühlte meinen Bizeps. «Nicht schlecht. Du fühlst dich gut hier, ja? So soll das auch sein. Aber du musst Supersätze machen und absteigende Sätze und Negativwiederholungen, um echte Masse aufzubauen.» Er guckte wieder so freundschaftlich, dass mir ganz mulmig wurde. Dann packte er mich am Hals, zog mich zu sich hin und flüsterte mir ins Ohr: «Und immer hübsch vorsichtig mit den Mädels hier. Nicht verrückt machen lassen. Aber wir verstehen uns schon, nicht wahr?» Strubbelte über meine Haare und ging. Klatschte noch im Vorübergehen Matze ab, der vorne auf einem zum Platzen gebeulten Gummiball schräge Rumpfheben machte. Ehrlich gesagt, hatte ich gar nichts verstanden. War ich jetzt sein Homie, sein Brother? Oder sollte ich nie wiederkommen, wenn mir mein Leben lieb war? Meinte er am Ende vielleicht Nancy? Vielleicht hatte er einfach überzogene Vorstellungen von Kundenpflege.

Mascha hatte eine Handvoll Sand in den Schuhen, den ich dem Kindergarten bedenkenlos auf das Linoleum kippte.

«Hast du Mittagsschlaf gemacht, Maschenka?»

«Ich habe sogar geschlafen.»

«Fein, fein.»

«Ich habe sogar geträumt.»

«Was hast du denn geträumt, Maschenkaleinchen?»

«Ich habe mit einem Seeräuber gekämpft. Mit einem Schwert!»

Auf dem Bänkchen neben uns saß eine rundliche, sommersprossige Blondine, die ihr rundliches, sommersprossiges Töchterchen einpackte und sich blinkernd und schmunzelnd über dieses Geschichtchen amüsierte.

«Mit einem Schwert, oho», kurbelte ich die Kommunikation weiter an.

«Aber, Papa...» Mascha patschte mir mit beiden Händchen auf die Wangen, was sie tat, seit ihre Händchen und meine Wangen das erste Mal in Reichweite gekommen waren.

«Ja, Kleines.»

«Ich hab das Schwert nicht in ihn reingekriegt. Es war schlimm. Ich hab alles versucht.»

Die runde sommersprossige Blondine reduzierte ihr Schmunzeln ein wenig, das runde sommersprossige Töchterchen blickte pausbäckig und ein bisschen stupide herüber, während es sich im Jackengriff der Mutter hin und herpendeln ließ.

«Du musst weiter unten zustoßen. Hier so. In den Bauch. Oben sind die Rippen. Spürst du die, wenn ich dagegentippe? Da geht so ein Schwert manchmal nicht rein.»

Die blonde Pummelmutti setzte blitzschnell ihrem Kind

die Pudelmütze auf und zog sie ihm mit einem Ruck über die Ohren. Dann stand sie auf, im Aufstehen alle Sachen zusammenraffend, und zerrte ihr Kind, das uns noch im Wegstolpern unverwandt anstarrte, hinaus auf den Flur.

«Ach so!», sagte Mascha.

Beim Nachhausegehen hielten wir am Kiosk. Erst wollte Mascha eine Glitzergirl-Zeitschrift mit pinkfarbener Lupe im Beipack, entschied sich dann aber doch für Kaugummis. Die Kaugummis waren zu scharf. «Hier! Kannst weiterkauen!», spuckte Mascha ihren Kaugummi in die Hand und hielt ihn mir hin. Dein Speichel sei mein Speichel. Ich bestand den Vaterschaftstest und fand den Kaugummi nicht scharf. «Dein Geschmack ist ja schon abgehärtet», sagte Mascha, und ich dachte darüber nach. Mascha ärgerte sich noch ein paar hundert Meter, dass sie nicht doch die Zeitschrift genommen hatte. Dann hatte sie keine Lust mehr und sang lieber was Selbstausgedachtes. Das Lied hieß «Du Hund, du Hund / Nimm nicht alles in den Mund / Denn das ist nicht gesund, du Hund!». Ich sollte mir weniger Gedanken über den Sinn meines Lebens machen. Ich war nur die Brücke, über die meine außergewöhnlichen Kinder gingen. Danach konnte ich in Stücke fallen.

Dorit machte mich schwach. Jetzt war es amtlich. Die Ergebnisse beim Training variierten, je nachdem, an wen ich gerade dachte! Eine Entdeckung, die mich völlig durcheinanderbrachte und mein Verständnis der Menschheitsgeschichte auf das entsetzlichste profanisierte.

Ursprünglich hatte ich nur wissen wollen, warum ein einmal erreichter Kraftzuwachs ein paar Tage später wieder so gut wie verschwunden war, um dann in der nächsten Woche plötzlich wieder da zu sein. Nachdem ich alle externen Faktoren ausgeschlossen hatte – ich trainierte immer zwischen neun und elf und trank vorher einen halben Liter Kefir, die Pilzmilch der Hundertjährigen –, hatte sich bei Durchsicht der Trainingsnotizen herausgestellt, dass ich bis zu dreißig Prozent mehr Eisen stemmte, wenn Nancy vor meinen Augen die Spiegel im Kraftraum geputzt hatte. Zuerst hatte ich das Putzmittel im Verdacht gehabt, weil synthetische Substanzen oft vielfältiger im Nutzen sind, als ihre Erfinder bezwecken, aber nach einem heimlichen Selbstversuch mit dem verwendeten *Flair Ultra Meeresbrise* war klar, dass etwas anderes vorliegen musste als ein unentdeckter Zaubertrank-Effekt aus der Haushaltschemie*. Schließlich hatte ich es raus: Es war das Bild, das Nancy in meinem Kopf hinterließ, wenn sie, auf den Zehen wippend, einen letzten Blick auf die Spiegel warf und dann aus dem Raum catwalkte, was eine eindeutig anabole Wirkung auf mich ausübte. Dass die Gegenwart von Damen Leistungssteigerungen erzeugt, war ungefähr so wahr wie die Aussage, dass Essen schmeckt. Also begann ich verschiedene Vorstellungen mit Gewichten zu belasten. Es stellte sich heraus, dass das Bild von Nergez gut für Isolationsübungen war, wie Bizepscurls oder Schulterdrücken. Hier ging es offenkundig ums Posing. Kraft spielte keine Rolle. Nergez' Blicke sollten sich an ein paar markanten Rundungen reiben, und gut. Wenn ich an Bettina dachte, machte ich drei Klimmzüge mehr als sonst. Ich versuchte zu ignorieren, dass es sich hierbei wohl um den Ver-

* Auf diese Weise sollen thailändische Prostituierte herausgefunden haben, dass Gleitmittel gut gegen Akne sind. Die Versuchsanordnung, die zu dieser Entdeckung führte, ist nicht überliefert. Tiere mussten aber wohl nicht leiden.

such handelte, dieses riesenhafte Weib zu erklimmen. Einzig der Dorit-Versuch endete damit, dass ich mit achtzig Kilogramm auf der Hantel beinahe nicht wieder aus der Kniebeugenhocke hochgekommen wäre. Kinesiologisch wirkte Dorit wie Botox. Sie entspannte meine Nerven und Muskeln – und zwar unwillkürlich. Ob das gut war, konnte ich nicht sagen. An Stehsex war jedenfalls auf absehbare Zeit nicht zu denken. Dagegen verlieh die Präsenz Nancys meinem Training einen Schwung, der überhaupt keine Rücksicht mehr auf meine körperlichen Beschränkungen zu nehmen schien. Ich riss die Hanteln aus den Ständern, wuchtete damit herum, als ginge Kontrahieren über Studieren. Hatte Sascha Ramon Niekisch das gemeint, als er sagte, ich solle immer hübsch vorsichtig sein mit den Mädels? War Nancy am Ende so etwas wie eine verbotene Stimulanz? Etwas, das Männer zu ungesunden Höchstleistungen trieb? Nach drei Monaten im *Fitness- und Kampfsportstudio Niekisch/Zentrum für Realistische Selbstverteidigung* war mir mein geflossener Schweiß zum edelsten Auszug ontologischen Wissens destilliert: Wut und Begehren waren die Quellen der Zivilisation. Die Welt war nichts als ein fortwährender Versuch, den Weibern zu imponieren.

Dann knackte es in meinem Rücken. Ich saß auf der Ruderbank und zerrte meinen Latissimus breiter, als es unten in meinem Rücken knackte. Es war ein kurzes, aber unerhört knorpelndes Geräusch, begleitet von einem ziehenden Schmerz, der meine Hüfte einfrieren ließ und sich in die Beine fortsetzte. Ich ließ das Gewicht fallen und kippte zur Seite. Es fühlte sich an, als sei ich durchgebrochen! Das Tauziehen im Ferienlager in Groß-Klebbow fiel mir ein, als das Tau plötzlich riss und Jan Engelke das Ohr zur Hälfte abpeitschte. Das halbe Ohr fiel ins Gras und wurde in der allgemeinen Verwirrung so schwer beschädigt, sprich zertrampelt, dass man es nicht wieder annähen konnte oder wollte. Er bekam eine Halbohrplastik, die etwas zu eierkuchenfarben geraten war, und wir alle, die Kinder, die Erzieher und sogar die Eltern, mussten uns verpflichten, über diesen Vorfall Stillschweigen zu bewahren. Der Betrieb, der das Tau herstellte, arbeitete nämlich für den Export. Sogar von Sabotage war die Rede. Vielleicht war es auch nur Misswirtschaft. Oder eine Verkettung von beidem. Dies war das einzige Ereignis von plötzlicher Irreversibilität, das ich miterlebt hatte. Von einem Moment auf den anderen war alles anders.

Jetzt war ich dran. Unerwartet verkrüppelt. So ist das Leben nämlich wirklich. Spott allen Mühen. Alles war eitel und Haschen nach Wind. Mach nur einen Trainingsplan und sei ein großes Licht. All die Ratgeber, die einen aus den Regalen anschrien: «Du kannst es schaffen!» – zynische Machwerke. Niemand schaffte es. Milliardäre traten Schnellzügen in den Weg. Gefeierte Diven missbrauchten Tabletten. Politiker stürzten über Fotos. Rentner saßen auf wertlosen Zertifikaten. Männer in der Lebensmitte stärkten sich den Rücken – bis er brach. Mir wurde schwarz vor Augen.

Als ich wieder zu mir kam, lag ich auf dem Rücken neben der Ruderbank und bewegte mich nicht. Keinen Millimeter. Wenn ich mich bewegte, würde ich es wissen, und ich wollte es nicht wissen. Es war ein Zwischenzustand von großer philosophischer Tragweite, was mir aber nicht wirklich ins Bewusstsein trat, weil mein Bewusstsein mit lauter Nichtwissenwollen ausgefüllt war.

Plötzlich hatte ich das Gefühl, dass sich meine Beine bewegten. Und zwar ohne mein Zutun. Tränen schossen mir in die geschlossenen Augen. Da waren sie also. Phantombewegungen. Das Gehirn gaukelte mir bewegliche Gliedmaßen vor. Wahrscheinlich würde ich noch Jahre träumen, wie ich über Sommerblumenwiesen sprang. Meine Beine sprangen jedoch nicht, sie schienen sich in eine Art Froschhaltung zu grätschen. Offenbar machte ich Phantomfaxen.

«Tut das weh?», hörte ich Nancy fragen. Ich schlug die Augen auf und sah Nancy vor mir stehen, die meine Beine an den Schuhen hielt und sie vorsichtig grätschte und drehte.

«Nein», antwortete ich.

«Dachte ich mir schon. Also Bandscheibe ist es nicht.»

«Es hat geknackt.»

«Ach so, geknackt», sagte Nancy. «Links oder rechts?»

«Ich glaube, mehr so rechts.»

Nancy fasste ihr Haar hinter dem Kopf zusammen, wie jemand, der sich was vorgenommen hat, ihren Haargummi hatte sie zwischen den weißen Zähnen, so weiß wie jemandes Zähne, der seine Fluortabletten regelmäßig nimmt, sie band sich das Haar straff am Hinterkopf zu einem Pferdeschwanz, dann zog sie meine Knie vor ihre Brust und legte sich auf mich.

«Jetzt mal loslassen!», sagte Nancy und stemmte sich in meine Richtung wie der Schwerter-zu-Pflugschmied vor dem UNO-Hauptquartier. «Wirklich loslassen!», presste Nancy zwischen den Zähnen hervor. Also ließ ich los und gab nach. Der Druck begann durch meinen Körper zu wandern. Die großen Knochen drehten sich in meinem Fleisch, als wolle jemand sie aus der Gelenkpfanne herauslösen. Die Schalen meines Beckens gingen auf. Mein Kreuzbein ploppte ein wie ein Druckknopf. Dann stand der Schmerz in mir auf und ging davon.

Ich hätte nie gedacht, dass der größte Moment in meinem Leben sich so anfühlen würde. Ich hatte immer gedacht, ich würde an einem Sonnentag auf eine Plattform treten, hinter mir breite Flaggen, und über Menschenmassen blicken. Ich hatte gedacht, ich würde von der letzten Sprosse eines Landungsapparates in den weichen Staub springen. Hatte gedacht, ich würde den anderen Passagieren einer gekaperten Maschine «Los geht's!» zurufen. Nie hätte ich gedacht, dass sich eines Tages die Last meines Lebens in einer Brise Mädchenatem auflösen würde. Mein Kinn berührte mein Knie, und neben meinem Kinn horchte Nancy in mein Bindegewebe hinein. Sie wirkte zufrieden.

Das war es also. Angefasst werden. Gedrückt. Belastet. Umarmt und aufgelöst. Darüber hinaus bestehen keine Interessen. Ich erinnerte mich. Ich erinnerte mich gut. Meine Kinderfreundin Zwecke hatte mich mal geschmatzt, weil ich ihr ein Meerschweinchenjunges geschenkt hatte. Ich stehe so da und werde plötzlich aus der Achse gekippt, an sie gerissen, eingeklammert in ihre Arme, ihre weichen, feuchten Lippen drücken sich an meiner Wange platt. Es ist Sommer. Der Hof betoniert. An der Treppe zum Garten. Ich weiß noch alles. Festgehalten werden. Mit Glück überschüttet werden. Nichts tun können. Bitte reagieren Sie jetzt nicht! Sie werden geliebt. Ich weiß auch noch, wie sich Dorit auf einer Wiese am Klienitzsee auf mich wälzte und mein Gesicht unter dem Katarakt ihrer Haare verschwand, ihre Brüste auf meiner Brust, ihr Bauch auf meinem. In meiner Hand eine Zigarette, die langsam herunterglühte. Die Asche krümelte auf meine Finger. Hatte ich was Kluges gesagt, oder wollte sie mich einfach nur zum Schweigen bringen? Wahrscheinlich beides. Ich sag ja oft Kluges, wonach man nur noch schweigen kann. Oder war da kein Anlass? Grundlos begehrt. Ach, grundlos begehrt werden ist schon das Beste. Gründe können entfallen. Dann entfallen die Berührungen. Wenn man nicht mehr angefasst wird, stirbt man. Ich fühlte mich leicht und frei.

«Darf ich dir das Du anbieten?»

Nancy beugte sich langsam nach hinten. «Ja. Aber nimm die Hände von meiner Taille!»

«'tschuldigung! Mich hat schon länger keiner mehr so... nachhaltig... angefasst.»

«Den Eindruck hab ich auch. Steh mal auf.»

Ich erhob mich, einen schwachen Rest von Ziehen im Kreuzbein, und wiegte die Hüfte hin und her. Lachte kurz auf. «Ich fühle mich wie neugeboren.»

«Bitte schön», sagte Nancy und legte den Kopf schräg, «aber nicht, dass du jetzt auf mich geprägt bist.»

Ich stand still in der Dusche, und das Wasser lief an mir herunter. Ein wieder ineinandergefügter zweiundvierzigjähriger Körper. Nicht hübsch, nicht hässlich. Nicht fett, nicht schlank. Einfach irgendwie so geworden. Und jetzt diese Aufdehnung. Mein Rumpf steckte in meinem Becken, locker wie ein Blumenstrauß. Ich atmete langsam und tief, tief und langsam, als ich bemerkte, dass sich mehr als meine verspannte Hüfte gelöst hatte. Erst konnte ich es nur auf den Lippen schmecken. Ich war offenbar dabei, loszuheulen. Ich wusste nicht, wieso. Ich seifte mich ein, wusch mir die Haare und spülte mich ab, so schnell es ging. Beim Abtrocknen ergriff mich leichte Panik. Ich heulte wirklich – und zwar heftig. Ich trocknete mein Gesicht ab, so fest, dass mir die Augen brannten, aber das Heulen ging nicht weg. Fluchend, schniefend und schluchzend langte ich nach meinen Sachen, während mir der Rotz herunterlief, auf die Fliesen tropfte, dunkle Flecken auf meine Schuhe machte. Das Heulen wurde immer panischer, ich stopfte das Sportzeug in die Tasche, es klang wie das Weinen eines Kindes, das etwas ganz Wichtiges sucht und nicht mehr finden kann, wie das Weinen eines Kindes, das immer heftiger weint, je mehr es sucht und je weniger es findet, wie das Weinen eines Kindes, in dessen Suchen sich schon das Bewusstsein vom endgültigen Verlust ausbreitet.

Es tränte, als ich hätte ich einen Tränenhauptkanal angestochen. Es lief mir aus den Augen und aus der Nase. Jedes Taschentuch nur ein netter Versuch. Ich resignierte und ließ es laufen. Setzte mich vor dem kleinen gusseisernen Abfluss in den Bodenfliesen auf die Bank, lehnte mich vor und heulte hinein.

Warum kann ich denn nichts tun?

Aber du tust doch schon die ganze Zeit deines Lebens, und das hier ist das Ergebnis.

Dagegen, meine ich! Da-ge-gen!!

Das ist ein gerichteter Prozess, mein Junge. Wie der Urknall, die Ausdehnung des Weltalls, die Evolution, capito? Da kann man nichts «dagegen» tun. Beziehungen sind wie ein Ei in die Pfanne schlagen. Schlag es mal wieder zurück!

Ich will das nicht.

Schon klar! Ist aber so!

Das wollte ich nicht.

Davon gehe ich mal aus. Aber das Leben hat ja nur sehr vermittelt mit dem Wollen zu tun. Wollen kann man ja vieles.

Bleibt das jetzt so? Jeden Morgen, jeden Abend?

Na ja, nicht jeden Morgen, jeden Abend, es wird auch noch schöne Momente geben.

Soll ich dir was sagen? Ich scheiß auf «schöne Momente». Das ist mir zu wenig.

Dann fang doch wieder von vorn an.

Eine neue Frau? Ich soll mir eine neue Frau suchen?

Das löst das Problem zwar nicht, aber es verschafft dir eine Atempause, bis es wieder auftritt.

Und was wird dann aus meiner alten Frau?

Liebst du sie etwa noch? Was beschwerst du dich dann?

Ich würde sie ja lieben, wenn sie mich auch lieben würde.

Ihr belauert euch.

Nein. Es ist viel aktiver. Sie ist so doof zu mir. Ich bin doof zu ihr. Alle sind doof zueinander.

Davon spreche ich im Übrigen die ganze Zeit, mein Junge.

Es klopfte. «Bist du noch nackt?»

«Nein.»

«Kann ich reinkommen?»

«Ja.»

Nancy lugte vorsichtig um die Ecke. Grinste verlegen, ging an mir vorbei und spähte in die Dusche. «Du bist wirklich allein? Hat sich angehört, als wäre hier sonst was für eine Debatte im Gange!» Sie stellte sich auf die Zehenspitzen und sah aus dem kleinen Fenster an der Querwand. «Kam wahrscheinlich vom Hof.» Sie drehte sich um und erschrak. «Du hast total rote Augen!»

«Ja, ich vertrag mein neues Duschbad irgendwie nicht.»

Nancy sah mit zusammengezogenen Augenbrauen auf

meine Schuhe und auf die Fliesen zu meinen Füßen. «Soll ich dir einen Kaffee machen?»

Ich nickte schwach beglückt. «Habt ihr Cracker?»

«Ja. Wieso?»

«Ich brauch Salz.»

Ich saß auf dem Barhocker, trank Kaffee, knabberte Tuc-Kekse, und Nancy stand in Ausgangsposition mitten im Empfangsraum und ging unfassbar langsam und außerdem noch gegrätscht in die Knie. Dann fiel sie vornüber in den Vierfüßerstand und schob ihren Hintern nach hinten, bis er die Fersen berührte. Sie stand wieder auf, hob die Arme (die Finger machten Flügelchen, einmal graziös, immer graziös) und beugte sich weit nach vorne. Das sollte ich jetzt immer machen. Das sähe wirklich sehr schön aus, meinte ich, und wenn ich sieben Jahre alt und ein Mädchen auf einer Schulbühne wäre, würden bestimmt alle Eltern klatschen. «Ich bin aber ein Mann», sagte ich dann.

«Eben nicht!», antwortete Nancy bestimmt. «Du tust nur so! Bei einem richtigen Mann kommt die Kraft aus der Mitte. Wie bei einem Cowboy. (Sie schoss auf mich mit dem Zeigefinger.) Ein richtiger Mann kommt aus der Hüfte, und du kommst nicht aus der Hüfte. Bevor du also ein Mann werden kannst, musst du wohl erst mal ein kleines Mädchen werden.» Sie drehte den Zeigefinger anmutig nach oben, schwanenflügelte und kreiste mit der Hüfte. «Du hast geweint in der Umkleide, stimmt's?»

Ich guckte ein bisschen beleidigt aus dem Fenster. Vielleicht hatte sie ja mein Leben gerettet, aber deswegen musste ich es nun doch nicht gleich vor ihr ausbreiten. «Ja. Mir war mal kurz so.»

«Wusste ich. Wusste ich schon vorher. Du bist hier oben abgeschnitten.» Sie hielt die flache Hand quer vor ihren Hals. «Kopf – Körper, getrennt. Wenn man das verbindet, gibt es erst mal ein großes Wiedersehen. Und da fließen üppig Tränen. Nach so vielen Jahren.»

Ich hatte eine kommunistische Attacke. Vermögen sollte nicht so stark konzentriert sein. Jung und schön und klug und anmutig – und was weiß ich noch. Wahrscheinlich spielte sie nebenbei phantastisch Klavier und schrieb E-Mails in allen europäischen Sprachen. «Wie geht es weiter, Frau Doktor?»

«Jetzt wird alles gut. Ich habe dir die Übungen gezeigt, und morgen zeige ich dir noch ein paar andere. Die musst du jetzt immer fleißig machen. Tu, was du willst, aber achte auf deine Beckenstellung.»

«Siehst du, und da fängt das Problem doch schon an. Ich weiß nämlich nicht, was ich will.»

«Weißt du doch!»

«Nein, weiß ich nicht. Will ich ein Haus, mehr Geld, Sex, Macht, die Weltherrschaft?»

«Ach, das sind doch nur Gimmicks. Das gibt es beim Wollen doch dazu!»

«Was will ich?»

«Warum bist du hier? Es gibt doch genug andere Fitness-Studios.»

«Ich bin hier reingekommen, weil ich anderswo rausmusste, wenn du es genau wissen willst.»

«Wo raus?»

«Aus der Wirklichkeit.»

«Ist das hier nicht wirklich?»

«Nicht wirklich», sagte ich, und Nancy lachte. «Die Wirklichkeit eines Mannes von zweiundvierzig Jahren kann schon ganz schön verbraucht sein. Es ist ewig dasselbe, im Job, zu Hause und so weiter. Außerdem wollte ich mich irgendwie sportlich verausgaben, weil mir auf den Sack ging, mir bei anderen Frauen ständig vorzustellen, wie es mit denen sein könnte.»

Nancy zeigte mit einer kurzen Bewegung auf sich. Ich wurde knallrot. «Na ja, nein, bei dir ist das ...», stotterte ich, «anders.»

«Distanzmanagement. Kann ich, seit ich dreizehn bin», sagte Nancy und ließ zur Probe die Mundwinkel fallen. Die Schneekönigin. Ich glaubte ihr sofort. Es war ein schwieriges Thema, und ich war hin und her gerissen zwischen dem Wunsch, mich zu erklären, oder frustriert zu schweigen. Nancy sah mich aber an, als hätte ich noch nicht zu Ende gesprochen.

«Ich hatte einfach Schwierigkeiten, ich hatte meinen Job verloren, weil sie mit mir durchgegangen sind, ich hatte schon immer so Flashs, aber diesmal habe ich tatsächlich einer Frau ins Haar gefasst, also, nicht irgendeiner Frau irgendwo, sondern einer Linksradikalen während eines Interviews. Sie fand das nicht so toll, und wir haben uns geprügelt und so ...»

«Du hast einer Frau ins Haar gefasst?»

«Ja, peinlich, nicht?»

«Schönes Haar?»

«Wunderschönes Haar!»

«Ich weiß nicht, was du dich hier windest. Du hast doch ein tolles Ziel gehabt. Du wolltest das wunderschöne Haar einer Frau berühren!»

«Aber Nancy, das war nur so eine Regung ...»

«Das war nicht nur so eine Regung. Das war die Regung. Regt sich denn eigentlich sonst noch was bei dir?»

«Ja, aber ich kann doch dieser Regung nicht einfach nachgeben. Das ist doch irre! Ich komm in die Klapper, wenn ich Frauen einfach so ins Haar fasse.»

«Wenn du Hunger hast, gibst du dann dem Hunger nach?»

«Dem Hunger nachgeben? Klingt eher doof.»

«Du gibst dem Hunger nicht nach, du machst dich auf, deinen Hunger zu stillen.»

Ich fing an zu verstehen, und es machte mich stumm.

«Pass auf, Max», sagte Nancy, lehnte sich vor und stützte ihren Kopf in die Hände, «ich mache dir einen Vorschlag. Ich bringe dein Skelett in Schwung, damit du endlich mal authentisch daherkommst, und du sorgst dich ernsthaft um deine drei nächsten Regungen.»

Ich schwieg und dachte nach.

«Max, was sind deine drei nächsten Regungen? Ohne Nachdenken!»

«Gut», sagte ich etwas trocken im Hals, «ich könnte mir vorstellen...»

«Stopp!», fuhr Nancy dazwischen, «Einfach sagen, einfach sabbern.»

«Rikki Schroedels tolle Haare anfassen, den fiesen Norbert Kruschik demütigen und von meiner Frau bewundert werden.»

Das hatte sich so plump angehört, als wäre ich fett, sommersprossig und dreizehn Jahre alt.

«Deal!», sagte Nancy und turnte über den Tresen. «Mach dir Gedanken, wie du dahin kommst.» Sie tigerte an meinem Rücken entlang und hauchte: «Wunderschöne Haare anfassen! Stell dir vor, wie sie durch deine Finger gleiten.»

«Ich liebe meine Frau», verteidigte ich mich rituell.

«Da sehe ich keinen Zusammenhang», flüsterte Nancy.

«Ich habe das Gefühl, dass mich das nicht... weiterbringt.»

«Es wird dich weiter bringen, als du denken kannst.»

«Vielleicht möchte ich doch lieber ein Haus bauen!»

«Haus bauen», hauchte Nancy mit doppelt so vielen Vokalen wie erforderlich, «das kann doch jeder Trottel! Aber die wunderschönen Haare einer fremden Frau berühren, einer Frau, die dich hasst, das kann nicht jeder. Vielleicht nur einer.»

«Aber ich will das loswerden! Ich will nicht mehr an Sex denken.»

«Max?»

«Nancy?»

«Es geht nicht dauernd nur um Sex. Sex ist zwanzigstes Jahrhundert.»

«Das hast du schon vom Sinn behauptet.»

«Stimmt. Sinn ist auch zwanzigstes Jahrhundert. Probier doch mal was anderes!»

13 Wenn Nancy recht hatte, was aufgrund ihrer Jugend nahezu unmöglich war, konnte ich mich natürlich abstrampeln ohne Ende. Verheddert in alte Begriffe. Mit Zielen, an denen nichts auf mich wartete. Pah, das alles hatte sie bestimmt beim Friseur aufgeschnappt. Irgendeine Sloterdijk-Vorher-nachher-Story in der *Hair Today*: «So bändigt

Deutschlands haarigster Querdenker seine wilden Zotteln.»
Unten ein kleiner Kasten: «Die fünf haarsträubendsten Gedanken des Kult-Philosophen / Zum Mitreden und Mitdenken».

Andererseits – vielleicht gab es so was ja doch. Ich ging leichten Schrittes zur Straßenbahn. Ein Mann, aus dessen Becken alle Angst ausgekippt war.

Mascha hing im Schweinebammel an der Stange im Klettergerüst. Ich stieg über die TÜV-Gummigranulat-Palisaden, stapfte durch den ultralockeren TÜV-Fallkies und hockte mich vor sie hin. Wir sahen uns in die Augen, bis unsere Hirne die Bilder aufrecht stellten.

«Du hast keinen Mund, Papa», sagte Mascha. «Aber einen Vollbart.»

«Du hast auch keinen Mund», antwortete ich. «Aber dein Bart ist blond und hat zwei Zöpfe.»

Mascha holte zweimal Schwung und ließ sich in den Stand fallen. So geht das nämlich. Ich meldete Mascha bei der moppeligen Kita-Erzieherin ab. Sie hielt Mascha die moppelige Kita-Erzieherinnen-Hand zum Abschied hin, und das Kind schüttelte artig drei Finger. Mehr passten nicht in Maschas Hand. Wir gingen nach Hause, Mascha balancierte auf den Rasenkantensteinen. «Franzi ist voll blöd», murrte sie.

«Wieso denn das nun wieder? Ich denke, ihr seid die dicksten Freundinnen.»

«Wir haben Gute Fee – Böse Fee gespielt. Aber dann haben wir die Charaktere getauscht. Und dann wollte sie nicht wieder zurücktauschen. Ich musste die ganze Zeit die Böse sein.»

«Kenn ich», sagte ich.

«Gar nicht. Kennst du nicht. Du spielst doch nicht Gute Fee – Böse Fee! Du erzählst Quatsch, Papa!», sagte Mascha böse. Mascha mochte Quatsch nicht.

Gut, dass Dorit nicht dabei war. Dorit wollte immer, dass das Kind alles versteht. Du kannst nicht einfach etwas so dahinsagen, mahnte meine innere Dorit, jetzt musst du es dem Kind auch erklären! Ich aber mochte Erklärungen nicht. Wenn ich es anders hätte sagen wollen, hätte ich es anders gesagt. Eine Erklärung verwandelte das Gesagte immer in etwas Dümmeres. Dieses ewige Erklären war schon bei Konrad schiefgegangen und hatte dazu geführt, dass er zu allem was zu sagen und von nichts eine Ahnung hatte. Aber natürlich brauchten die Guten die Bösen, und natürlich wollten sie nicht wieder zurücktauschen, wenn sie einmal die Guten waren.

«Wer ist der Mann da?», Mascha zeigte über die Straße.

Auf einem riesengroßen Wahlplakat sprach ein Mann voll schlagersängerhafter Zuversicht mit einer unscharfen Familie. Die Familie stand eng beieinander, Mutter und Vater hielten das Kind schützend in ihrer Mitte. Das Foto versuchte den Moment einzufangen, in dem die Spannung von den jungen Eltern wich und sie nun, da der Mann das Wort an sie richtete, wieder Mut und Hoffnung fassten, dass sich doch noch alles zum Guten wenden würde.

«Das ist Werner Rosstäuscher, der Ministerpräsident.»

Mascha, die schon fast alle Buchstaben kannte, versuchte laut den Untertitel zu lesen.

«Der G.... aaaaaa...... rrrrr.... aaa... nnnnn... tt.»

Es war nicht ganz nachzuvollziehen, was der in der überregionalen Presse übereinstimmend als «glücklos agierend» noch recht einfühlsam verunglimpfte, in seinen Handlungsspielräumen aber tatsächlich bis zur Bewegungsunfähigkeit eingeschränkte Ministerpräsident eigentlich «garantierte». Rosstäuscher betrieb nach Angaben seiner Öffentlichkeitsarbeiter eine «Politik mit Augenmaß», was aber mit Pi mal Daumen besser umschrieben wäre. Finanzskandale und Subventionsruinen legten nahe, dass der Ministerpräsident dem Prinzip Hoffnung den Vorrang einräumte vor präziseren Kontroll- und Prognoseinstrumenten. Rosstäuscher war schnell zu begeistern und glaubte dementsprechend fest daran, dass Begeisterung das war, was dem Land am allermeisten fehlte.

Ich kannte ihn ein bisschen. Ich hatte einen Dreißigminüter für den Landfunk fabriziert, der die ersten hundert Tage des Ministerpräsidenten resümierte. Ein mehrfach umgeschnittenes Stück, in das viele «Wünsche» mit eingeflossen waren. «Wichtig ist», hatte Chef zusammenfassend gesagt, «dass unsere Zuschauer Rosstäuscher als Menschen erleben. Nicht als nüchternen Fachmann und auch nicht als abgebrühten Politprofi.»

Das verstand sich von selbst, denn beides war er leider überhaupt nicht.

Allerdings hatte ich mir während der Dreharbeiten eingestehen müssen, dass Rosstäuscher ein schlimmer Sympath war. Manchmal blickte er mitten im Gespräch mit einem Abgeordneten, einem Minister oder einer Kantinenfrau zu mir her und winkte zweimal kurz mit den Augenbrauen ein kleines ‹Ich weiß, dass ihr da seid!›, während ich ihm hinter dem Kameramann neutral freundlich zurücknickte. Ich erinnerte mich, wie wir gefilmt hatten, als er einmal auf der Straße von einem wirren alten Mann bespuckt wurde. Rosstäuscher hielt seine dazwischendrängende Entourage zurück, putzte sich ab, arbeitete kurz an seiner Fassung und bestand dann darauf, dass diese Szene ungeschnitten in den Film käme. Er blickte direkt in die Kamera und sagte: «Ja, auch so etwas muss eine Demokratie aushalten!» Unbestreitbar war: Werner Rosstäuscher liebte die Politik. Wie er im Landtag federnden Schrittes auf das Rednerpult zuging, wie er sein Manuskript mit kurzen Fingerstößen zurechtschob, wie er nach links schalt und nach rechts bestätigte und pries, das hatte Schmackes. «Einer von uns!» hieß die Losung, mit der er damals das höchste Amt errang, und er war tatsächlich einer von allen. Keine Landesfeuerwehrspiele, wo er nicht einen Schlauch mit ausrollte, keine Tierleistungsschau, wo er nicht ein Ferkel auf dem Arm hielt, keine Großbäckereieröffnung, wo er nicht eine Kirsche von der Sahnetorte stibitzte. Nie wirkte er linkisch oder verlegen, all das war ihm wirklich ein Bedürfnis. Meine Gedanken stoppten, witterten um sich herum.

«Was ist ein Garant, Papa?»

Ich blieb stehen.

«Papa? Was ist ein Garant?»

Ich drehte mich um. Das Plakat, ein ganzes Stockwerk breit und hoch, spannte sich vor dem Gerüst eines im Umbau befindlichen Hauses. Es schaute mitten auf die Kreuzung, dominant, unübersehbar. Ein perfekter Ort für Wahlbotschaften. Die anderen Bewerber mussten mit den schlechteren Plätzen vorliebnehmen. Aber wo waren eigentlich...?

«Papaaa?»

Mir wurde schwindlig. Es war überhaupt kein Wahlkampf. Vor Verwirrung vergaß ich, meine Beine ordnungsgemäß voreinanderzusetzen, und geriet ins Stolpern. Das Plakat war eine Singularität. Was sollte das? Unwillkürlich nahm ich Mascha an die Hand und sah mich um. «Ein Garant? Das ist so ein Wort ... ach ... Mascha?»

«Ja, Papa?»

Ich kniete mich vor Mascha hin. «Siehst du das Plakat?»

«Ja!»

«Das meine ich nicht. Ich meine, ob du es wirklich siehst?»

«Ja doch. Wie soll man das Plakat denn sonst sehen? Papa, ist dir nicht gut?»

«Nein, äh. Schon gut. Ich, Kleines, ich hatte was im Auge.»

«Lass mal gucken», sagte Mascha und pulte in meinem Auge herum. Sie würde eine gute Mutter werden. Genau so, wie ich es mochte: unaufgeregt, praktisch, zugewandt, liebevoll, schnörkellos. «Da ist nix, Papa.» Ich erhob mich. Mascha sprang wieder auf die Rasenkantensteine und balancierte mit wackelnden Armen los. Ich wollte ihr meine Hand geben, aber die brauchte sie nicht. Sie brauchte auch keine Erklärung mehr. Vielleicht dachte sie, dass es besser war, nicht zu wissen, was ein Garant war, wenn das so etwas auslöste. Ich ging ein paar Schritte und drehte mich noch einmal um. Das Wahlplakat war noch da. Riesengroß strahlte Werner Rosstäuscher in völlig unbegründeter Zuversicht über den Platz.

Bei Sartre war es so, dass er immer zuerst dachte, was er dann gleich fühlen würde. Sehr lästig. Fühlen macht ja keinen Spaß, wenn man immer schon vorab informiert wird. Bei mir ist es umgekehrt. Ich kann fühlen, dass ich gleich was Tolles denken werde. Und tatsächlich: Mein Herz kobolzte plötzlich los. Die Lungenflügel patschten kurz gegen den Brustkasten. Die Neuronen knisterten gespannt und feuerten los. Und dann dachte ich Folgendes:

Wenn Werner Rosstäuscher in das Amt des Ministerpräsidenten gestrebt hatte, weil er es liebte, ein Politiker zu sein, weil er entzückt war, Eide und Grußworte zu sprechen, weil er sich danach sehnte, Menschen mit «Hoffnung» zu speisen, kurz, weil es ihm ein Bedürfnis war, dann durfte ich auch. Wenn der heiß drauf war, Hände zu schütteln, dann durfte ich auch in Haare fassen. Das war doch dasselbe. Ich musste es nur – wie Rosstäuscher – ausreichend legitimieren.

Ich sollte aufhören, meine kleinen Begierden anzusehen, als wären es Drogenhändler an der Ecke. Ich sollte sie ernst nehmen. Ich sollte der Streetworker meiner Begierden werden. Ja, ich war fasziniert von Rikkis Haar, weiß der Teufel, warum. Unter so etwas zu leiden war eigentlich idiotisch. Wernher von Braun hat ja auch nicht still an seinem Wunsch gelitten, Raketen ins All zu schießen, sondern er hat dran gearbeitet.

Ein Auto hupte, und ich fuhr erschrocken herum. Ein Nachbar. Fahrig grüßte ich zurück. Mascha winkte auch und rutschte beim Winken vom Rasenkantenstein. «Zählt nicht», sagte sie, stieg wieder auf und balancierte konzentriert weiter bis zum Ende des Rasens. So entging Mascha, dass ihr Vater den nachbarschaftlichen Gruß zur Straße hin noch ein paarmal wiederholte, obwohl das Auto schon längst hinter der nächsten Kurve verschwunden war. Mit einem leisen «Wow!» und «Aber hallo!» drehte ich mich zurück und wieder ein. So locker hatte ich überhaupt noch nie gegrüßt. Wahnsinn!

Mascha und ich rannten die Treppe hoch. Mascha trampelte mit kurzen Tritten über die Stufen und kreischte vor Vergnügen, als sie als Erste anschlug. Dorit machte auf, blieb in der Tür stehen und lachte ihr Kind an.

«Na, ihr habt ja lange gebraucht. Ich dachte, ihr kommt gar nicht mehr.»

Ich schlängelte mich geschmeidig an den beiden vorbei. Dorit blitzte mich kurz an.

«Es ist schon wieder nach sechzehn Uhr», flüsterte sie scharf.

«Wusstest du, dass unsere Tochter aus dem Schweinebammel in den Stand springen kann?», fragte ich Dorit leutselig. «Ohne Hände!» Mascha grinste ein stolzes Wunderkindgrinsen.

«Guten Morgen, der Herr!», erwiderte Dorit ungerührt. «Das kann sie schon seit dem Frühjahr. So kriegst du die Entwicklung deiner Tochter mit!»

Ich guckte Mascha an. «Stimmt das?»

Mascha nickte ernst. Blondbezopfte Hilfsmutti. «So kriegst du meine Entwicklung mit, Papa!» Dorit fragte Mascha, ob sie ein Eis wolle, und sie verschwanden in der Küche. Ich ging betont gelöst hinterher. Nicht aufgeben. Ich war guter Dinge, und ich würde Dorit schon noch mit meiner Lebensfreude infizieren. Inkubationszeit eingerechnet. Dorit gab Mascha ein Eis und einen Teller dazu. «Gegessen wird aber im Sitzen und über dem Teller. Ich hab gerade sauber gemacht.»

Ich stutzte.

«Stopp mal. Die Küche war sauber.»

«Sauber? Das Geschirr war weggeräumt, aber der Tisch war nicht abgewischt. In der Obstschale faulte eine Zitrone.

Hier auf den Fliesen waren lauter Tapsen. Wenn es da unten nass ist, muss man auch mal selber gucken, dass man das nicht auch noch breit latscht.»

Sie sah auf meine Füße. «Warum ziehst du eigentlich nicht die Hausschuhe mit der Filzsohle an. Mit denen passiert das nicht.»

«Die sind mir zu leise. Da komme ich mir vor wie im Stummfilm.»

«Aber ich habe sie dir extra dafür gekauft. Zur Bodenpflege.» Dorit fixierte mich eine Sekunde lang. Keine Reaktion. Die Ernennung zum Bodenpfleger erreichte mich im Stand der Gleichgültigkeit. Sie musste nachlegen. Mal sehen, ob mein kleiner Trotz sich nicht doch in eine größere Schlechtigkeit verwandeln ließ. «Außerdem waren sie ein Geschenk. Für dich.»

Nicht übel. Ich fühlte mich gleich ein bisschen schuftig. Aber trotzdem: Sorry, Madam. Geschenk kann ja vieles sein. Bunt gestreifte Ballonhosen, Bartbinden, geblümte Badekappen, die man mit einer rosa Seidenschleife unter dem Kinn zusammenknoten muss. Frauen können einen komplett zum Trottel herunterschenken, wenn man nicht aufpasst. «Tut mir leid.»

«Tut dir nicht leid. Dir ist es egal, wie die Küche aussieht», behauptete Dorit, «die Alte wird es schon wegwischen, wenn sie nach Hause kommt.» Dorit lehnte an der Anrichte, knickte ihre Hüfte ein und sah mich mit einem «Tja, so sieht's aus!»-Blick an. Eine schöne Frau. Ohne Frage. Geradezu klassisch. Teuer gewelltes Haar, weiße Bluse, blauer Rock, die prachtvollen Waden in seidenglänzenden Stay-ups (von denen ich nie etwas hatte, für Dorit schlossen sich Sex und Kleidung aus, wegen der Flecken). Aber Dorits Schönheit war nur Teil eines größeren Schönheitsprojektes, zu dem leider auch die Küche gehörte. Das hatte ich nicht gewusst. Wir hatten über vieles gesprochen, als wir uns kennenlernten. Ob es nicht furchtbar traurig ist, dass Elefanten in Afrika nicht einfach an Altersschwäche sterben, sondern verhungern, weil sie nach fünfzig Jahren mit ihren abgenutzten Zähnen nichts mehr kauen können. Ob es nicht phantastisch ist, dass sich alle Menschen auf der Welt über sieben Ecken kennen. Ob es genetisch ist, wenn Lateinamerikaner eher an Alzheimer erkranken als Europäer, oder ob die was Falsches essen. Ob der Körper erogene Zonen verlagern kann, beispielsweise bei einer Knieverletzung. (Bei diesem Gespräch, das in einem Restaurant stattfand, war ich Dorit mit meinem bestrumpften Fuß unter dem Tisch zwischen die Schenkel gefahren, worauf sie frech gegrinst und dann meinen losen Schuh weggekickt hatte. Es war ein Test. Dorit würde niemals mit einem Mann ins Bett gehen, der sich aus der Fassung bringen ließ. Ich rief den Kellner und bat ihn freundlich, meinen Schuh zu suchen. Der Schuh müsse irgendwo in Richtung Ausgang unter den Tischen liegen. Zur besseren Orientierung gab ich ihm den anderen mit. Als ich Dorit danach wieder ansah, zuckte sie kurz mit den Lippen. Es wurde dann im weiteren Verlauf noch sehr schön...) Kurz: Wir hatten über alles Mögliche geredet, aber nie darüber, was eine saubere Küche war. Die wirklich wichtigen Dinge werden ja nie geklärt, wenn es ans Lieben geht. Das ist das Geheimnis der Liebe. Hätte Dorit damals schon gesagt, dass eine Küche immer so aussehen müsse, als würde sie gleich für einen Katalog fotografiert, hätte ich doch... Hätte ich wahrscheinlich nichts gesagt. Hätte ich wahrscheinlich gedacht, das gibt sich mit den Jahren. Aber es gibt sich nicht.

Ich schluckte. Ich hatte so gute Laune. Ich wollte Rührei mit Speck zum Abendbrot machen. Ich wollte, wenn die Kinder im Bett waren, mit meiner Frau Jack Bauer beim Foltern für Amerika zugucken. Ich wollte ihr im Bett den verspannten Rücken massieren, bis sie schnurrte, und ihr dann zeigen, wo meine Hüfte neuerdings herkam und wo sie hinging. Aber Dorit deutete meinen milden Blick anders, als eine Vorstufe zur Reue.

«Baby, wenn du schon den ganzen Tag nichts machst, dann mach wenigstens die Küche.»

Es würde schwerer werden als gedacht. Einem Mann folgt man anders als einem Nichtsnutz. Ich zog sie an mich heran, was sie mit einer unten nachgebenden wie oben widerstrebenden Bewegung geschehen ließ. Eine Bewegung, wie sie nur Frauen beherrschen, die schon viel an Männer herangezogen wurden. «Morgen», sagte ich, «morgen, Schatz! Morgen mache ich die Küche. Blitzeblank.»

Mascha leckte oberbrav ihr Eis und schmulte aus dem Augenwinkel herüber, ob sich ihre Eltern gleich küssen würden. Kinder beobachten Zärtlichkeiten ihrer Eltern ja doch mit einem gewissen Argwohn, was seltsam ist, da sie sich schließlich denselben verdanken. Dorit zupfte an mir herum. «Stell dir einfach vor, meine Eltern kämen gleich zu Besuch.»

Ich forschte in Dorits Blick nach Anzeichen von Ironie. Wollte sie jetzt tatsächlich unsere Wohnung in einem Zustand dauernder Besuchsfähigkeit vorhalten? Sollten wir diese Wohnung nicht bewohnen, sondern für die Schwiegereltern aufbewahren? Und warum zogen wir dann nicht gleich zu ihnen? «Das geht nicht», sagte ich. «So sauber, dass deine Eltern nichts sagen, kann man nicht sauber machen.» Dorits Vater führte bei Besuchen eine kleine Fleecedecke mit, die er wortlos über den Stuhl oder den Sessel breitete, bevor er sich setzte. Ich hatte das zunächst für Inkontinenzprophylaxe gehalten und lobte am Abend vor Dorit die schwiegerväterliche Umsicht. Doch Dorit belehrte mich, dass ihr Vater fürchtete, sich die Hose an unseren Möbeln dreckig zu machen. Erst danach war mir aufgefallen, dass er auch beim Abendbrot sein Messer unter dem Tisch mit einem extra präparierten Tuch abwischte. Kurioserweise mochte ich ihn. Nicht direkt für das, was er da tat, sondern einfach dafür, dass er sein Ding durchzog.

«Du weißt, was ich meine», sagte Dorit jetzt.

Ich wusste, was sie meinte. Sie setzte die Standards. Unsere Familie war eigentlich ihre Familie. Meine Sauberkeit war eine Sauberkeit zweiten Ranges. Meine Sauberkeit konnte ihrer Sauberkeit nicht das Wasser reichen, nicht mal das Spülwasser. Es war eine Hilfssauberkeit, irgendwo knapp über der Seuchenschwelle.

«Dorit», sagte ich und strich mit meinen Händen um ihre Hüften, «Manchmal magst du es aber auch, wenn ich schmutzig bin.»

Dorit schickte einen Blick zum Himmel und wurde streng. «Bitte, das Kind.»

Das Kind schmulte nicht mehr, sondern leckte langsam und geräuschlos Eis im hochkonzentrierten Versuch, das elterliche Ferngespräch abzuhören.

«Ich dachte, wir machen uns heute mal einen schönen Abend! Ganz entspannt. Nur du und ich», warb ich.

«Max», murrte Dorit, «das geht so nicht.»

«Spielzeit, Kinderzimmer, Selbstbeschäftigung!», ordnete ich Mascha an, die mit der leeren Waffel nur noch so tat, als wenn sie ein Eis zu lecken hätte. Das Kind schlurfte beleidigt davon. Dorit begleitete Mascha schulterklopfend, schloss hinter ihr die Küchentür und drehte sich um. «Erstens: Mir ist nicht nach Entspannen, wenn die Wohnung so aussieht, du kannst also eine Menge dafür tun, dass ich entspannt bin.»

«Wenn das so ist, mach ich heute noch sauber», sagte ich bereitwillig.

«Und das ist das Zweite», sprach Dorit weiter, «ich mag es nicht, wenn du so ... durchsichtig bist. Ich habe dann immer das Gefühl, du meinst gar nicht mich. Ich denke dann immer, dir geht es nur um egoistischen Sex.»

«Das ist schwer zu trennen. Es geht irgendwie ineinander über. Erst meine ich ja dich und dann nochmal dich, und dann meine ich dich so lange, bis es plötzlich mich meint.»

«Versuch dich doch mal zu fragen, wie es mir geht, bevor du deine schönen Abende planst. Versuch doch mal, dich in mich einzufühlen.»

Ein leichter Frost überzog mich. Darüber war schlecht mit mir zu sprechen. Ich war ein Einfühlungsopfer. Leute wie Kruschik, die sich ohne meine Erlaubnis in mich eingefühlt hatten, waren schuld daran, dass ich seit Wochen ohne Job war. Einfühlungsbeauftragte wie Siegrun Wedemeyer waren gekommen, um zu prüfen, ob meine Gefühle auf dem aktuellen Stand der gesellschaftlichen Diskussion waren. Wer weiß, vielleicht würden demnächst Polizisten mit einem Einfühlungsbeschluss vor meiner Tür stehen! ‹Tut uns leid›, würden sie sagen, ‹wir müssen hier alles durchfühlen.› Ab und zu würden sie was total Peinliches hochheben und mir zeigen. ‹Sind das hier Ihre Gefühle?›

‹Um Gottes willen›, würde ich sagen, ‹sehe ich aus, als

wenn ich solche Gefühle hätte? Ich muss doch sehr bitten.›
Ich verschränkte die Arme vor der Brust. «Ich soll die Küche
mit deinen Augen sehen?»

«Ja, zum Beispiel.»

«Warum siehst du die Küche nicht mit meinen Augen? Da
wär' sie immer sauber.»

«Duuuuu willst doch was von mir.»

Das war ja hochinteressant. Es bestand ein Interessen-
gefälle in unserer Ehe. Ich wollte also mehr von ihr als sie
von mir. Warum? Warum wollte sie nicht mehr von mir?
Warum war ich nicht ihr Ein und Alles? War ich es je gewesen? Plötzlich begriff ich, dass ich mich hier umsonst ab-
strampelte.

Dorit nahm Maschas Teller vom Tisch und schob mich,
der ich vor dem Geschirrspüler stand, sanft beiseite. Sie berührte meinen Arm, und ich spannte den Bizeps an. Dorit lächelte, aber es war nur ein mildes, matt amüsiertes Lächeln,
nicht dieses Lächeln von unten her, das Frauen in der Liebes-
frühe lächeln, die Vorfreude, die Ermunterung.

Für Freitagabend hatten wir Freunde eingeladen. Ich bin ein
guter Koch. Etwas, was Dorit, die selbst bei Eierkuchen lieber nochmal nachschlug, wirklich an mir schätzte. Ich verehre die Araber und die Asiaten mit ihren prunkvollen Wür-
zen und Geschmäckern. Und ich liebe es, Menschen essen zu
sehen, sie schaufeln, schlürfen, lecken und schmatzen zu sehen. Zu meinen Lieblingsgeschichten gehört die von Saira
Shah, in der die afghanischstämmige Britin am Hindukusch
unterwegs ist und bei einem Festessen entfernter Verwand-
ter hockt. Es gibt Pilaw, und der Clanchef kaut auf einem
fetten Stück Hammel herum, mummelt backenprall: «Das

musst du probieren!», nimmt es wieder aus dem zahnlückigen Mund und reicht es ihr mit triefenden Fingern. Eine hohe Ehre! Aber nur für Leute mit angepassten Hygienestandards. Ablehnen ist aber auch nicht wirklich drin. Die afghanische Gastfreundschaft geht doch stark vom Gastgeber aus, und ihr Entzug ist tödlich, wie Männer vieler Nationen bestätigen würden, wenn sie noch könnten. Die Geschichte geht gut aus, und Saira Shah überlebt es. War ja schließlich Verwandtenspeichel.

Unsere Kinder wurden mit Wurst und Graubrotstulle abgespeist. Danach verschwand Konrad im Wohnzimmer, um sich den Freuden der Fernbedienungsherrschaft hinzugeben. Maschenka wurde ins Bettnest verbracht, um zwischen Unmengen von staubig müffelnden Kuscheltieren eine Sachgeschichte vorgelesen zu bekommen. Mascha mochte keine Märchen. Sie waren ihr zu ausgedacht. Lieber Baumbestimmungsbücher oder Anatomie für die Vorschule. Konrad dagegen kannte sich nur in Bewaffnungsgraden und Kampfstärken seiner Computerarmeen aus. Den Rest des abendländischen Wissens hielt er für Tand.

Ich fabrizierte unterdessen eine vietnamesische Pho Ca, indem ich zunächst Ingwer, Knoblauch, Zimt, Sternanis und Korianderwurzeln zerstampfte und in einem großen Topf karamellisieren ließ. Duft und Dampf waberten in Wolken durch die Küche, und zierliche Vietnamesinnen tanzten darin in hochgeschlossenen taubenblauen Seidenkleidern züchtige Tänze, nur hin und wieder flog der Längsschlitz der Kleider auf und legte Schenkel von exquisiter Glätte frei. So ist das. Ich muss nicht reisen. Man schwitzt bloß, holt sich Parasiten, und die Betten sind schlecht. Ich kann mein ganzes Leben in meinem Kopf verbringen. Schont auch das Klima.

«Ich dachte, es steht schon alles auf dem Tisch», sagte es neben mir. Die Tänzerinnen in meinem Kopf rafften ihre Áo dài s und huschten kichernd ins Off. Dorit tippte auf ihre Uhr. Als würden unsere Freunde wieder gehen, wenn das Besteck falsch rum liegt. Dorit begann, Geschirr räumend, über die männliche Unfähigkeit zum Multitasking zu räsonieren. Frauen glauben ja, bloß weil sie es beim Stillen einmal geschafft haben, gleichzeitig fernzusehen, dass sie vielarmige Göttinnen seien. Na ja, sollen se doch. Dafür dürfen Männer eher sterben, und die Frauen müssen bis zum Schluss allein sauber machen und sich Konvinienzfutter im Radarofen warm strahlen. Apropos: Ich nahm die angeröstete Hühnerkarkasse aus dem Ofen, warf sie in den Topf und goss alles mit Geflügelfond auf.

Es klingelte. Mechthild und Thoralf kamen. Mechthild war durch ein Zeitloch in die Gegenwart gefallen, entstammte aber tatsächlich den Goldenen Zwanzigern, schlank bis zur Auszehrung, in selbstgeschneiderte Futteralkleider eingepasst, immer einen Hauch zu entzückt, fehlte nur noch die lange Zigarettenspitze. Sie war Textilgestalterin. Filzen mit Kindern und so was. Thoralf war hauptsächlich behaart. Bergungstaucher der christlichen Seefahrt. Sie hatten sich im Kirchenchor kennengelernt. Sie Sopran, er Bass, ihr Blick fand seinen, und beim nächsten Einsatz dröhnte er sie an quer über den Altarraum, dass ihr ganz blümerant wurde. Die Ehe zwischen den beiden funktionierte schon Jahre durch diese rein animalische Anziehung. Sie war sein blondes Weibchen, er King Kong. Es war zum Neidischwerden, auch deshalb, weil sogar Dorit in Thoralf den unverquasten

Macher anschwärmte, der schnell mal beim Austreten die Wasserspülung reparierte oder wortlos quietschende Türen aushob, ölte und wieder einhängte. Ein Mann, der immer sein Multitool am Gürtel hängen hatte. Sie hing an seinen Lippen, wenn er mit kargem maskulinem Grundwortschatz davon erzählte, wie er bei Windstärke acht irgendwelche Bohrinseln antüderte. «Wir also rein, erst die Kette, dann die Welle, ich gegen Ponton, aber mit Karacho...» Einmal war sie sogar beim Baden mit großem Hallo zu ihm rübergekrault, als er nur mal so quer durch den See getaucht war, und hatte mich faden Brustschwimmer allein zurückgelassen.

Mechthild verteilte Bussis und bewunderte heute Abend zum Ausgleich meine Fähigkeiten beim Möhrenschneiden. «Du bist ja ein richtiger Samurai!» Dorit reichte Thoralf eine schwer entkorkbare Weinflasche. Ich reklamierte meine häuslichen Ziehungsrechte, aber Dorit erklärte, das letzte Mal wäre mir beinahe eine Ader im Kopf geplatzt. Und eine nur halb entkorkte Flasche mit einem toten Mann daneben wäre ihr eins zu viel. Sie klatschte mir versöhnlich auf den Hintern. «Koch du mal!» Ihr Haar hatte sie frech mit zwei Essstäbchen hochgesteckt und wirkte aufgeräumt. Ich liebte sie, und ich hasste sie. Vor anderen Leuten tat sie immer Wunder wie. Klar doch, Super-Dorit hat keine Beziehungsprobleme. Alles ist in bester Ordnung.

Die Pho Ca hielt, was ich mir von ihr versprochen hatte. Es schlürfte und nudelte nur so vor sich hin. Eine Hühnersuppe, die Schusswunden heilen konnte und einen die Gewinnzahlen von morgen träumen ließ. Die Damen prosteten sich mit Pflaumenwein zu. Die Männer zeigten einander kurz ihre Bierflaschen. Nach dem Essen legte Dorit zufrieden ihre Beine über meinen Schoß. Ich hatte nicht übel Lust, sie mit einer gewissen Bestimmtheit zurückzulegen und den Gästen mitzuteilen: Dorit und ich schlafen nicht mehr miteinander! Wir schlafen auch nicht mehr beieinander! Kurz: Wir haben uns auseinandergeschlafen! Wir tun hier nur so! Ihr die leutselige Larve vom Gesicht zu zerren und aller Welt zu zeigen, wie es wirklich um uns stand. Ja, das wär's! Der Schmerztest der Entblößung in der fiesen Hoffnung, dass es ihr mehr wehtun würde als mir.

Inzwischen erzählte Mechthild von einer faden Stadtteilbibliothekarin, die ihren Mann mit einem ebenso faden Kollegen betrog und zur Strafe von ihrem Mann zurückbetrogen wurde. «Du würdest mich doch auch gerne mal betrügen», sagte Dorit zu mir, «aber du fürchtest die Konsequenzen.»

«Höhö», sagte Thoralf, der offenbar Sinn für echte Tiefschläge hatte, und zückte zum Ausgleich ein paar Urlaubsfotos, und wir begutachteten King Kong und die weiße Frau unter Palmen. Einmal hatte er sogar einen Fisch auf der Harpune. Auf den Seychellen war es jedenfalls sehr schön.

Als Mechthild («Du bist ein kleiner Küchengott!») und Thoralf («War wirklich lecker, Mann!») weg waren, räumte ich das Geschirr in den Spüler, wischte den Tisch und ließ meiner Empörung wenigstens im Innern freien Lauf. Betrügen wollen, aber Angst vor den Konsequenzen, das war die Höhe! Ich hasste es, wenn Dorit mir vor allen Leuten verbal über den Kopf strich. Ich war ihr Meerschweinchen. Guckt mal, das ist mein Mäxchen. Mäxchen hat gerade eine Midlife-Crisis, aber sonst fiept er ganz fröhlich. Ich war eine andere Art Mann. Dank Nancy. Ich war der Mann des einundzwanzigsten Jahrhunderts. Sex war der Notausgang für Leute, die keine Phantasie hatten. Ich aber musste niemanden verführen, niemanden betrügen, niemanden unglücklich machen, um noch einmal richtig auf Touren zu kommen.

Dorit duschte noch, also begann ich, mein Exilbett zu machen. Ich räumte wie immer mein Bettzeug vom Schlafzimmer ins Wohnzimmer – morgen früh würde ich es wieder zurücktragen und brav neben Dorits legen, damit die Kinder keine Fragen stellten –, holte meine Nachttischlampe, meinen Stapel Bücher, für jede Laune eins, meine Taschentücher, meine Funkuhr und ein Glas Wasser und die beiden Schraubzwingen, mit der ich die Designer-Lederkuben nachts zusammenschloss, damit sie sich nicht unter mir auseinanderschoben. Dann setzte ich mich auf die Sofakante und las «Hitler in Pasewalk»*, um ein bisschen runterzukommen.

Die Tür ging auf, darin Dorit im Pyjamahemd. Die Hose fehlte. Deswegen hatte sie geduscht. Sie musterte meine Installation «Ein Mann campt im Wohnzimmer» und lächelte. «Komm doch mal raus aus deinem Schneckenhaus! Wie lange soll denn das noch gehen?»

Ich blieb sitzen, das Buch auf den Knien, unbewegt wie ein jungfrauenresistenter Diakon. «Es geht so lange, wie es gehen muss», sagte ich mit der kryptischen Ausdrucksweise

---

* Das Buch will erklären, warum Hitler vom kompletten Versager zum unumschränkten «Führer» aufstieg, und behauptet, der chronisch antriebsschwache Adolf wäre in Pasewalk hypnotisiert worden. Sollte ich die Hypnoseformel in diesem Büchlein finden, wäre Konrads Abitur wieder in Sichtweite.

im Ehestreit Erprobter. Bei Konkretem können Frauen leichter einhaken, und das wollen wir ja nicht.

«Ich muss morgen für fünf Tage nach Stuttgart, Max. Ich hatte vergessen, es dir zu sagen. Tut mir leid. Vorabnahme, Endabnahme des *Lindenwohnpark*-Films und dann noch die Eröffnungsfeier der *ImmoWorld*. Mit Mascha habe ich schon gesprochen. Du sollst jeden Abend Eierkuchen machen, sonst bekommt sie Mamaweh», sagte Dorit betont locker.

«Mach ich», sagte ich.

Dorit kaute auf ihrer Unterlippe herum. «Du nimmst das alles zu schwer.»

«Es war schwer. Es wird gerade leichter», orakelte ich weiter.

«Wir brauchen dich. Ich und die Kinder. Ja, ich auch.» Sie sah nach links unten und zwirbelte eine Haarsträhne. Raffiniert. Sie wusste, dass das ihre gute Seite war, und sie setzte sie ein. Ach, schön war sie sowieso. Wie jede schöne Frau fand Dorit sich in fast allen Einzelteilen hässlich. Früher war ich gern über ihren Leib gekrochen und hatte sie geprüft («Wie findest du das hier?» – «Wabbelig!» – «Und hier?» – «Zu kurz! Zu dick!» – «Und die beiden hier?» – «Sind ungleich!» – «Und das hier?» – «Hab ich noch nie nachgesehen!»)

«Ich weiß», sagte ich neutral, ja beinahe freundlich. Es war dieser Moment, wo zwei Menschen starr in sich hineinwünschen, der andere möge zusammenklappen, heulen und um Liebe flehen. Aber Dorit und ich waren harte Brocken. Die frisch geduschte Stolzkönigin und der ausquartierte Trotzbold.

«Na ja, ich geh dann mal ins Bett», meinte Dorit, nachdem sie eine sehr lange Weile durchaus ansehnlich an sich herumgezwirbelt hatte. Ich hätte so gern mit ihr geschlafen, aber ich wusste nicht, wie ich über die Kluft kommen sollte. Außerdem hatte Dorit mich beleidigt, sie hatte mir ihre Solidarität aufgekündigt, ja vor nicht allzu langer Zeit sogar das Ende unserer Beziehung angedroht. Dorit («Gute Nacht, Max!») schloss die Tür. Ich legte mich sofort hin und nahm das Buch vor die Augen, um darin zu lesen. Pah! Aber das Buch war plötzlich auf Finnisch und schlimmer. Ich konnte kein einziges Wort erfassen. Was war noch mal dieses Hitler? Na wunderbar! Hatte sie es also geschafft. Ich war auf hundertachtzig. An Schlaf war nicht zu denken. In einem plötzlichen Entschluss sprang ich auf, durchquerte die Wohnung, riss die Tür zum Schlafzimmer auf und legte mich neben Dorit unter die Bettdecke, als würde ich gesucht. Dorit sagte nichts und bewegte nur langsam ihren Hintern gegen meinen Unterleib. Das war gut, denn so konnte ich mir immer sagen, sie hätte angefangen.

Zehn Minuten später war ich wieder zurück auf meinem Couchlager. Leer, verwirrt, aber wenigstens müde.

14 Nancy schien im Übrigen der Meinung zu sein, dass in meinem Fall nur eine Mischung aus Abu Ghraib und Bolschoi-Theater dauerhaft helfe. Sie verlangte, dass ich ab jetzt immer zuerst mit erhobenen Armen eine Runde Entengang durch das Studio machte, weil das gut für meine Wirbelsäule wäre. Ich weigerte mich zunächst, aber Nancy setzte sich durch, einfach, indem sie die Arme vor der Brust verschränkte und «Los jetzt!» sagte. Gott sei Dank war niemand sonst da. Entengang, sagte Nancy, während ich mit erhobenen Händen durch den Raum watschelte, sei eine vollkommen unterschätzte Übung. Die Welt wäre ein besserer Ort, wenn generell mehr Entengang gegangen würde. Ich hatte erst die halbe Runde geschafft und war koordinativ schon ziemlich herausgefordert. Ein Mann, der eine Viertelstunde mit erhobenen Händen im Entengang gehen könne, motivierte Nancy vor sich hin, gewinne nicht nur an Physis, sondern auch an Ausstrahlung. Sie stand, die Arme verschränkt, etwas breitbeinig an der Wand, und ich schwankte in halber Höhe und am Ende meiner Kräfte auf sie zu. Ich war noch nie im Entengang auf eine Frau zugegangen. Es würde mich sicher verändern, ich war mir nur nicht sicher, in welche Richtung. Zu meiner Überraschung entlockte ihr mein Gewatschel nicht das geringste Grinsen. «Da ist noch nicht viel Musik drin», sagte Nancy, als sie mir aufhalf, «aber das wird.» Sie meinte es offenbar wirklich ernst. Dann sollte ich ein Bein auf das Fensterbrett legen und mich darauf niederbeugen, wie es russische Ballerinen tun. Ich versuchte es, aber Nancy sagte, ich solle meinem Bein nicht zunicken, sondern mich vorbeugen. So stellte sich heraus, dass der Knickwinkel meiner Hüfte nur noch etwa fünfzehn Grad betrug. Dann musste ich mich rücklings auf den Boden legen und mein Becken langsam reihum drücken, wie eine Münze eiert, kurz bevor sie zum Liegen kommt. Ich forderte, dass sie mir nicht zugucken solle, aber Nancy meinte, ich hätte überzogene Vorstellungen von der Sündhaftigkeit meines Unterleibes und sie könne da schon «abstrahieren». Ich eierte mit meiner Beckenschale über den Boden. Nancy schüttelte den Kopf und sagte leise etwas, was sich wie «Robocop» anhörte. Kniete sich hin, fasste mein Os ilium und mein Os pubis und rührte damit sachte auf dem Boden rum. «Spürst du das? Du musst mehr spüren! Spür genau hin!», sagte Nancy. Meine Hüfte füllte sich mit Atem, und ich hoffte inständig, dass es mit dem Füllen sein Bewenden hatte. Am Ende sollte ich im Stand meinen Körper ausschütteln, was ich tat, aber Nancy war auch hier unzufrieden. Sie fragte, ob ich mich schon mal wirklich unkontrolliert bewegt hätte. Ich grübelte länger. Bis mir einfiel, wie mein Cousin aus Fronhagen mir mal an der Kuhweide die Hand hingehalten hatte. Was ich nicht gesehen hatte: Seine andere Hand umklammerte den elektrischen Weidezaun. Ich bekam so eine gewischt, dass ich herumsprang wie ein Klingelmützenjoker aus der Box. «Genau so», sagte Nancy.

«Das kann ich nicht», erwiderte ich, «das ist unwürdig!»

«Würde ist dein kleinstes Problem», sagte Nancy. «Los, mach mal! Ich mache auch mit!» Sie grimassierte, schüttelte mit heraushängender Zunge den Kopf und hampelte los. Ich sah sie zwei Sekunden entgeistert an, dann hampelte ich hinterdrein.

«Los, schüttel deine Eingeweide!», rief Nancy. Es war halb elf am Vormittag. Zwei Menschen aus zwei verschiedenen Generationen hüpften und hampelten durch eine grimmige Eisenklinik, während anderswo ernsthaft gearbeitet wurde. Kein Wunder, dass ich es liebte.

Am Abend ließ ich Konrad die Eierkuchen machen. Ich sagte ihm die Zutaten und Mengen und erörterte den 123-Gramm- und 274-Milliliter-Wahnsinn von Kochrezepten (es geht um Konsistenz, Junge), er rührte zögerlich in der Schüssel herum. Konrad mied alles Neue, selbst wenn es Eierkuchenteig war. Ständig fragte er, ob das jetzt genug oder schon zu viel wäre. Dann beobachtete er argwöhnisch, wie der Teig in der Pfanne gelb und braun wurde. Hob ihn an, machte ihn kaputt, wollte, dass ich übernehme, aber ich weigerte mich. Der Erste wurde zu schwarz, und Konrad war wütend, wollte hinschmeißen. «Komm, mach einfach weiter!», sagte ich.

«Ich kann das aber nicht!», rief Konrad, fettsträhnig, picklig, grobmotorisch und unsicher. Komisch, dass Coolness in der Jugend, wenn man sie am dringendsten braucht, so schwer zu haben ist. Ich musste ihn ein paar Minuten überreden, bis er die nächste Kelle in die Pfanne schippte. Mascha spielte brav, was sie immer tat, wenn sie dicke Luft roch. Glückliches Zweitkind. Still beobachten und lernen. Dann stopften wir uns mit Eierkuchen voll, leckten uns die Finger und gossen Bionade drauf, das Süßgetränk der diplomierten Süßgetränkverächter. Ich schickte Mascha Zähne putzen und fragte Konrad, wie es in der Schule so laufe. Er maulte ein «Allesgut» und verzog sich. Mascha kam und fletschte ihre geputzten Zähne. «Können wir jetzt Mama anrufen?», fragte sie.

Am nächsten Tag machte Matze «Schädelspalter», das sind schwere Überzüge mit der Langhantel, und ließ sich von Meikel «spotten», sprich helfen. Rodscher ruderte vornübergebeugt – auf seiner Langhantel der Rest aller in diesem Stadtbezirk verfügbaren Hantelscheiben – und machte dabei Geräusche, als würde ihm gerade bei vollem Bewusstsein ein Organ entfernt. Ich trat ein, unschlüssig, ob ich mein Training tatsächlich in Anwesenheit der Herren mit Nancys Wunderübungen beginnen sollte. Aber da Meikel und

Matze die Ereignisse der letzten Nacht durchsprachen und Rodschers Konzentration von wenigstens vier Zentnern Eisen vollständig gebunden war, fasste ich mein Handtuch mit beiden Händen, hob es hoch über den Kopf, ging in die Knie und watschelte im Entengang los.

Meikel erklärte Matze, die «Bitch» hätte bloß «Sorry» gesagt, er dagegen: «Ja, nich, sorry! Das ist Scheiße, Alte, verstehste! Das ist richtig Scheiße!» Die «Alte» hätte dann «sooo eine Fresse gezogen» und «tut mir leid» gemault und erklärt, sie würde die Schnapspulle ja draußen lassen, aber er, Meikel, habe sie gefragt: «Du denkst, das ist so einfach, ja? Ja, denkst du das?», und dann hätten schon «die anderen Schlampen dazwischengekeift», er solle sie in Ruhe lassen. Aber er, Meikel, hätte gesagt: «Ich will was hören von dir, ist das klar?», und da hätte Matze aber mal sehen sollen, wie die «Tusse» plötzlich rumgedruckst hätte. Dann half er dem dunkelrot vor sich hin pressenden Matze bei den letzten beiden Wiederholungen. Matze setzte sich auf. «Ja», sagte Matze, «da musst du sie hinkriegen, dass sie nicht mehr die große Fresse haben. Das merken die sich.» Meikel, von dem Lob angefeuert, berichtete jetzt, er hätte Druck gemacht, bis sie endlich «Ich möchte mich dafür entschuldigen!» gesagt hätte, aber er hätte nachgefragt, wofür sie sich entschuldigen wolle, und sie wieder: «Für das mit der Flasche.» Er, Meikel, hätte dann gefragt, ob sie nicht im ganzen Satz sprechen könne. Da hätte die «Bitch» beinah losgeflennt und hätte sich in aller Form dafür entschuldigt, dass sie versucht habe, eine Flasche mit in den Klub zu schmuggeln. «Aber nur so geht's», bestätigte Matze, während ich im Entengang an den beiden vorbeiwackelte. Zwei Männer, die das absolute Gehör für Entschuldigungen hatten und die nicht zufrieden waren, bevor sie nicht das Hohe C der Unterwerfung vernahmen. Unwillkürlich versuchte ich, schneller zu watscheln, damit ich außer Reichweite kam. Die beiden folgten meiner Runde mit einem verstörten Blick. Sie sannen darüber nach, ob mein seltsames Tun irgendeine Aufforderung an sie enthielt, beispielsweise mich verbal herabzuwürdigen oder auf mich einzuschlagen, bis ich wieder Vernunft angenommen hätte, aber sie kamen zu keinem befriedigenden Ergebnis. Also wandten sie sich wieder dem Resümee der letzten Nacht zu, in welchem nun die sonderbar mit ein paar Pfötchen tätowierten Brüste einer ausgesprochenen «Hammergranate» in den Vordergrund traten. Matze zückte sein Handy und präsentierte ein Foto des fraglichen Dekoletés. Sie untersuchten das Bild, vergrößerten Ausschnitt und stellten Mutmaßungen über die Spur an, die die tätowierten Pfötchen über den Körper der Dame nehmen könnten.

Ich war mit meiner Runde fertig, die sich steifer als gestern angefühlt hatte, und legte, wie von Nancy angeordnet, ein Bein auf das Fensterbrett, um mich, wenn schon nicht schwanengleich darauf niederzulegen, wenigstens in die Richtung zu federn. Rodscher ließ die Langhantel fallen, als wolle er den europäischen Erdbebenforschern ein paar Rätsel aufgeben, und glotzte verkeucht, aber mit unverhohlener Abneigung auf meine anmutigen Versuche.

Ich ließ mich nicht beirren. Wusste ich doch: Wer etwas anderes macht als alle anderen, gilt schnell als sonderbar. Doch nur vom Sonderbaren zum Besonderen führt der Weg des Heils! Dessen war ich gewiss. Sicher, ich konfrontierte diese muskelbepackten Türsteher mit einem Bewegungsspektrum, das sie nicht ohne weiteres in das Bild konventioneller Männlichkeit einfügen konnten. Aber Nancy würde doch keinen Schabernack mit mir treiben und mir weibische Übungen verordnen? Was, wenn sie eine Betrügerin war? Ich musste an die vielen Coaching-Opfer unter meinen Freunden und Freundinnen denken. Zuvörderst Verena. Meine bestimmt drittgrößte Liebe. Niemand hat je sorgfältiger vor dem Zubettgehen die Brille fortgelegt und sich blinzelnd umgewandt, verlegen gelächelt, als wäre sie ohne Brille auf fast schon unzumutbare Weise nackt. Sie fiel eines Tages einer Farbberaterin in die Hände, die sie auf das abstoßendste umkleidete und dann zu einem Coaching-Guru schleppte. Plötzlich achtete Verena auf positive Schwingungen, entwickelte positive Ziele, benutzte nur noch positives Vokabular ohne nein und nicht, ohne schlecht und widerlich, was es bei unserem letzten Essen beinahe unmöglich machte, dem Kellner zu bedeuten, dass die Spargelcremesuppe einen Stich hatte. Von außen sah sie noch aus wie vorher, aber innen drin war alles, was sie liebenswert und in ihrer Unbeholfenheit sogar hinreißend gemacht hatte, verschwunden, ausgelöscht. Kurz darauf trennte sie sich von mir, weil ich so «desktruktiv» war. Zehn Tage lang starrte ich auf die Stelle, wo sie nachts ihre Brille abgelegt hatte, und dann radelte ich zur Videothek, um meine Liebe zur untot Gecoachten zu verarbeiten, indem ich mir seufzend Steve Martins «Der Mann mit den zwei Gehirnen»* ansah.

* In dem Film verliebt sich Steve Martin als genialer Neurochirurg in das zu Forschungszwecken eingelegte Hirn einer gewissen Anne, mit der er sich um Längen besser versteht als mit seiner materialistischen Ehefrau. Als diese passenderweise einen Autounfall hat, tauscht er einfach die Gehirne der beiden aus und wird mit dem neuen Gehirn in seiner alten Frau glücklich.

Oder der überraschend alkoholfrei gewordene Bert mit seinen Meditationskursen, der plötzlich immer wertschätzend und friedliebend mit einem sprach und hoch über uns normalen Gefühlsflummis schwebte. Wir hatten ihn schon aufgegeben, als er sich auf einer Party beim gewaltfreien Öffnen einer Erdnussdose schnitt, fluchte, wütend darüber wurde, dass er geflucht hatte, die halb offene Dose auf den Boden feuerte, noch wütender über seine Wut wurde, die vor ihm liegende Dose als «Scheißdose» anbrüllte, sie wegtrat und, da jetzt wutmäßig sowieso schon alles egal war, gekrümmt in der Küche stehend noch eine Weile «Verschissene, beschissene Scheißkackdose!!!» brüllte, während wir im Wohnzimmer ungläubig hinüber lauschten und schließlich erleichtert die Bierflaschen gegeneinanderklonkten. Er war wieder einer von uns – den Unausgesteuerten.

Wenn Nancy also meinte, dass Reichtum, Beliebtheit, Zufriedenheit nur Nebenprodukte und keine Hauptsachen wären, dann hatte sie mehr verstanden vom Leben als alle sauteuren Karrierebeschleuniger oder Tiefenentspanner. Den Beinbeuger auf dem Fensterbrett zu dehnen war jedenfalls kein unangemessenes oder verstiegenes Ziel. Das sprach für Nancys Redlichkeit.

Also legte ich mich auch noch auf mein Handtuch und ließ mein Becken rotieren. Rodscher, fünf Meter neben mir, machte Seitheben mit zwei Kurzhanteln, für die andere einen Gabelstapler genommen hätten. Er betrachtete mein Tun mit Ekel.

Matze und Meikel waren bei der Analyse der Tattoo-Pfötchen auf den Brüsten der Diskothekenbesucherin nicht weitergekommen. Nachdem Meikel seine Überzüge beendet hatte, waren sie stattdessen in einen Disput darüber geraten, ob die orale Aufnahme von Glitzerspray, wie auf dem Dekolleté der tätowierten Dame ebenfalls und überreichlich vorhanden, zu gesundheitlichen Schäden führen könne. Matze vertrat die Meinung, dass das Glitzerspray im Körper des an der Dame tätigen Mannes verbleibe, ja sich von Mal zu Mal sogar anreichere. Meikel bestritt dies. Matze verwies auf seine morgendlichen Stuhlkontrollen, wo sich nie auch nur eine Spur von Glitzer gefunden hatte – und er hätte es bei Gott mit glitzernden Geschöpfen die Menge zu tun gehabt. Als ich auf dem Weg zu den Geräten bei ihnen vorbeikam, konnte ich mir einen Blick auf das Handyfoto, das Matze abwesend hin- und herzoomte, nicht verkneifen. Die Auflösung des Pfötchen-Rätsels war nicht schwer. «Das ist übrigens eine Waschbärenpfote», sagte ich.

Die beiden Schwerathleten drehten ihre massigen Hälse.

«Ein Waschbär hat nämlich über dem Ballen fünf Zehenabdrücke, im Gegensatz zu Katzen oder Hunden. Die haben vier.»

Die beiden verzogen skeptisch den Mund. Zur sicher berufsbedingten Abneigung, von hinten angesprochen zu werden, kam Widerwille gegen jede Form neutral vorgetragenen Wissens.

«Woher weißt du das? Warst du mal Waschbär?» Sie klatschten sich ab. Alter Schalter! Wie schlagfertig war denn das?

«Nein, aber es gibt Gemeinsamkeiten mit mir», sagte ich, «Waschbären sind sehr intelligent und haben ein ausgezeichnetes Gedächtnis.»

Meikel stoppte seine Mimik. «Höre ich da gerade einen

Unterschied zwischen deiner und unserer Intelligenz heraus? Wolltest du gerade sagen, dass wir beide ein bisschen dumm sind, weil wir uns nicht mit so einem Indianerdreck auskennen?», fragte Meikel, sichtbar geplagt vom Verlangen, ein Oben und ein Unten in unser Gespräch einzuziehen. Aber ich war keine schon vorgeglühte «Bitch» mit einer Pulle Schnaps im Täschchen. «Die eigentlich interessante Frage bezüglich dieses Tattoos», kletterte ich rhetorisch aus dem Kampfkäfig, «ist aber, ob die Trägerin sich bei der Wahl des Tattoos der Waschbärenproblematik bewusst war. Waschbären haben im Gegensatz selbst zum Menschen einen außergewöhnlich hochgerüsteten Tastsinn. Warum lässt sich eine junge Frau eine der sensibelsten Tatzen des ganzen Tierreichs auf ihre Brüste tätowieren?» Der kriminalistische Ansatz verfehlte seine Wirkung nicht. Die beiden begannen zu grübeln. «Müsste man mal herausfinden...», sagte Matze mit Blick auf das Handyfoto. Matze war von allen Kraftmeiern dieses Hauses ohne Zweifel der adretteste, eine blonde Bürste auf dem Kopf und ein markiges Kinn zwar, aber eine kurze, gerade Nase und große, fast kindliche Augen, die jetzt weit vorausschauten. «Darf ich unseren Hausstempel neben dieses reizende Waschbärpfötchen drücken, mein Frollein?», brummte er. «Olala, mein Herr! Sie wissen, dass das hier auf meinen Riesenmöpsen ein Waschbär ist?», flötete er belustigt weiter. «Möchtest du mal meinen Tastsinn kennenlernen, Baby», hauchte er, während Meikel sich an die Stirn griff.

Ich ging.

«Ja, danke auch», rief Matze mir hinterher.

Es war gerade recht. Eine Stunde später retteten Matze und Meikel mein Leben. Ich hatte versehentlich aus Rodschers Proteinshake getrunken. Ich hatte ihn schlicht und ergreifend verwechselt. Eigentlich hätte ich es ja merken müssen, weil ich meinen Trinkhalm nie breit knabberte. Jedenfalls stutzte Rodscher, als er nach dem dritten Schluck schon in der Neige herumzutschen musste, beäugte den Becher, der wie seiner aussah, sah sich misstrauisch um und begab sich zur Tarnung an die Trizepsseile, wo er mit einem Gewicht unter seiner Würde irgendwelche Wiederholungen vortäuschte. Mittlerweile hatte ich meinen nächsten Satz Schulterdrücken beendet und griff erschöpft zur Seite nach dem Shake, der allerdings nur noch ungeschüttelte Luft enthielt. Im selben Moment knallten am Trizepsseil die Gewichte im Kabelzugschacht aufeinander, und eine Monsterschallwelle namens «DuElendeSau!!!» türmte sich durch den kleinen Hafen der Ertüchtigungsgeräte auf mich zu. Ich wandte mich um. Während mein Hirn quasi sofort den Fehler identifizierte, der Shake glitt mir aus den angstfeuchten Händen, erblickte ich in Rodschers Augen etwas, das mit «absoluter Vernichtungswille» gut beschrieben war. Kampf oder Flucht? Da ich studiert hatte, wählte ich Letzteres. Mit deutlich verbesserter Wirbelsäulenstabilität sprang ich aus der Maschine, während Rodscher brüllend über zwei Bänke gleichzeitig sprang. Die Gasse zwischen den Geräten bis zum Treppenhaus maß etwa zwanzig Meter. Fragen begleiteten mich auf meinem Weg. Lag der Punkt, an dem die längeren Beine des «Auslöschers» den Nachteil schwereren Antritts wettgemacht haben würden, innerhalb dieser Distanz oder dahinter? Würde die Schrittfrequenz, die aus meinen kurzen, aber zuverlässigen Beinen herauszuholen war, ausreichen, um vor dem Zugriff ins Treppenhaus und von da in den Hof zu gelangen? Wäre es nicht besser, wie Che Guevara innezuhalten, sich dem Verderben zuzuwenden und den Anwesenden ruhig mitzuteilen: Sie werden jetzt erleben, wie ein Mann stirbt*?

Diese wichtigen Erörterungen konnten nicht zu Ende erörtert werden, denn Rodscher war heran und schubste mich. Ich stieß mit dem Kopf gegen die Butterflymaschine und geriet ins Taumeln. Er packte meinen Unterkiefer und hätte ihn wahrscheinlich abgerissen und weggeworfen, wenn sich nicht plötzlich Matzes Faust an sein Handgelenk montiert hätte. Meikel, hinter ihm, umklammerte Rodschers Stirn, damit der seinen Kopf nicht dazu benutzen konnte, meinen zu zerstören. «Du schwule Sau!», brüllte Rodscher. «Das hast du mit Absicht gemacht! Du wolltest mich mit Schwulenkeimen verseuchen!»

Wir waren ein Klumpen aus vier Männern, die ihre Köpfe zusammenpressten und sich gegenseitig Fragen und Antworten ins Gesicht spuckten.

«Er hat aus meinem Shake getrunken. Er hat in meinen Shake gespeichelt. Ich habe seinen schwulen Speichel getrunken! Dafür knips ich dich aus!»

«Das war eine Verwechslung! Ich dachte, es sei mein Shake!»

«Warum soll er denn überhaupt schwul sein?»

* Che Guevaras letzte Worte existieren in unterschiedlichen Versionen. Möglicherweise waren die Schergen mit den ersten «letzten Worten» unzufrieden, und es kam zu Pöbeleien, dass das doch keine letzten Worten seien usw., sodass mehrere «letzte Worte» gesprochen wurden. Die oben zitierte Version kann man durchaus revolutionär nennen, allerdings eher auf dem Gebiet der Unterhaltungskunst: Che moderiert quasi seine eigene Ermordung an. Andere Versionen haben Macho-(«Du erschießt einen Mann!»-) oder Tierschutz-(«Du erschießt nur einen Menschen!»-)Konnotationen.

«Er macht die ganze Zeit Schwuchtelübungen.»

«Was für Schwuchtelübungen?»

«Wovon redest du?»

«Habt ihr mal gesehen, wie er dauernd mit dem Arsch rummacht?»

«Ich mache nicht mit dem Arsch rum. Ich lockere meine Hüfte.»

«Haha, lockere Hüfte. Ich weiß, was deine Hüfte will! Was war das damals in der Garderobe?»

«Was war in der Garderobe?»

«Ja, was war in der Garderobe?»

«Er hat sich an meinen nackten Arsch rangeschlichen!»

«Ich wollte meine Sachen!»

«Siehst du, er wollte nur seine Sachen.»

«Das kannst du deinem schwulen Friseur erzählen. Er wollte mir an die Wäsche. Das wollte er. Das warme Bübchen!»

«Er macht komische Übungen, okay. Er ist ein komischer Typ. Komische Typen machen komische Übungen.»

«Ich bin sogar verheiratet!»

«Er ist verheiratet. Da staunst du, was?»

«Ihr seid doch alle verheiratet. Mit Lesben! Zur Tarnung!»

«Krieg dich doch mal ein jetzt!»

«Euch hat er doch auch schon schwul gemacht! Er wird hier alle schwul machen, wenn wir ihn nicht ausknipsen!»

Plötzlich fuhr eine fremde Hand in unsere kleine Runde, griff mit dem Daumen in Rodschers Auge, das sich dadurch ein bisschen aus der Schädelhöhle schob, und mit dem Zeigefinger in Rodschers Ohr. Der Griff kam aus einer Welt jenseits der Übungen und zweiten Versuche, aus der Welt der Realistischen Selbstverteidigung. «Loslassen!», sagte eine

Stimme. Matze und Meikel ließen sofort los, Rodscher löste seinen Griff mit einer geringfügigen Verzögerung und wich vor der schattenspendenden Gestalt Sascha Ramon Niekischs zurück. Mein Unterkiefer fühlte sich ausgeleiert an. Wahrscheinlich würde ich den Rest meines Lebens meinen Mitmenschen mit einem ungewollten Ausdruck von Verblüffung begegnen. Bei einem Journalisten aber wohl eher kein Grund für Berufsunfähigkeit. Sascha Ramon Niekisch dirigierte Rodscher in die Mitte des Raums. «Glaubst du, ich lasse in meinem Laden Leute trainieren, die nicht hundertprozentig sauber sind?»

Rodscher, der jetzt gezwungenermaßen in zwei verschiedene Richtungen äugte, verneinte dies gequält.

«Glaubst du, ich lasse in meinem Laden Leute trainieren, die nicht sofort einen neuen Shake ranholen ...?»

Ich wollte schon Rodscher triumphierend zunicken, als ich begriff, dass ich gemeint war. Ich rannte zum Counter und holte sofort einen Proteinshake. Sascha Ramon Niekisch hatte Rodscher unterdessen in eine Art versöhnlichen Schwitzkasten genommen und klopfte ihm liebevoll auf den kahlen Schädel. Er war mehr so der haptische Typ. Rodscher rieb sich das blutunterlaufene Auge und knurrte etwas.

«Glaubst du, ich lasse hier Leute rein, die sich nicht wie ein Mann entschuldigen, wenn sie sich vergriffen haben?» Auch das zählte zu den eher leicht versteckten Botschaften.

«Ich möchte mich in aller Form bei dir entschuldigen», sagte ich dann auch zu Rodscher, «dass ich beim Griff zum Becher nicht die nötige Sorgfalt haben walten lassen und es deshalb zu dieser bedauerlichen Verwechslung kam. Ich möchte dir hier vor allen Leuten versichern, dass sich dergleichen nicht wiederholen wird und dass ich darüber hinaus, falls gewünscht, alle notwendigen medizinischen Zeugnisse beibringen kann, um etwaige gesundheitliche Bedenken deinerseits zu zerstreuen.»

Das war für Stegreif gar nicht schlecht, und Matze und Meikel, die beiden Entschuldigungsexperten, sahen sich mit einem anerkennenden Nicken an. Hatten sie wieder was gelernt. Vermutlich würde das *Krassus* in Bälde nur noch Menschen offen stehen, die ein Semester in Exkulpationsrhetorik belegt hatten.

Sascha Ramon Niekisch, der unbestrittene Meister der Realistischen Selbstverteidigung, nahm jetzt mich beiseite und wies mich darauf hin, dass Rodschers Proteinshake und mein Proteinshake nicht so gleich seien, wie ich vielleicht gedacht hätte, und dass es auch in meinem Interesse sei, nicht davon zu trinken, und überhaupt – ich sei ja kein Dummer. Keine Ahnung, was das heißen sollte.

«Äh, Kotze, Erdbeergeschmack! Schwuler rosa Tunten-Erdbeergeschmack», waren die letzten Worte von Rodscher, der gerade von seinem neuen Proteinshake getrunken hatte, bevor ich in der Umkleide verschwand. Im Spiegel vor dem Waschbecken sah ich, dass ich eine riesige Beule mitten auf der Stirn hatte. In Filmen sahen Männer nach Prügeleien immer toll verletzt aus. Ich hätte gerne auch eine blutende Augenbraue und sonst eine edle Brusche gehabt, aber nicht so eine Beule, die mich aussehen ließ wie ein nicht zu Ende verzauberter Pottwal.

15 Nach dem prekären Vorfall hatte ich wenig Lust, Rodscher allzu bald wieder über den Weg zu laufen. Sicher vermeiden ließ sich das allerdings nur, wenn ich sehr früh ins Studio ging. Am besten gleich um sieben, wenn die Türsteherjungs noch friedlich auf ihren Futons schnarchten. Die Gelegenheit war günstig. Konrad musste sowieso zehn vor sieben aus dem Haus. Dorit war noch drei Tage in Stuttgart. Ich nutzte ihre Abwesenheit und machte Mascha beim Gutenachtgeschichtelesen den «Wie wäre es, einmal morgens früh als Allererste im Kindergarten zu sein»-Gedanken schmackhaft. Das war Manipulation, aber Maschas von der Mutter ererbter Wettkampfgeist sprang sofort darauf an. Hauptsache Erste. Egal wo. Die Zukunft des Kapitalismus. Tatsächlich stand Mascha am nächsten Morgen um halb sechs vor meinem Bett. «Wir müssen los, Papa!» Ich hob die Bettdecke, sagte: «Ist noch zu früh. Erst, wenn der Wecker klingelt, Liebes!», und Mascha kletterte ins Bett. Sie lag genau zwei Sekunden still, dann musste sie mir erzählen, dass ihr Schnuffeltuch gestern Abend noch links, heute Morgen aber rechts neben dem Kissen gelegen habe, drehte sich um, begann, auf meine Wangen zu patschen, meine Augenlider anzuheben und hineinzusprechen, zupfte in meinen Ohren die Haare und hielt schließlich meine Nase mit zwei Fingern zu, um dann laut zählend zu erforschen, nach wie vielen Sekunden ich den Mund aufmachen würde. Dösen sieht anders aus.

Wir waren dann doch nicht die Ersten im Kindergarten. Irgendwelche kurz angebundenen Schichteltern mit ihren vor Schläfrigkeit noch ganz benommenen Schichtkindern waren uns zuvorgekommen. Mascha machte mir Vorwürfe. Wenn wir aufgestanden wären, als sie wach geworden sei, hätten wir es geschafft. Mama hätte recht. Man könne sich auf mich nicht verlassen. «Kriege ich denn zum Abschied wenigstens einen...», beugte ich mich zum Rohrspätzlein nieder. Nein, und es gäbe heute dann eben mal keinen Kuss, beschied Mascha, um das Maß ihrer Mutterähnlichkeit voll zu machen. Aber ich dürfe sie drücken. Ich drückte sie, und wir gaben uns die Hände.

Es war noch dunkel, als ich durch den Hausflur auf das *Fitness- und Kampfsportstudio Niekisch/Zentrum für Realistische Selbstverteidigung* zuging. Ein junger Mann mit Migrationshintergrund-Strickmütze steckte Zeitungen in die Briefkästen. Er grüßte sehr höflich, was den Migrationshintergrund noch um einiges wahrscheinlicher machte, und ich grüßte zurück, aber nur so ein bisschen, weil ich ja von hier war. Ich ging die Treppe hoch und fand die Tür offen. Aber es war niemand am Counter. Gerade wollte ich auf die Tresenklingel schlagen, als ich aus dem Aerobicsaal Musik hörte. Allerdings keine Fitnessmugge, keinen Schwitzesound. Es war Musik von vorvorgestern. Ein sammetpfötig schleichender Bass, irgendein zwielichtiges Bongogeplöppel und dazwischen scharfe, jaulende Trompeten. Ich sah mich um. Nancys Jacke, ein Jäckchen aus Schottenkaros mit Pelzbesatz, hing hinterm Tresen am Barhocker. Sonst nichts. Ich drehte mich um. Am Eingang zum Aerobicsaal stand eine große Sporttasche. Vor der Tasche stand ein Paar Schuhe. Mit Pelzbesatz. Nancy war in Fragen des Kleider-Ensembles etwas strikt. Auf der Sporttasche lagen Klamotten. Bei näherer Betrachtung stellte sich heraus, dass es nicht nur ein paar Klamotten waren. Es waren alle Klamotten. Ich schluckte trocken.

Eine soulige Frauenstimme englischer Zunge erfüllte den Aerobicsaal mit der koketten Behauptung, dass Lola alles bekäme, was Lola wolle. Uninteressanter als jetzt hatte eine Tresenklingel noch nie ausgesehen. Ich zog meinen widerlich raschelnden Mantel aus und legte ihn vorsichtig auf dem Hocker ab. Dann ging ich langsam, Schritt für Schritt, auf den hell erleuchteten Aerobicsaal zu. Nicht, dass ich mich angeschlichen hätte. Ich war nur so leise wie irgend möglich. Dann sah ich Nancy. Sie stand vor den Spiegeln, hielt zwei riesige Fächer, die das Aussterben der europäischen Silberreiherpopulation monokausal erklärten, um sich herum. Die englische Soulstimme bestand darauf, dass ich keine Ausnahme von der Regel sei. Der Bass herzkasperte kurz. Die Trompeten fauchten sich an. Nancy hob die Arme und schwenkte ihre Hüfte. In einem Rotationsgrad, den ich überhaupt noch nie gesehen hatte, ging die Hüfte herum.

Es war ein Eisvogelmoment. Ich komme ja aus dem Norden, von den Gewässern her. Ich komme von den lautlosen Sommermorgen, von den dunstigen Ufern, von den spiegelglatten Seen, in die man sich hineingleiten lässt wie in ein Bild. Da fliegt manchmal von Schilf zu Schilf ein Eisvogel vorbei. Schnell. So schnell, dass man nur weiß, etwas bizarr Schönes gesehen zu haben. So schön, dass es nicht in die Natur zu passen scheint. Dann ist alles wie vorher. Nur man selbst steht da und ist ein bisschen erschrocken vor Glück.

So war das jetzt, und, ach, ich vermisste es so. Ich vermisste das Augenglück, die Werbung. Ich vermisste, dass mein Weib, hinter einem Handtuch ihre Hüften schwenkend, sich mir näherte, wie sie es einmal getan hatte. Ich vermisste ihr frivoles «Na, wie wär's mit uns beiden?». Ich vermisste ihr Begehren, ich vermisste mein Begehren, als es noch groß und ganz war.

Jaul. Diesmal war es keine Trompete. Ich war auf etwas Weiches und zugleich Hartes getreten. Ich senkte meinen Blick. Mein Schuh stand auf einer Hundepfote. Die Hundepfote endete in einem kurzen, krummen Hundebein, und das Hundebein steckte in einer im Vergleich zum Hinterleib doch sehr massigen Hundebrust, der ein kastenförmiger, gedrungener Hundekopf aufgesetzt war. Alles in allem ergab dies einen Pitbull Terrier. Ich war auf eine vierbeinige Landmine getreten. Ich blätterte durch mein inneres Nachrichtenarchiv, ob jemals von Situationen berichtet wurde, in denen diese Killercaniden ihren Tötungsreflex hatten unterdrücken können. Aber Fehlanzeige: Kind verliert Eiskugel – Kampfhund die Nerven. Oma muss hinter Kampfhund niesen – Hinterbliebene können nur noch die Tasche identifizieren. In der Pitbull-Welt gab es keine Einzelfallprüfungen. Gleich würde mein abgebissener Kopf samt Glotzaugen vor Nancys glitzernde Pumps rollen. Ziemlich bizarres Ende. Ich hätte nicht ins Licht gehen sollen. Das war also der Grund, warum die Menschen ängstlich in der Wirklichkeit verharrten. In der Wirklichkeit lagen früh um sieben keine Pitbulls vor halbnackten Tänzerinnen in Fitness-Studios. Aber, hey: ein einfaches Leben, ein einfacher Tod. Das ist auch nichts. Ich hatte es so gewollt.

Der Pitbull schaute mich an und jaulte. Das Jaulen wurde schwächer – oder verlor ich vor Todesangst mein Gehör? – und verkam zu einem Winseln. Mühsam zerrte der Pitbull Terrier seine Pfote unter meinem Fuß hervor, den ich, in Todesangst erstarrt, offenbar nicht weggenommen hatte, und humpelte o-beinig, so schnell er konnte, quer durch den Saal auf die Spinning-Bikes zu, die dort an der linken Seite in Reihe abgestellt waren.

«Manfred!», rief Nancy erbost, schmiss ihre Federfächer hin und wollte schon, blank wie sie von der Mutter kam, auf ihn losstöckeln, als sie mich in der Tür gewahrte, die Fächer blitzschnell wieder aufhob und um sich hüllte.

«Einen guten Morgen auch!», sagte Nancy, etwas angepikst, während ich noch Mühe hatte, mein rätselhaftes Nichtzerfleischtwerden zu begreifen.

«Guten Morgen, Nancy!», sagte ich wie der Golem.

Nancy bewegte sich einen Moment unschlüssig hin und her, aber dann wurde ihr der dreiste Ungehorsam des Hundes wichtiger als ihre Blöße, und sie stelzte im Schutze ihre Fächer auf den Pitbull Terrier namens Manfred zu, der sich in der hintersten Ecke hinter den Spinning-Bikes versteckte. «Manfred, komm da raus!», forderte Nancy und hockte sich, umständlich mit den Fächern hantierend, hin. Sie wollte nach seinem Stachelhalsband langen, aber sie kam nicht ran. «Los, du Schisser, komm jetzt aus der Ecke raus!» Manfred, der Kampfhund, glotzte sie nur ängstlich an und drückte seinen Hintern an die Wand. Nancy erhob sich, dreht sich um, kreuzte genervt ihre Fächer vor der Brust und sah mich böse an. «Was war denn das jetzt?»

«Ich bin ihm auf die Pfote getreten», antwortete ich, wobei ich direkt in ihre Augen sah, denn in die Augen zu sehen ist sogar in Saudi-Arabien erlaubt.

«Dann holst du ihn da auch wieder raus!»

«Ich will leben.»

«Nix da. Du hast ihn da reingescheucht, du holst ihn wieder raus. Du hattest siebzig Kilogramm auf der Rudermaschine anliegen. Das hab ich gesehen. Du kannst ihn rausziehen. Nicht locker, aber du kannst es.»

«Nancy», sagte ich verstört, «das ist ein gottverdammter Kampfhund, eine Killerbestie!»

«Max», sagte Nancy, «das ist mein Kampfhund. Er tötet dich nicht. Er zieht dich höchstens mit hinter die Bikes.»

«Das sagst du so. Er kennt mich nicht.»

«Dann lernt er dich jetzt kennen!» Nancy hob einen Fächer und wies gebieterisch auf den winselnden, sich an der Wand herumschubbernden Kampfhund. Es war nicht auszumachen, ob sie etwas am Leib hatte oder nicht. Ich ging über das Parkett auf die Spinning-Räder zu, kniete mich hin, vermied es, Manfred in die Augen zu blicken, was unter Hunden ja wohl als aggressive Geste galt, und streckte meine Hand nach seinem Halsband aus. In meinem Kopf machte es dauernd ‹Wuff› und ‹Schnapp›, und Bilder tauchten auf, wie ich mit einem schwarzen, steifen Handschuh über der Prothese meinen Kindern durchs Haar streichle. Dann war ich am Halsband und fasste es erst mit zwei Fingern, während das Blut in meinem Kopf rauschte, nahm es schließlich mit der ganzen Hand und zerrte dran. Manfred war kompakt. Manfred war schwer. Manfred war widerspenstig. Er winselte kläglich und kratzte übers Parkett, wie ein Hund winselt und kratzt, der gerade vom bösen Pfotentreter geholt wird.

«Mist, er macht das ganze Parkett kaputt», schimpfte Nancy hinter mir, und ich hörte sie auf mich zu klick-klacken. Dann spürte ich ihre Hände um meinen Bauch, und wir zogen Manfred, den Kampfhund, aus der Ecke wie im russischen Märchen das Rübchen aus der Mutter Erde. Es war gegen sieben Uhr zwanzig, früh am Morgen. Die Wirklichkeit war irgendwo da draußen, und sie sah bei weitem nicht so gut aus. Menschen frühstückten Marmeladenbrötchen und blätterten durch die Discounter-Beilagen der Zeitung. Menschen fuhren Straßenbahn und lernten die Wiederholungsschleifen der Infotainment-Displays über ihren Köpfen auswendig. Menschen fuhren ihre Computer hoch und sahen durchs Fenster, wie Menschen in den Büros gegenüber ihre Computer hochfuhren.

Nancy griff jetzt auf der anderen Seite nach dem Halsband, und wir schleiften Manfred, der verwirrt nach links und rechts schaute, an die Saaltür zurück. Ich zählte brav die Parkettgräten, aber ich kam nicht umhin festzustellen, dass Nancy absolut perfekte Waden hatte. Nancy brachte Manfred vor der Tür neben der Tasche zum Sitzen. «Hier bleibst du sitzen! Haben wir uns verstanden? Ob wir uns verstanden haben? Wir haben uns verstanden!»

Der Pitbull Terrier Manfred kauerte geduckt und mit zitternden Ohren neben Nancys Sachen. Ich rieb mir die Hände und blickte konzentriert ins Nichts. «Tut mir leid, dass ich so reingeplatzt bin!»

«Wohl kaum.»

«Ich hätte mich bemerkbar machen sollen.»

«Schon gut. Mein Fehler. Donnerstag früh war hier überhaupt noch niemand. Donnerstag ist der schwächste Tag von allen. Da hab ich halt den Saal für mich.»

Nancy war eine Federspitze vor das Gesicht geflust, und sie rümpfte die Nase.

«Ist das», meine Ohren glühten ein bisschen auf, «Striptease?»

«Bin ich nackt?»

Ich schaute immer noch ins Nichts. «Müsste ich mal nachsehen.» Sie trug tatsächlich ein strassbesetztes Höschen, allerdings in einer Farbe, mit der man auch in Nudistencamps perfekt getarnt war. Ein glitzernder Bauchnabel und weiter oben...

«Stopp! Ich habe eine Tässel verloren...», sprach Nancy und stöckelte federumbauscht in den Saal zurück und hob eine kleines Teil auf, das aussah wie ein breitgedrückter Fingerhut mit einer Troddel an der Spitze. «Klebt nicht richtig. Schon das dritte Mal abgefallen. Kompletter Ausschuss.» Sie drückte sich das Teil auf die Brust, musste es aber festhalten.

«Das ist kein Striptease. Das ist Burlesque.»

«Wo soll da der Unterschied sein?»

«Die Frage zeugt von großer Ahnungslosigkeit, aber sie ehrt dich. Du warst noch nie in einem Strip-Club. Deinen Junggesellenabschied hast du in einer Konditorei gefeiert, nicht wahr? Na, wie auch immer. Striptease ist für Männer, Burlesque ist für einen selbst. Bei Striptease geht es ums Nacktsein, bei der Burlesque geht es ums Schönsein.»

«Aber du bist doch fast nackt!»

«Aber eben nur fast. Männer wollen es immer genau wissen. Aber bei der Burlesque gibt es nichts zu wissen, nur zu ahnen. So, und jetzt zieh ich mich um, sonst kommen hier noch so ein paar Spezialisten und fragen mir Löcher in den Bauch.»

Ich hatte begriffen und ging.

«He!», rief mir Nancy nach. Ich drehte mich wieder um. Sie stand im Schattenriss vor dem erleuchteten Aerobicsaal und ließ das Troddelhütchen zwischen zwei Fingern baumeln. Dann warf sie es mir mit einer kleinen, zackigen Bewegung aus dem Handgelenk zu. Ich fing es mit beiden Händen, obwohl cooler gewesen wäre, es nur mit einer Hand aus der Luft zu schnappen. Aber man kann nicht alles im Leben vorher üben.

«Schenk ich dir. Klebt eh nicht.»

Ich steckte die Nippelquaste in die Hosentasche, nahm mir einen Spindschlüssel und ging ins Eisenland. Die ganze Zeit hatte ich Nancys Silhouette im Auge wie einen Netzhautschaden.

Als ich vom Training kam, war Nancy in Alltagszeug. Manfred, die Schande seiner Rasse, lag hinter dem Tresen und rollte seine Pfoten ein, als er mich sah. Ich gab Nancy den Schlüssel. Sie lächelte, aber es war ein anderes Lächeln. Seit der Begegnung im Aerobicsaal hatten wir etwas Unaufgeräumtes zwischen uns. Und der Weg nach Hause ging nur durch die Front.

«Sag mal», eierte ich rum, «kann man denn das mal ganz sehen, den ... die ... das ... ich meine, die Burlesque.»

«Sicher», sagte Nancy, und ich erwartete, dass sie mir einen Tag und einen Ort nennen würde, irgendeine Show, aber das tat sie nicht.

«Nur ... Das kostet!»

«Versteht sich», erklärte ich, aber ihre braunen Augen teilten mir mit, dass ich gar nichts verstand.

«Was würdest du denn geben?»

Mir wurde etwas mulmig zumute. «Geben?»

«Ich tanze nicht in Clubs. Wenn du es sehen willst, kannst du es sehen. Aber du musst dafür bezahlen. Es ist ganz einfach. Du sagst mir, was du dafür geben würdest und ...»

Ein Mann kam herein, den Nancy als «Ach, der Herr Pietsch!» begrüßte. Sie erkundigte sich nach seinem Knie, was aber nicht mehr so schlimm war, seitdem er diese andere Übung mache, beide lachten, und dann händigte sie ihm den Schlüssel aus. Ich trommelte mit den Fingern auf dem Tresen herum und sah Herrn Pietsch grimmig an. Beinahe wäre ich mit «Nun ist aber mal Schluss mit dem Geturtel!» eingeschritten oder hätte ihm mit «Tat es da weh?» gegen sein schlimmes Knie getreten. Zum Glück hatte ich sie wenig später wieder für mich.

«Pass auf», erklärte Nancy, «du sagst mir einfach, was du dafür bezahlen würdest, mich tanzen zu sehen, und ich sage dir, ob ich es zu dem Preis mache. Du hast genau einen Versuch!»

Es war ungeheuerlich. Es war durchtrieben noch und nöcher. Ich atmete schneller. Das war doch ein Jux, oder? Nancy legte den Kopf schräg und sah mich erwartungsvoll an. Sollte ich das wirklich wollen? «Vielleicht will ich dann doch lieber nicht...»

Nancy lehnte sich ans Regal mit den Carboloadern, Amino-Power-Mixen, Fatburnern und dem ganzen anderen Mastzeug und klimperte mit den Augen. Sie hatte gold-blaue Lider. Eisvogelfarben.

«Nun weich doch nicht schon wieder zurück. Riskier doch mal was!»

«Dreihundert!» Ich hatte es eiliger hervorgestoßen als beabsichtigt.

«Okay. Hand drauf!», sagte Nancy. Wir reichten uns über den Tresen die Hände. Sie hatte eine kleine, überraschend harte Mädchenhand mit einem etwas dicken Daumen. «Besorg eine Location, einen Saal oder so was, und sag mir, wann und wo. Bezahlt wird vorher.»

16 Das Glücksgefühl, das mich durchfunkelte, als ich das *Fitness- und Kampfsportstudio Niekisch/Zentrum für Realistische Selbstverteidigung* verließ, war überwältigend. Ich platzte beinahe vor Spannung. Ich tänzelte über den Gehsteig. Ich schleuderte meine Sporttasche herum. Ich zwinkerte Kindern zu, die sich sofort hinter ihren Müttern versteckten, weil sie instinktiv spürten, dass so viel Lebensfreude eigentlich in klinische Obhut gehört. Aber egal. Ich hatte das Glück gefunden und konnte es nicht für mich behalten. Ich würde mein Leben mit Schönheit spicken wie einen fetten Sonntagsbraten. Leichtfüßig lief ich über die Straße und sprang über das Geländer an der Haltestelle. Fest griff meine Hand in die Stange, locker schwangen meine Füße hinüber. Noch vor wenigen Wochen hätte ich mich dabei so auf die Fresse gelegt, dass noch Stunden später die Kreuzung mit Polizei und Krankenwagen zugestellt gewesen wäre. Aber seit heute war das anders. Ich hatte die Hürde übersprungen, die das Land der ungenutzten Möglichkeiten vom Land der genutzten Möglichkeiten trennte. Hinter mir der Frust und das trübe Schweigen. Das Zerrspiegelkabinett meiner Beziehung zu Dorit. Die groteske Erziehungsanstalt meiner Ehe.

Ich hiphopte in die Straßenbahn, drehte mich gekonnt um meine eigene Achse und catwalkte, mit jeweils zwei Fingern auf die Mitreisenden links und rechts zeigend, zum Fahrscheinautomaten. Zwei Aktentaschen-auf-dem-Schoß-Halter sahen einander fragend an, unsicher, ob dies schon das Verhalten war, bei dem man «Zivilcourage zeigen» sollte. Drei picklige pinke Mädchen mit Speckröllchen am Hosenbund von zu viel Tiefkühlpizza steckten die Köpfe zusammen und kicherten. Der Fahrscheinautomat groovte mit und spuckte das Ticket aus. Ich hängte mich an die Griffstange und machte unter Gorillageräuschen Klimmzüge. Eine dicke Frau hob anerkennend die Augenbrauen. Die beiden Männer, sicher aus dem Privatkundenbereich einer Großbank, mit feuchten Händen am Henkel und dem Aktentaschenboden auf den Hoden, rechneten vermutlich gerade ihre Körperkraft gegen meine und beschlossen, so lange wie möglich untätig zu bleiben. Natürlich nur, weil sie Kinder hatten. Ich schickte ihnen ein paar Luftküsse. Mein Leben war dabei, abzulegen. Bye-bye, Bodenpersonal. Guckt ihr mal weiter Flachbildfernsehen in euren teuren Sitzgruppen und bildet euch Meinungen über den neuen Geschmack gefüllter Gummibärchen. Ich habe mir gerade den umwerfendsten Hüftschwung dieses Jahrhunderts erworben. Völlig singulär und leider, leider nicht für die Öffentlichkeit. Das wird es nur ein einziges Mal geben, und ihr seid nicht dabei. Geht ihr mal hübsch zum *Rock am Ring* oder latscht den Jakosbweg lang, auf der für Touristen empfohlenen Schondistanz. Ich guck mir lieber privatissimo Nancy zwischen Seidenreiherfedern an. Da hab ich was, das mir das Leben wärmer und das Sterben leichter macht.

Draußen fuhr ein Sonnenstudio vorbei, das mit Haarentfernung warb. Gute Idee. Ich sprang bei der nächsten Haltestelle raus. Dann ließ ich mir die Wolle vom Rücken reißen und mich salben, stöhnte «Tiefer, Baby!», bis mir die überreife Sonnenstudio-Inhaberin mit der elektrogebräunten Ledermimik auf den Hintern klapste. Ich galoppierte durch die Seitenstraßen zum Zentrum, enterte einen rot-weiß-grün gestrichenen Schuhladen und erstand ein Paar anschmiegsamster Zierstiefel, die so spitz waren, dass mir ganz Berlusconi wurde. Lief weiter, kaufte eine Hose, in der mein Hintern endlich die Beachtung fand, die er schon lange verdiente. Dazu noch ein Hemd in «Flamingo», wie mir der stark parfümierte Verkäufer mitteilte. Ach, wenn Rodscher mich jetzt sehen könnte! Er würde auf der Stelle schwul werden und sich dann mit den eigenen Händen erwürgen. Ich ließ das Zeug gleich an.

Das Kaufhaus hatte im Erdgeschoss eine Cafeteria, und ich beschloss, auf das fürstlichste zu pausieren. Mit Latte Tall und Eierschecke. Es war kurz vor elf, als ich vom Buffet kam. In der Cafeteria war wenig los. Nur hinten am großen Schaufenster zur Straße hin saßen drei Menschen. Ein Mensch trug einen an die Stirn geklatschten, scharf gefrästen Pony und einen schwarzen Rollkragenpullover. Einer hatte dickes graues, gewelltes Haar, das hinterm Nacken mit einem Lederband zusammengehalten war, und trug eine so woodstockmäßig geblümte Bauernbluse, dass man automatisch nach der Klampfe an der Seite suchte, aus der sicher gleich «Ruby Tuesday» ertönen würde. Der dritte Mensch hockte unter einer Schüttelfrisur in einem naturmodischen Wollponcho, eine Kombination, die es in dieser «Mein Körper und ich sehen uns nur am Wochenende»-Form, nur einmal gab. Es war Siegrun Wedemeyer, die Gleichstellungsbeauftragte meines Landfunks. Wenn die Cafeteria voll gewesen wäre, hätte ich sie ignoriert und mich woanders hingesetzt. Aber so war jede Sitzplatzentscheidung ein Bekenntnis. Unvorstellbar, sich an einen zehn Meter entfernten Tisch zu setzen, um dann entdeckt und betuschelt zu werden. Außerdem war ich unzerstörbar froh gestimmt. Siegrun Wedemeyer war keineswegs die besserwisserische graue Eule, die gerne Männer in Männchen verwandelte. Nein, im Gegenteil: Sie war geradezu ein katalytisches Element, das mein Leben zum Schäumen gebracht hatte. Ohne sie wäre ich Nancy nie begegnet. Ich fühlte mich stark genug, sie begrüßen.

«Frau Wedemeyer!», stellte ich mein Tablett auf ihren Tisch und holte mir ihre leicht widerstrebende Hand, als wolle ich sie mir ans pochende Herz legen, «Das ist ja eine Überraschung, Sie hier zu treffen!»

Siegrun Wedemeyer beäugte mich argwöhnisch. War der flamingofarbige Mann hier tatsächlich ihr seinerzeit doch ziemlich problematischer Kollege? Dann entschied sie sich, erst mal die Formalien abzuarbeiten. Sie bot mir einen Stuhl an und sagte: «Das ist Herr Krenke, freier Mitarbeiter in einer Redaktion unseres Hauses. Und das sind meine Kolleginnen von der *Länderübergreifenden Arbeitsgruppe*, Frau Hildegard Keding und Frau Lieselotte Dittrich.» Es war gut, dass sie das «Frau» dazusagte. Aber ich gab brav die Hand und nickte freundlich. «Meine Damen.»

«Herr Krenke und ich hatten vor einigen Wochen miteinander zu tun. Die Sache mit dem Klimaschutz. Ihr erinnert euch vielleicht.»

Die beiden Damen zeigten sich wohl informiert. Ich hingegen verfiel ins Grübeln. «Klimaschutz? Ich dachte...»

Siegrun Wedemeyer lachte das matte Lachen älterer, allem und jedem weit überlegener Frauen. «*Innerbetrieblicher Klimaschutz*, Herr Krenke. Das ist der inoffizielle Name des Projektes unserer Arbeitsgruppe. Im Kern geht es darum, durch rechtzeitige arbeitsrechtliche Warnschüsse an entsprechend disponierte Kollegen ein Frauen respektierendes Klima zu schaffen, in dem Frauen als Subjekte wahrgenommen werden und nicht als Objekte irgendwelcher privaten Vorstellungen.»

«Ach so, ja», lachte ich matt zurück, «das meinen Sie.»

«Jaja, der Herr Krenke war auch so einer. Und ich glaube, er hat sich erst mal ganz schön umgeguckt, als wir ihn am Schlafittchen hatten.» Frau Hildegard Keding und Frau Lieselotte Dittrich sahen mich noch einmal prüfend an. Ich lächelte verlegen und zog schuldbewusst meine Schultern zu den Ohren. Ich Schlingel!

«Siegrun hat erwähnt, dass es bei Ihnen so arg war, dass Ihr Chef zur letzten Konsequenz greifen musste», richtete Frau Hildegard Keding das Wort an mich. Ich presste die Lippen aufeinander und nickte betroffen. «Ja, das stimmt leider», erwiderte ich ernst. «Ich musste eine Auszeit nehmen und mir eine Therapie suchen.»

Siegrun Wedemeyers Wohlbehagen, ein für alle Mal und sowieso schon immer recht gehabt zu haben, dampfte aus ihrem Wollponcho. Sie sah aus, als würde sie gleich anfangen zu schnurren. Aber das ließ sich noch steigern. Das hatte noch Potential.

«Und hat Ihnen die Therapie geholfen?», erkundigte sich interessiert Frau Lieselotte Dittrich, die in ihrer Tasche nach einem Stift kramte, um sich bei Bedarf Notizen zu machen. Die Tasche raschelte geräuschvoll. Es war mir immer ein Rätsel, wie Damen im Krimi plötzlich und mit einem einzigen Griff eine Pistole aus ihrer Tasche ziehen. Das ist so lebensfremd. «Ja, mir hat die Therapie sehr geholfen», verkündete ich mit einem Blick in die Runde, denn ältere Frauen mögen klare Aussagen und klare Blicke. «Ich habe gelernt, dass Männer oft wie Kathedralen sind. Von außen sehen sie gewaltig aus, aber drinnen ist eine große Leere.»

Was für ein Bild! Siegrun Wedemeyer hauchte einen leisen Laut der Verzückung. Wenn Worte berühren können, dann hatte ich sie gerade an einer sehr speziellen Stelle berührt. Auch Frau Hildegard Keding und Frau Lieselotte Dittrich bestätigten nickend, dass ich zu einer Erkenntnis gekommen wäre.

«Ich musste, wie soll ich es sagen, den langen Weg der Geringschätzung von Frauen bis an die Quelle zurückgehen. Traditionelle Denkschablonen ablegen, dominante und verletzende Sprachmuster und Sprechweisen hinterfragen und – nicht zuletzt – eigene Unzulänglichkeiten akzeptieren lernen. Das war nicht immer leicht.» Freundlich sah ich die drei Damen an. Es war ein schöner Tag heute. Sie sollten alle etwas davon haben. Siegrun Wedemeyer rutschte auf ihrem Sitz hin und her. Ein Jahrzehnt als intersexuelle Spaßbremse hatte sie süchtig gemacht nach einem einzigen Beweis für den Erfolg ihrer Schulungsziele. Und hier war er! In all dem hölzernen Frust der Abgemahnten, unter kaum verhohlener Unlust der Zeugen, unter Minimalkooperation der Vorgesetzten hatte sie durchgehalten, um die Belästiger zu belästigen, und dies war ihr Erntetag! «Also, ich arbeite ja schon eine Weile mit dieser Problematik, Herr Krenke», professionalisierte sie munter los, «und ich muss sagen, ich hatte gleich, als Sie auf uns zukamen, ein ausgesprochen gutes Gefühl. Es freut mich wirklich, dass unser Gespräch von damals bei Ihnen was ausgelöst hat. Sie haben jetzt so eine achtsame und gleichzeitig zurückhaltende Art.»

Ich schaute bescheiden nach unten und hob abwehrend die Hand.

«Nein, wirklich. Die Veränderung ist für mich jedenfalls deutlich sichtbar. Hildegard, du hast doch mal bei der Bundeswehr im Kosovo eine Männergruppe mit Misogynie-Gefährdeten betreut. Sag du doch auch mal was.» Frau Hildegard Keding, bleich und tagescremeglänzend, schwarzer Pony, schwarzer Rollkragenpullover, der ihren trotz intensiver Pflege faltig gewordenen Hals bedecken sollte, musterte mich intensiv, als beherrsche sie tatsächlich die Kunst der Charakterfeststellung per Irisdiagnose. Ich ertrug ihren Blick in völliger Unschuld und wandte mich dann wieder Siegrun Wedemeyer zu. Und dann tat ich es. Ich stellte mir vor, wie ich Siegrun Wedemeyers Wollponcho löste. Es war ein Gedankenexperiment. Ich konnte es mir nicht verkneifen. Denn wenn Frau Hildegard Keding den Feind im Manne erkennen konnte, dann musste sie jetzt zumindest irritiert sein. Ich löste also langsam in Gedanken den großen Hirschhornknopf an der linken Schulter von Siegrun Wedemeyers Wollponcho, und plumps – stand sie im Mieder vor mir. Obwohl es nur in meiner Vorstellung stattfand, war ich dann doch überwältigt. Was für ein gewaltiger Unterleib! Man musste den Kopf schwenken, um ihn einmal zu überblicken. Die Miederhose war entsprechend groß und weiß, und die kleinen Chinesinnen, die sie gefertigt hatten, hatten sich weit über den Nähtisch lehnen müssen, um sie nach der Naht wieder zurückzuholen.

«Also, auf mich macht er insgesamt einen fast schon überdurchschnittlich wertschätzenden und respektierenden Eindruck», urteilte Hildegard Keding sich um Kopf und Kragen. «Das ist wirklich beeindruckend. Was für eine Therapie haben Sie denn gemacht? Das würde mich wirklich brennend interessieren.»

Obwohl sie nahelag, war ich auf diese Frage nicht vorbereitet. «Ich habe ein...geführtes...*Neuroburleskes...Estimationstraining* absolviert.» ‹Das hauen sie mir gleich um die Ohren›, dachte ich. ‹Das war zu fett.› Aber da mein Gesicht seine wertschätzende Miene nicht verloren hatte, blieben meine albernen Vokabeln in Ernst gehüllt.

«*Neuroburleskes Estimationstraining*», schmeckte Siegrun Wedemeyer den Wortsalat durch. «Habe ich jetzt nicht sofort parat. Habt ihr schon mal was von gehört?»

Frau Hildegard Keding, deren Selbstwertgefühl durch die Ansprache als Spezialistin etwas hochgekocht war, richtete sich auf. Unmöglich, jetzt mit einer Wissenslücke wieder zurück ins Glied zu müssen. «Mmh. Doch, doch. Kenne ich. Wird hier im Osten aber wenig gemacht. Gibt kaum Leute, die das machen. Und wohl auch wenig Klientel. Ist das nicht auch sehr teuer?»

Ich bestätigte ihr dies ohne Umschweife. Nancys Hüftschwenken war nicht billig zu haben. Siegrun Wedemeyer wollte wissen, was da im Einzelnen gemacht werde. Ich erläuterte, dass es sich um einen Mix aus Bewegungsschule mit Schwerpunkt Becken, Gesprächstherapie und Akzeptanz-Tanz handele. Ich war in Fahrt.

«Ja, Sie haben richtig gehört: Akzeptanz-Tanz. Und zwar mit einer richtigen Tänzerin. Die Tänzerin tanzt, und von Mal zu Mal hat sie weniger an. Der Klient muss lernen, sie jedes Mal wieder neu und vollständig als Persönlichkeit zu respektieren», fasste ich mein Leben in der jüngeren Vergangenheit zusammen.

«Und am Ende ist sie nackt?», fragte Frau Lieselotte Dittrich, der die Kaffeetasse in halber Höhe vor dem Mund eingefroren war.

«Ja», lehnte ich mich zufrieden zurück, «nackt, aber respektiert!» Ich nahm meine Kuchengabel und trennte mir ein Stück Eierschecke ab. «Guten Appetit, die Damen!»

«Na, ich würde mich jedenfalls freuen, Sie wieder im Sender zu sehen», sagte Siegrun Wedemeyer das entscheidende Wort. Die beiden anderen Damen diskutierten leise das verbindende Element zu alten Bauchtanztraditionen und konfrontationstherapeutische Ansätze, die in diese Variante mit eingeflossen wären.

An diesem Abend, dem letzten vor Dorits Rückkehr, saß ich im Wohnzimmer vor dem kalten Fernseher und ging in Gedanken durch die Stadt. Ich musste einen Ort finden, der den Ansprüchen einer privaten Burlesque-Show genügte. Auch jede Menge Nebenfragen waren zu klären. War großes Licht erforderlich? Showtreppe? Requisiten? Umkleidemöglichkeiten? Duschen? Hinzu kam: Mein Budget war angespannt. Ich hatte trotz meiner sparsamen Lebensführung etwa drei Viertel meines Geldes aufgebraucht. Nancy, oder besser mein Begehren (denn ich würde nie erfahren, ob sie nicht auch für einen Fuffi getanzt hätte), war nicht gerade billig gewesen, und ich konnte nicht auch noch Saalmiete oder Veranstaltungstechnik berappen. Ich ertappte mich bei dem Gedanken, dass der organisatorische Aufwand, den ich hier gerade betrieb, ein Vielfaches dessen war, was Dorit glücklich gemacht hätte. Während ich hier quasi mit einem mittelgroßen Filmset operierte, hätte ich problemlos mit Mopp und Wischeimer Dorits Zuneigung aufhelfen können. Aber genau das wollte ich eben nicht. Frauen und Personalchefs werden nie begreifen, dass Männer einen Ekel vor zu geringen Aufgaben haben. Männer weigern sich bis zur Scheidungsklage, drei abgebrannte Streichhölzer unter dem Herd hervorzufegen, während sie der Aufforderung, aus drei Millionen Streichhölzern das Reiterstandbild vorm Hannoveraner Hauptbahnhof nachzubauen, sofort mit Interesse und Tatkraft nachkommen. Der ganze Sozialismus ist ohne die männliche Begeisterung für gigantischen Unfug überhaupt nicht zu begreifen. Unter diesen Erwägungen fiel mein Blick auf ein Immobilien-Exposé zwischen den Fernsehillustrierten und Einrichtungszeitschriften. Die Wiegand'sche Fabrik. Ich erinnerte mich. Dorit hatte einen Prospektfilm über die Immobilie drehen sollen, und wir waren im Frühjahr einmal zum Sonntagsausflug dort gewesen. Der übliche Loftkram für junge urbane Kreativlinge. Hatte sich dann zerschlagen, weil der Finanzier pleite ging. Doch das Objekt hatte etwas, was es von anderen unterschied: einen Umlaufaufzug, einen Paternoster. Mascha war noch nie in einem Paternoster gefahren und drängelte Dorit. Die telefonierte schließlich irgendeinen Hausmeister heran, der das Ungetüm anschaltete, und grinsend und winkend war Mascha mit der Mama drei Runden herumgefahren.

«Bingo!», sagte ich laut und wurde gleichzeitig rot, weil ich einen Ort einstiger Familienheiterkeit zum Boudoir meiner privaten Schmacht umfunktionieren wollte. Unruhig machte ich mich auf, in der Wohnung nach etwas Alkoholischem zu suchen. Das Einzige, was ich fand, war eine angebrochene Flasche Eierlikör samt Waffelbechern. Ich goss mir einen voll und stellte mich nippend und sinnend ans Fenster. Draußen wackelte eine alte Frau mit ihrem alten Hund vorbei. Der Hund blieb stehen und pinkelte mürrisch an die Laterne. Die Frau musste warten, bis sie wieder zu Hause waren. Ich leckte den letzten Rest Eierlikör aus dem Waffelbecher und knusperte ihn weg. Nicht eben die männlichste Art, einen Durchbruch zu feiern, aber außer mir war ja keiner da. Männer gibt es doch eigentlich sowieso nur, wenn jemand anwesend ist.

In der Nacht hatte ich einen seltsamen Albtraum. Ich schwebte im blauen Wasser eines Sees und war dabei, zu ertrinken. Meine Füße steckten in einer Kette, und die Kette hielt mich zwei Meter unter der Wasseroberfläche fest. Ich versuchte alles, um mich zu befreien, aber es war nichts zu machen. Es war einer dieser furchtbar realen Albträume, in denen man nicht ein einziges gnädiges Signal von draußen bekommt, dass es sich nur um einen Traum handelt. Ich rang nach Luft und Leben und war schon dabei, zu verrecken, als plötzlich jemand über mir ins Wasser sprang und mit kräftigen Schwimmstößen zu mir heruntertauchte. Ich konnte nicht erkennen, wer es war, aber zwei Mädchenhände fassten mein Gesicht, zwei Lippen setzten sich auf meine, und dann blies mir die Taucherin ihre Atemluft in die Lunge und verschwand wieder nach oben. Zu meinen gefesselten Füßen gründelten Karpfen bedächtig durch den Schlick, als wäre gefesselt Ertrinken in diesem Gewässer das Übliche. Wieder begann ich zu ersticken, und wieder kam die Taucherin heruntergetaucht und beatmete mich hingebungsvoll. Ihre dunklen Haare wellten wie Tang um ihr Gesicht, und ich fragte mich zappelnd, wie lange sie das noch machen würde. Mich am Leben erhalten, ohne mich retten zu können. Sie tauchte wieder vor mein Gesicht, sich mit den rudernden Händen auf meiner Höhe haltend, und wieder pressten wir die Münder aufeinander, ich saugte mit letzter Kraft ihren kleinen Atem in meine Lungen, und nach oben trieb sie davon. Dann wurde mir schwarz vor Augen, verzweifelt schlug ich um mich – und kam vor nackter Angst spitz keuchend zu Bewusstsein. Das Bettzeug war schweißnass. Ich strampelte mich frei und setzte mich auf die Bettkante. «O Gottogottogott, o Gottogottogott», sprach ich das einzige Mantra, das mir einfiel. Mein

Herz schlug wie ein Lappen hin und her, und ich fühlte mich, als seien meine Eingeweide in Auflösung. Ich tastete nach dem Nachtschränkchen und knipste das Licht an und aus und wieder an, weil ich so zitterte. Der Traum sollte doch hoffentlich nichts bedeuten? Das würde ich lieber nicht analysieren. Es war viel zu klar und zu drastisch. Sterbenmüssen und Küssen. Angekettet ersticken. Da blinken und hupen ja die Gänsefüßchen. Traumdeutung für die Vorschule. Ich rieb meine Oberschenkel und stöhnte mich in die Normalität zurück. Scheiß schlechtes Gewissen! Jetzt bloß nicht die Nerven verlieren und wieder zurückziehen. Wer war das Mädchen mit den dunklen Haaren? Das nasse Bettlaken wurde kalt. Ich ging zum Schrank und holte neue Bettwäsche. Und dann diese widerlich gleichgültigen Karpfen. Demnächst gibt es Karpfen blau mit Apfelmeerrettich, und wenn die Kinder noch so trotzen – wollen doch mal sehen.

Am nächsten Morgen, nachdem ich Mascha in die Kita gebracht hatte, machte ich mir einen großen Vormittagskaffee und begann, einen Artikel über die lebensverlängernde Wirkung von Spermidin zu lesen (findet sich neben dem Ursprungsort auch in Pampelmusen und sogar in Weizenkleie, na ja, das Zeug sah mir immer schon verdächtig aus), als ich plötzlich eine Eingebung hatte. Das im Wasser wallende Haar des unbekannten Mädchens aus meinem Traum verwandelte sich bei Tageslicht in klatschnasses Haar, das nichts dringender brauchte als einen Föhn. Ich ging ins Bad und stellte mich mit dem angeschalteten Föhn vor den Spiegel. Sah gar nicht schlecht aus. Leider war es ein billiger Reiseföhn, der elend vor sich hin plärrte, sodass ich beinah das Telefonklingeln nicht gehört hätte. Chefs Sekretärin war dran und stellte sich so förmlich vor, als telefoniere sie nicht mit einem ehemaligen Mitarbeiter, sondern mit dem Presse-Attaché des japanischen Tennos. Chef habe – unter bestimmten Bedingungen – wieder Arbeit für mich, und ich solle morgen zum Dienst antreten. Ich fragte, ob irgendeine Grippe oder ein Streik ausgebrochen und das Personal knapp sei. «Nein, wieso?», flötete die Sekretärin ins Telefon, um dann sehr höflich und sehr deutlich «Auf Wiedersehen und einen schönen Tag noch, Frau Wedemeyer!» in den Raum hinter sich zu sprechen. Ach, so war das. Mein Leben fügte sich wieder zusammen, und ich war mir nicht sicher, ob ich das gut finden sollte. So, wie es jetzt lief, hätte ich mein Leben mit Nancy und Muskelgruppentraining verbringen können. Ich war auf dem Weg zum Sixpack (ich musste nur noch auf Alkohol, Zucker, Kartoffeln, Mehlprodukte und Trockenfrüchte verzichten), und sogar der schwierig herauszuarbeitende, aber effektvolle vordere Sägemuskel ließ sich schon blicken. Aber andererseits ging mein Geld zur Neige, und durch die Gegend zu reportern war allemal besser als Taxifahren oder vor irgendwelchen Discos an der Tür zu stehen. Zumal es eine kleine Tür hätte sein müssen.

17 Kurz vor Mittag kam Dorit. Müde, etwas gereizt. Die *ImmoWorld* war nicht so gelaufen wie gewünscht. Der Film war in der Vorabnahme verhackstückt worden und in einer extrem gekürzten Version auf der Messe gelaufen. Weitere Filme waren nicht in Planung.

Dorit stellte die Tasche auf den Tisch und packte ihr Handy aus, das schon drinnen mit einem absaufenden Dreiklang um Akkuladung gebettelt hatte, sowie einen neuen Krimi. Dorits Lektüre bestand eigentlich nur noch aus Krimis, und ich versuchte, mich zu erinnern, wann sie mit dem Krimilesen angefangen hatte. Vergeblich. Meine Erinnerung war peinlich beschränkt. Hunderte von Dorits Ankleideszenen konnte ich memorieren, aber ich konnte mich nicht erinnern, was sie früher gelesen hatte. Zu meiner Entschuldigung muss ich allerdings anfügen, dass die Art, wie Dorit den Slip hochzog, sich den Büstenhalter über die Brüste schob, ihren Pullover überstreifte, in den Rock stieg und den Reißverschluss mit Zack schloss, etwas vom Anlegen einer Rüstung hatte. Eine forsche Sachlichkeit, die ihren Griff ins Wäschefach wie den Griff in einen Waffenschrank aussehen ließ. Dorit war zu stolz, um einfach nur sexy zu sein. Wenn sie sexy war, dann vorsätzlich und mit Bedacht. Dass sie mich eines Tages zu lieben begann, konnte ich skurrilerweise daran erkennen, dass sie sich ohne Hintergedanken kleidete. Mal in einem Blumenkleid, dann wieder bloß mit Jeans und T-Shirt stieg sie aus dem Auto und schlenderte über die Straße. Lange her.

Jetzt schlenderte Dorit nicht mehr in Blumenkleidern über die Straße oder fuchtelte mir in der Eisbar beim Reden mit dem langen Eislöffel vor dem Gesicht herum. Jetzt las Dorit Krimis, tauschte Krimis mit ihren Freundinnen, fing den einen an, sobald sie den anderen ausgelesen hatte, und fieberte den Neuerscheinungen ihrer Lieblingsautoren entgegen. Bei Lichte besehen, gab es dafür nur drei Erklärungen.

Die erste Erklärung: Krimis reizten Dorits Klassenbestenehrgeiz, den Täter schon auf den ersten hundert Seiten herauszuknobeln, ihn sich selbst armzappelnd zu melden, sich selbst zu belobigen, Knickse nach links und nach rechts zu machen, wieder Platz zu nehmen und das Buch nur noch zur Bestätigung auszulesen.

Die zweite Erklärung: Dorit liebte Krimis, weil ihre Auffassung vom männlichen Wesen sowieso in der Figur des Serienkillers gipfelte. Für Dorit war ein Mann, der nach fünfzehn Jahren immer noch nicht von selbst seine alten Schlüpper in die Wäschebox räumte, nichts anderes als ein Wiederholungstäter – und der Schritt zum Gewohnheitsverbrecher, ja zum zwanghaften Blondinenmörder, nur eine Frage der Zeit.

Die dritte Erklärung: Dorit las Krimis, um sich wach und geistig fit zu halten, falls in ihrem eigenen Umfeld Indizien für eine Untat auftauchen sollten.

Und heute war es so weit.

Als Dorit wieder aus dem Schlafzimmer kam, wo sie den neu erstandenen Krimi auf den Nachtschrank gelegt hatte, nahm sie mich kühl ins Visier. «Du hast die Bettwäsche gewechselt. Warum hast du die Bettwäsche gewechselt?»

«Nur so.»

«Nur so?» Dorits Gesicht ließ erkennen, dass der Zufall in dieser Wohnung keine Heimstatt hatte.

«Ja, nur so», sagte ich, gereizt durch ihr Misstrauen. «Du wirst dich vielleicht wundern, dass auch ein Mann wie ich mal Dinge tut, die du nicht erwartest. Aber ich bin ein lebendes Wesen mit einer offenen Zukunft, ich habe vielleicht gerade keine Arbeit, aber deswegen bin ich noch lange kein hospitalisierender Anstaltsinsasse, der immer nur vom Fenster zum Tisch geht. Ja, ich habe die Bettwäsche gewechselt, weil mir so war. Es war eine unvorhersehbare Tat. Ein

Akt der Freiheit. Tut mir leid. So ist das jetzt mit mir. Gewöhne dich schon mal an das Ungewöhnliche. Es werden weitere Freitaten folgen.»

«Ich wollte keine Vorlesung in existentialistischer Philosophie. Ich wollte eine Erklärung.»

«Du bekommst keine Erklärung. Ich werde deinem Misstrauen nicht erlauben, sich auch noch an irgendwelchen Erklärungen auszutoben. Was wäre denn, wenn ich sagen würde, die Katze lag auf dem Bett und hat alles vollgehaart?»

«Ich würde sagen: ‹Das hat dich noch nie gestört.›»

«Siehst du. Es ist sinnlos. Du willst ja gar nicht glauben. Du bist verstockt. Das ist der Grund, warum Ungläubige in vielen Religionen geköpft werden! Weil es sinnlos ist, sich weiter mit ihnen zu befassen. Was wäre denn, wenn ich einfach beim Frühstück im Bett mit Marmelade gekleckert hätte...?»

Dorit wandte den Kopf ab, schwieg, nagte an ihrer Unterlippe, als überlege sie, ob dies schon der Zeitpunkt sei, mir mitzuteilen, was sie mir mitteilen wollte. Dann wandte sie sich mir wieder zu, mit schmalen Lippen, schmalen Augen. «Ich sag dir eins: Wenn du jemals in meiner Abwesenheit auf unserem Ehebett etwas anderes verkleckern solltest als Marmelade...»

«Du denkst, ich...», empörte ich mich.

Dorit kam näher und ging um mich herum. Sie kannte mich eben nicht. Ich würde so was nie tun oder... zumindest was unterlegen!

«Wer hat denn gerade getönt, es wird alles anders? Und ehrlich gesagt, das glaube ich dir sogar. Aber diese seltsamen Vorgänge auf Arbeit, dieser plötzliche Muckibudenehrgeiz, der Klamottenkauf – das ist doch irgendwie merkwürdig. Für wen ist das alles?»

«Für dich! Kannst du dir nicht mehr vorstellen, dass etwas für dich ist?»

«Verkauf mich nicht für blöd. Du hast dir denn Rücken epilieren lassen!»

Hatte sie es also doch mitbekommen. Ohne Anfassen. So entfremdet war unsere Beziehung also offenbar doch nicht. Ich bestätigte ihr diese Maßnahme, fügte aber an, dass dies nur geschehen sei, um meine gestärkten Rückenmuskeln besser zur Geltung kommen zu lassen, quasi zur Trainingskontrolle. Aber Dorit tippte sich an die Stirn. «Trainingskontrolle. Von hinten. Lächerlich.»

Das Türschloss klickte. Für eine Alltagsszene standen wir etwas zu dynamisch in der Diele. Konrad kam. Völlig erschöpft von der andauernden Tatsache seiner Pubertät. Fragte müde nach unserem Befinden. Wir wickelten schnell die Standards ab. Alles in Ordnung. Hausaufgaben waren keine. Wie immer. Wahrscheinlich sparte Konrad die Hausaufgaben für das nächste Jahr, wenn er die Klasse sowieso würde wiederholen müssen. Dorit klackte mit den Absätzen und ging schnurstracks in die Küche. Ich folgte ihr und flüsterte sie erbost von der Seite an: «Soll ich also ein alter, fetter, haariger Sack sein, nur damit du dir keine Sorgen machen musst? Ist es das, was ihr Frauen von einer guten Ehe erwartet?»

Dorit machte nur «ach, ach, ach!». Dann kam Konrad, und wir schwiegen, so normal es ging. Konrad machte sich zwei Salami-Käse-Brötchen, aß noch einen Joghurt und eine Handvoll Gummibärchen und spülte sich mit einem halben Liter Eistee die Gurgel. Verschwand wieder, hörte Radio und schlief wahrscheinlich erst mal zwei, drei Stunden, bis ihn der Hunger gegen Abend wieder wecken würde. Eltern waren Narren der Hoffnung.

Dorit wischte Konrads Krümel vom Küchenbord in die hohle Hand.

«Übrigens: Ich verdiene wieder Geld ab nächster Woche», sagte ich versöhnlich, «Chef lässt mich wieder arbeiten.»

Dorit entspannte ein bisschen. «Gut. Das ist gut. Ich werde vielleicht demnächst nicht so viel nach Hause bringen.»

Die Bedingungen von Chef waren hart. Er wollte mich nicht wirklich zurück. Das war zu spüren. Auch wenn er mich – anders als er vor vier Monaten verkündet hatte – weiterhin duzte, an meinem Fach im Großraum klebte schon ein neuer Name. («Der neue Tagesreporter. Wir wussten ja nicht, wie lange du krank sein würdest.») Chef sagte, er würde also auf der morgendlichen Redaktionskonferenz ein paar Worte zu meiner «Genesung» sagen, aber er würde nicht umhinkommen, auch auf meine «psychische Störung» zu verweisen, die sich «nun mittlerweile herumgesprochen» habe. Er würde die Kollegen auffordern, mir zu helfen, wieder in den Redaktionsalltag zurückzufinden. Teil dieser Hilfe sei mein neues Betätigungsfeld, die Serie «Das war unser Leben», in der alte Menschen ihre Geschichte erzählen. Hier erachte er die Gefahr, dass bei mir wieder einmal «die Sicherungen durchbrennen», als gering. Die Serie sei auf mindestens drei Jahre ausgelegt. Eine Menge Arbeit also.

«Drei Jahre Kölnischwasser mit Urin-Odeur. Schimmlige Kekse aus dem Vertiko. Leute, die nach drei Worten vergessen haben, was sie eigentlich sagen wollten. Habe ich das wirklich verdient?», fragte ich Chef bitter. Aber es war auch egal. Ich hatte noch etwa 1200 Euro, bis ich unter den Dispo tauchen würde, Weihnachten war nicht mehr weit, und ich musste hier wieder rein, um kämpfen zu können.

Chef verzog den Mund. Natürlich gäbe es auch andere Serienprojekte, zum Beispiel «Anders nackt – FKK-Nachwuchs im Osten» oder die geplante Doku über das Schicksal russischer Stripperinnen in Kleinstadtbars, aber da sehe er mich momentan überhaupt nicht. Und überhaupt: Draußen stünden die Absolventen Schlange, bestens ausgebildet und bereit, auch für das geringere Honorar anzutreten, das er mir nun zahlen werde.

«Schon gut», meinte ich.

Meine Kooperationsbereitschaft enttäuschte Chef. «Ich verstehe deinen Frust», lockte er, «du bist ein Top-Journalist. Du könntest anderswo das Zehnfache verdienen. Das ist ganz klar unter deinen Möglichkeiten, aber was anderes habe ich nicht für dich.»

‹Nein, nein, ich muss hier wieder rein›, dachte ich. ‹Ich brauche euch noch. Ich habe hier noch zu tun. Irgendwann gehe ich vielleicht wieder, aber dann, weil ich das will.› – «Ich hänge einfach an dem Laden», seufzte ich und registrierte, dass es weniger gekünstelt klang als beabsichtigt.

Chef meinte, das sei sicher auch Teil meiner Erkrankung, aber egal. Bettina habe schon eine Liste mit interessanten Senioren zusammengestellt. Ich solle mal bei ihr vorbeigehen.

Bettina war nicht am Platz, aber Nergez. Zögerlich blieb ich in der Tür stehen. Sie telefonierte mit einem Restaurant, in dem man das Essen im Dunkeln vorgesetzt bekam. Verbesserte angeblich die Sensorik. «Bekleckern sich da nicht achtzig Prozent der Gäste von oben bis unten?», fragte sie, nickte dann ihrem unsichtbaren Gesprächspartner mehrfach zu und propellerte mit der Hand, zum Zeichen, er möge endlich auf den Punkt kommen. Als sie mich sah, riss sie glücklich die Augen auf und winkte. Ich winkte kurz zurück und wurde von dem Wunsch, dass sie niemals heiraten möge, fast in die Knie gezwungen. Es war bekloppt. Es war alles wie immer. Vielleicht erzeugen bestimmte Orte ein bestimmtes Verhalten. Vielleicht hat man gar keine Chance. Als Nergez aufgelegt hatte, klatschte sie in die Hände. «Schätzchen! Ich hätte nie gedacht, dass du nochmal wiederkommst! Was machst du hier? Bleibst du? Warst du schon beim Chef? Was hat er gesagt? Stimmt es, dass du jetzt immer Tabletten nehmen musst? Hey, war nur Spaß! Wie siehst du überhaupt aus? Was hast du da unter deinem T-Shirt? Sind das Muckis? Komm doch mal her und lass dich anschauen!»

Ich ging rüber zu ihrem Tisch und setzte mich ihr gegenüber. Sie erzählte, wie Silvia endlich schwanger geworden war, wie Holger mit einer Herzattacke ins Krankenhaus gekommen war und Bettina beim Aalgreifen gewonnen hatte, obwohl sie eigentlich nur einen Bericht über das Paatzer Fischerfest machen sollte. Nergez hatte eine gelb-braune Wickeljacke an und sah ein bisschen erkältet aus. «Die mussten alle mit dem Fahrrad an dem Bottich vorbeiradeln», plauderte sie, «und dann rein mit der Hand und den Aal packen. Und Bettina mit ihrer Klopfote, sorry, aber isso, rein und gleich zwei. Voll der Powergriff, kennst sie ja.»

Auf dem Tisch neben mir lagen Ratgeberzeitschriften, ein paar Listen, das Buch «Gefahr aus der Achselhöhle – wie Deodorants unsere Gesundheit zerstören» und eine Plastikdose mit Möhrenstücken drin – Kruschiks Platz. Neben dem Stuhl stand seine Tasche. Ich sah zur Tür, lehnte mich entspannt zur Seite, lachte Nergez an, langte nach unten und öffnete Kruschiks Tasche. Schreibzeug, ein Labello (der letzte Trost der Ungeküssten) und ein paar Bücher, Rätselhefte. Kruschik interessierte sich für Mathematik, für Knobelaufgaben. Ich klappte die Tasche sofort wieder zu. Man soll sein Glück nicht herausfordern.

«Sag doch mal», forderte Nergez, «was ist denn jetzt mit dir?»

Ich erklärte ihr, dass ich die Altenserie betreuen werde. Nergez prustete kurz. «Chef hasst dich.»

«Nein, er hat ja recht. Ich mache ihm nur seinen Laden kaputt. Ich an seiner Stelle würde auch versuchen, mich loszuwerden.»

«Warum bist dann wieder hier?»

«Ich möchte mich gern rächen», sagte ich freundlich.

Nergez presste die Lippen aufeinander, senkte den Blick, ihr Stift pochte nervös auf die Tischplatte. Dann schlug sie auf sehr anatolische Weise die Augen auf und sah durch meine Pupillen hindurch in die düstere Mitte meines Kopfes, genau ins Reptilienhirn.

«Ah, der Erlöser!», rief es von der Tür. Bettina, zwei strotzvoll geheftete Aktenordner unter dem Arm, kam auf mich zu und warf sie vor mir auf den Tisch. «Drei Wochen meines Lebens liegen vor dir. Erlöse mich von diesem Übel! Ich habe mit jedem verdammten Rentner dieses unseres Landes telefoniert. Die guten Geschichten haben rote Fähnchen. Hier...», sie beugte sich in ihrer ganz germanischen Rotblondheit über mich und schlug einen Ordner auf, «Paul Banske, 82 Jahre, noch recht kregel, ehemals Besamer, erzählt putzig über die Einführung der Brunstsynchronisation...»

«Interessiert doch keine Sau», sagte ich.

«Würd ich so nicht sagen», erwiderte Bettina beleidigt. Immerhin ginge es um nichts anderes als Schweinemast. Vor der Einführung der Brunstsynchronisation wurden die Sauen rauschig, wann sie wollten, und erst durch die industrielle Hormongabe konnte man den Duldungsreflex bei Zuchtsauen künstlich herstellen. Eine große Arbeitserleichterung für die Besamer. Ich wollte sie unterbrechen, aber Bettina kam mir zuvor. «Gib dir keine Mühe. Ich hab alle Witze schon gehört. Nimm es mit und beeindrucke deine Kumpels mit dem Duldungsreflex. Da habt ihr gut zu wiehern.»

Ich hatte ihr eigentlich nur erzählen wollen, wie meine Oma dem ersten Besamer, der ins Dorf kam, einen Stuhl in den Stall gestellt hatte, «damit er seine Hose drüberlegen könne», und ihn dann verschämt allein gelassen hatte. Aber bitte.

Nergez hatte sich abgewandt und tippte irgendwas in den Computer. Sie interessierte sich nicht für Schweinefleisch. Bettina empfahl mir noch die schon sehr betagte Gründerin des Mandolinenorchesters Gleuchen und einen Exförster des Staatsjagdgebietes, der die abgeworfenen Stangen der Staatshirsche in den Westen geschmuggelt hatte. Ich dankte ihr vielmals, klappte den Ordner zu, wusste nicht, wohin damit, und ging zur Sekretärin, um mir eines neues Fach im Autorenschrank zuweisen zu lassen. Chefs Sekretärin sortierte gerade irgendwelche E-Mails, als plötzlich auf ihrem Bildschirm eine Meldung aufploppte. «Ach ja», meinte sie, «den Geburtstag feiern wir in der Zehn-Uhr-Runde ab. Da muss ich noch was Süßes aus der Kantine holen.»

Ich sagte, das sei ja wohl neu, und Chefs Sekretärin bestätigte dies. Chef habe nach einem Führungsseminar die kleine Geburtstagsgratulation für jeden Kollegen angeordnet, um den innerredaktionellen Zusammenhalt zu stärken. Der Gedanke sei, dass sich die Kollegen in der Redaktion wie in einer große Familie fühlten. Vermutlich war Chefs Kalkül, dass man in einer Familie keine höheren Honorare forderte. «Er hat die Idee, ich hab die Arbeit», klagte sie. Ich fragte, ob denn ich in diesem Geburtstagskalender noch oder schon wieder erfasst sei, und sie sah nach. Zu meiner Überraschung war ich drin, und zu meiner noch viel größeren Überraschung sah ich, dass Kruschik, die alte Ratte, am Freitag der laufenden Kalenderwoche Geburtstag hatte. Und zwar schon seit zweiunddreißig Jahren. Aber es gibt keine Zufälle, es gibt nur das größere Blickfeld eines suchenden Geistes. Der Rest war Tat. Als Chefs Sekretärin sich nach dem Essen ihren Verdauungskaffee holte, ging ich, hochrot vor Verbrecherscham, an den Computer, rief die Geburtstagsdatei auf und löschte Kruschiks Geburtstag. So einfach kann man sich den Wunsch, nie geboren worden zu sein, erfüllen. War das jetzt schon die aktive Bedürfnisbefriedigung, die Nancy meinte?

18 Ich machte mir nichts vor. Kruschik aus dem Geburtstagskreis zu schubsen bewegte sich durchaus noch im Rahmen eines Streiches unter Kollegen. Rikki Schroedel zu besuchen und mit meinen Absichten zu konfrontieren war dagegen eine Unternehmung, die eine andere Sorte Mut erforderte.

Rikki Schroedel wohnte in der Grünholmstraße in einem komplett sanierungsbedürftigen Haus aus roten, schmutzigen Klinkern. Nicht wirklich besetzt. Wäre ja auch lächerlich, bei dem Leerstand. Die Stadt vergab die unvermietbar gewordenen Häuser zum Trockenhalten an Studenten und andere gegen Schwarzschimmel unempfindliche Personen. Das Haus war verschlossen. Es gab ein Klingelbrett, aber die Klingeln sahen kaputt aus. Ich probierte alle. Ohne Erfolg. Dann stand ich rum. Die morgendliche Polonaise von Pendlern und Liefertrucks zog im Rhythmus der Ampelstopps auf der Ausfallstraße an mir vorbei. Fahrer glotzten. Ein Mann von zweiundvierzig Jahren in einem flamingofarbenen Hemd und Jeans, an den Füßen weinrote Cowboystiefel aus Büffelhodenleder, in der Hand gelbe Rosen in Zellophan, vor einem Abrisshaus, auf dessen Wand «Stieli bleibt!» gesprüht war. Ich sah aus wie eines der Zeichen, die Gott zu schicken pflegt, um den Gerechten mitzuteilen, dass das Ende der Zeiten nah ist. Dann endlich, nach einer halben Stunde, ging die Haustür auf, und ein junger Mann schob sein Rad heraus. Ich sagte, dass ich zu Rikki Schroedel wolle. Er überlegte, sprach dann «ach die!» und schickte mich in den zweiten Stock links. Dann sagte er, dass er hinter mir wieder abschließen müsse, und ich trat in das Haus mit dem unschönen Gefühl, es nicht mehr ohne weiteres wieder verlassen zu können. Die Wohnung im zweiten Stock links stand offen. Ich ging an der halb offenen Toilette vorbei, ein Schild zwang zum Sitzen, obwohl die Brille vom Scheitern der gemeinsam beschlossenen Reinigungspläne kündete. In der Küche war seit Entdeckung des Porzellans nicht mehr abgewaschen worden. Aber ich war nicht die Goldmarie, die allen Übeln auf ihrem Weg abhilft, und deshalb schritt ich langsam weiter. «Hä?», sprach mich ein junger, nackter und beneidenswert fettarmer Mann an, der mit einer leeren Zweiliterflasche Cola in der Hand aus dem der Küche gegenüberliegenden Zimmer kam. Er zog einen süßlichen Dunst hinter sich her, den mein Vater nicht hätte identifizieren können. «Ich suche Rikki», sagte ich. Er musterte mich von oben bis unten. «Sind Sie auf Annonce?», fragte der Mann mit flimmernden Augenlidern, «Wollen Sie sie heiraten oder so was?» Ich verneinte freundlich und sagte, es wäre was Dienstliches. «Was Dienstliches, oho!», echote der junge Mann, als begrüße er ein neues Wort in diesen Mauern. Dann zeigte er auf die Tür am Ende des Flurs und ging sich eine neue Flasche Cola holen. Frühstück der Robusten.

Ich klopfte leise an Rikkis Zimmer, und als sich nichts tat, drückte ich die Klinke und trat ein. Die beiden Fenster waren lose mit Alufolien abgedunkelt, aber an den Rändern gleißte jetzt, es war halb zehn, das Sonnenlicht und bestrahlte das Zimmer mit vier Fächern Helligkeit. Das Zimmer war klein, eine Wand wurde von einem bäuerlichen Kleiderschrank fast vollständig verdeckt, an dessen mir abgewandter Seite ein Hockeyschläger hervorlugte, was mich zugleich verwirrte und amüsierte. Zwischen den Fenstern stand ein Stehpult, eingelassen in einen Hügel von Zeitungs- und Zeitschriftenstapeln. An der anderen Wand stand ein Kastenbett, eine Buchte aus Bauholzbrettern, wie sie zum Abstützen von Gruben und Rohrleitungsschächten benutzt werden. Oder besser gesagt, hatten benutzt werden sollen, bevor irgendein Tiefbauleiter dieser Stadt sich eines Morgens die Augen rieb. Vor dem Bett stand eine Art Käfig mit ein paar Büchern und allerlei Rauchzeug drauf. Im Bett lag Rikki unter gelb-grüner, großformatig floraler Bettwäsche. Vom Schlaf vollständig gelähmt. Ein Haufen Haare, der leise vor sich hin schnorchelte wie ein Igel im Winterschlaf.

«Hallo!», sagte ich und «Guten Morgen!» und «Rikki?» und «Rikki, hier ist Besuch für Sie.»

Etwas bewegte sich unter den Haaren.

«Entschuldigung, darf man stören? Ich bin es. Max Krenke. Der Mann vom Landfunk.»

Rikki regte sich, schob die Haare beiseite, um überhaupt etwas sehen zu können, sagte verschlafen: «Ja, ja, nicht so schnell, Mann!», und griff nach einer polnischen Zigarettenschachtel, die auf Polnisch vor einem langsamen, qualvollen Tod warnte. Ich fand die Warnung auf Polnisch viel deutlicher, denn wenn man sich den Satz konsonantengetreu vorlas, klang er schon wie Hustenreiz und Auswurf. Kein Wunder, dass die Polen eine andere Aussprache benutzten. Rikki setzte sich hin, steckte sich eine an, sah mich, sah auf meine Blumen. Sie wachte auf. «Na super! Kenianische Kinderarbeitsrosen!»

«Für Sie! Als Entschuldigung!»

«Ich muss gleich kotzen.»

«Wo kann ich die Blumen hinstellen?»

Rikki winkte qualmend die Blumen zu sich, nahm sie mir ab und warf sie, ohne sie eines Blickes zu würdigen, in den Papierkorb hinter dem Bett. Gut, dass es ein Tankstellenstrauß war.

«Das ist Giftmüll, schon gewusst?»

Ich bemerkte mit Genugtuung, dass ich ziemlich unempfindlich gegen ihre drastischen Repliken war. Ich war ein Mann mit einem Ziel. «Ich habe Sie aufgesucht, weil ich noch einmal erklären wollte, dass der Vorfall mit dem Haar, wie soll ich es sagen, mit Ihrem Haar in dem Infoladen, dass mir das gewissermaßen nicht zustand und dass es mir leidtut, dass meine Uhr sich im Haar verfangen hat, und dass...»

«Von was für einer Uhr reden Sie? Da war keine Uhr.»

Vielleicht sollte ich das mit der Uhr einfach vergessen. Vielleicht hatte ich überhaupt nie eine Uhr besessen. Vielleicht war dies der Traum eines Mannes, der sich immer eine Uhr gewünscht hatte.

«Und es hatte auch mit meinem Haar nichts zu tun», sagte Rikki seelenruhig und lockerte ihr Haar mit beiden Händen, als wolle sie meine Hirnrinde mit gegensätzlichen Impulsen kurzschließen. «Ich hab Ihnen in die Eier getreten, weil Sie es verdient hatten.»

Das war nicht ganz die Erklärung, nach der ich gesucht hatte. «Wieso denn bloß?»

Rikki antwortete nicht, sondern stemmte sich vom Bettrand hoch und schlurfte rauchwölkchenfuchtelnd und mich mit «Wieso denn bloß? Wieso denn bloß?» nachäffend durchs Zimmer. Sie hatte eine noch fast schwarze, aber schon ziemlich ausgebleichte und ausgebeulte Trainingshose an und ein T-Shirt an, das ihr über einem schon etwas weichen Körper schlabberte. Sie hatte sogar ein bisschen Bauch und nicht wenig Hintern. Sie fand ihre Latschen, schlüpfte hinein und stieß mich beim Rausgehen zur Seite.

«Ich hab schon wieder Lust, Ihnen eine reinzuhauen. Wie Sie dastehen... He, hallo, Mister Wichtig-Po-Pichtig! Sie können sich entspannen, es fotografiert gerade keiner!», schrie sie durch den Flur schlappend und in der Küche herumhantierend. Ich überprüfte meine Haltung, aber sie war makellos, die Schultern unten, Standbein, Spielbein, Knie leicht gebeugt. Rikki kam mit einem Pott frisch gebrühten Kaffees wieder, auf dem noch das Kaffeemehl schwamm, die Fluppe im Mundwinkel. «Sie machen mich wirr mit diesem Herumgepose. Hallo? Ich will Sie nicht malen. Wollen Sie sich nicht in den Schrank stellen, während wir reden?»

«Ich könnte mich setzen.»

«Wenn Sie was finden...»

Rikki hatte recht. Außer ihrem Bauholzkastenbett und dem wenig einladenden Drahtwürfel davor gab es nichts, worauf man sich hätte setzen können. Also setzte ich mich auf den Bettrand. Rikki schien das nicht sonderlich zu freuen, aber sie setzte sich neben mich und stellte ihren Kaffeepott auf den Drahtwürfel. Nebeneinander zu sitzen gab der Situation etwas unpassend Intimes.

«Was ist jetzt? Halten Sie Ihre Rede!»

«Ich bin gekommen, weil ich nicht möchte, dass dieser Vorfall im Infoladen, was es auch immer im Einzelnen war, in dieser verzerrten Sichtweise...»

«Und Schluss! Sie wollen, dass ich Ihnen verzeihe? Vergessen Sie's!» Rikki nahm den heißen Pott und schlürfte vorsichtig den Kaffeegrus von der Oberfläche.

«Ich wollte nichts Böses.»

«Das wär ja auch noch schöner!»

«Warum können wir dann nicht...»

«Warum können wir dann nicht Freunde werden? Wieder lieb sein?», blaffte Rikki und warf ihren Kopf herum, dass eine Druckwelle von belutschistanischem Haarduft meinen Geruchssinn für mindestens eine Minute zum Flattern brachte.

«Sie sind so ein Konsensscheißer! Sie wollen immer, dass

alle total locker und unverkrampft sind. Aber ich weiß, warum. Sie brauchen diese Glocke von «Was sind wir alle gut drauf!», damit keiner auf die Idee kommt, Ihnen mal zu sagen, was für einen Bullshit Sie machen. Sie sind einer von den ganz Witzigen. Immer schön cool, immer schön witzig. Und ich hasse das so.»

«Bitte schön», sagte ich betont konstruktiv, «Nur zu. Hassen Sie mich!»

Sie wandte sich mir zu und biss mir unvermittelt in die Schulter. Nicht heftig, aber auch nicht nur so. «Aua! Das tut doch weh! Bescheuert oder was?» Ich rückte ein bisschen ab, rieb mir die Schulter, sah nach, ob das flamingofarbene Hemd etwas abbekommen hatte, blieb aber sitzen. Ob Rikki links war, wusste ich nicht, aber extrem war sie auf alle Fälle. «Jaja, ich bin ein Konsensscheißer. Ja, ich mache nur Bullshit. Jetzt haben Sie es mir aber gezeigt. Tut mir leid, ich war schon mal links. Tut mir leid, aber ich bin nicht mehr so dumm, es nicht besser zu wissen. Sie hassen mich doch nur, weil ich Sie verunsichere. Sie brauchen ein Dafür oder Dagegen, um klarzukommen. Sie haben ein Problem mit Unschärfe. Das ist alles. Aber so ist die Welt nicht.»

«Oaah, die Weise-Uhu-Nummer. Das hab ich ja schon ewig nicht mehr gehört. Der Enttäuschte, der Geläuterte. Gleich erzählen Sie mir, was Sie alles gemacht und erlebt haben, als ich noch in die Windeln gekackt habe.»

Wir saßen nebeneinander und beschimpften uns, geradeaus ins Zimmer starrend. Kein Zweifel, ich mochte sie. Ich hätte gern zurückgebissen. Aber richtig.

«Ich hab so einen Stress mit dieser Torte gehabt», seufzte Rikki plötzlich und sackte in sich zusammen.

«Ermittlungsverfahren?», erkundigte ich mich.

«Nee, die Torte ist doch beim Werfen auseinandergegangen. Sonst hätte ich getroffen.»

«Soll vorkommen.»

«Was wissen Sie denn? Wochenlang habe ich mich starkgemacht für eine vegane Torte. Ich habe gesagt: ‹Leute, wenn wir so eine Aktion machen, dann muss die auch vom Instrumentarium her korrekt sein. Wir können nicht mit dem Dreck um uns werfen, den wir verurteilen. Wir machen eine saubere Aktion.› Also nix mit Milchprodukten und Gelatine.»

«Vegane Schwarzwälder Kirschtorte? Klingt irgendwie krank und gesund zugleich.» Niemand soll sagen, ich hätte nicht versucht, Vegetarier oder Veganer ernst zu nehmen, aber diese Vorgehensweise, den ganzen Pflanzenkram in Tofu-Würstchen, Gemüse-Burger, vegane Sülzen oder eben auch Torten zu verkleiden, schien mir eine viel intensivere Verbindung zur Fleischwelt zu verraten, als den Apostaten lieb war. Nancy hatte recht. Man sollte sich nichts verbieten. Man sollte genauer fühlen.

«Vegane Sahne hält aber nicht so gut zusammen wie richtige Sahne», seufzte Rikki.

«Sie wollten sagen, falsche Sahne! Richtige Sahne wäre ja vegane Sahne.»

«Sie können es nicht lassen, wie? Jedenfalls bröckelte die Torte schon mächtig, als ich aufs Podium ging. Vielleicht hätten wir nicht auch noch auf Zucker verzichten sollen. Stattdessen haben wir Stevia genommen, aber Stevia und Sojasahne binden irgendwie gar nicht», sinnierte Rikki weiter, «trotz Kokosfett. Und Kokosfett war schon ein ziemlich fauler Kompromiss. Weil für Kokospalmen nämlich Urwald gero...»

«Sie sind also unzufrieden?»

«Unzufrieden? Es gab einen Riesenterz! Alle haben mich verantwortlich gemacht. Weil ich auf der veganen Torte bestanden habe. Weil ich prinzipienfest war. Eine missglückte Tortung, sage ich Ihnen, ist die größte Scheiße, die es überhaupt gibt. Die Kamera war die ganze Zeit dicht auf dem Ministerpräsidenten. Man sieht nur, wie er einmal ein bisschen zuckt und dann blöd guckt. Man weiß gar nicht, warum. Alles spielte sich im Off ab. Wir wollten eine Botschaft in die Mainstream-Medien pushen, und dann das. Das war voll umsonst.»

Es war Zeit, mit meinem Anliegen herauszurücken. Ich machte mir bald vor Angst und Freude gleichermaßen in die Hose. Es war eine Freitat von nietzscheanischem Format. Reines Menschentum. Freier Wille. Ich würde es aussprechen, und die Welt würde nach links oder rechts abbiegen, aber es würde in jedem Fall nicht «weitergehen wie bisher». Cool!

«Rikki, lassen Sie mich ganz offen sein. Ich bin kein Freund der Weltrevolution. Aber ich würde Ihnen gern helfen, Ihre Botschaften in die Mainstream-Medien zu pushen. Ihre Botschaften interessieren mich nicht, die Botschaften der meisten Menschen in den Medien interessieren mich nicht, wie Sie ganz richtig eingeschätzt haben. Aber ich habe ein bisschen Ahnung, wie man in die Medien kommt, und ich würde Ihnen helfen beim nächsten Mal.»

«Warum? Sind Sie Masochist? Haben Sie ein Helfersyndrom? Ich habe Ihnen doch gesagt: Sie hatten damit nichts zu tun. Ich habe Ihnen in die Weichteile getreten, weil Sie den väterlichen Macker spielen wollten. Das war Scheiße, aber auch schon alles. Wir sind quitt!»

«Nein, so ist das auch nicht gemeint. Im Gegenteil. Ich will was von Ihnen, deswegen mein Vorschlag. Ich helfe Ihnen, Sie helfen mir.»

«Geheimdienst!», verschlug es Rikki den Atem, sie schnellte in die Höhe. «Sie sind ein Schnüffler vom Verfassungsschutz, und wir sollen mit irgendeinem Ding den Staat provozieren, damit er zurückschlagen kann. Dass ich nicht gleich drauf gekommen bin. Deshalb das ganze Rumgeschmiere.» Sie raufte sich im Entsetzen ihrer Erkenntnis die Haare und sah sich fassungslos um. Aber diese völlig fehlgehende Vermutung war nur eine Vorübung im Vergleich zu dem, was sie jetzt wirklich zu verarbeiten hatte.

«Ich möchte Sie föhnen, Rikki!»

Das war zu viel. Rikki schrie. Nein, nicht sofort. Zuerst stand ihr drei Sekunden lang der Mund offen in einer urtümlichen, Cäsar-an-den-Iden-des-März-haften Verblüffung, dann kreischte sie los. Im Handumdrehen füllte sich der kleine Raum mit der gesamten autonomen Hausgemeinschaft. Nur die Tatsache, dass Rikki schreikrampfend, die Arme steif an den Seiten, die Hände abgespreizt, in der Zimmermitte stand und ich dagegen brav, wenn auch etwas konsterniert auf der Bettkante saß, verhinderte, dass der Auflauf sofort in Tätlichkeiten ausbrach. Dann war sie von einem Moment auf den anderen still.

«Er will mich...», schnaufte Rikki außer Atem, und ich hoffte im Interesse meines Wohlergehens, dass sie alles richtig verstanden hatte, «...föhnen!» Die anderen, darunter mehrjährige Rastalocken, selbstbewusste und formschöne Frauenglatzen, aber auch normales Studentenvolk, hörten ungläubig in das Wort hinein. «Föhnen?»

«Ich bin Journalist. Fernsehjournalist, um es genau zu sagen. (Der Effekt war gleich null, vielleicht hätte ich Sonderkorrespondent sagen sollen.) Ich habe mich unlängst mit diesem verunglückten Tortenattentat befasst, das Rikki ausgeführt hat, und heute bin ich hier, um ...»

«Er will mich föhnen!», kiekste Rikki und zeigte entgeistert auf mich. «Meine Haare. Es ist alles wegen meiner Haare!» Es gab nun erregte, handgreifliche Nachfragen an mich und meinen flamingofarbenen Hemdkragen, der aber allem standhielt, Nachfragen, ob ich sie angefasst oder auch nur berührt oder es auch nur versucht hätte, wobei mir eine Vielzahl unrühmlicher Titel verliehen wurde, von denen «Arsch» noch der erhabenste war, es setzte aber ebenso Aufforderungen an Rikki, «runterzukommen», zu «chillen», dazwischen immer wieder Äußerungen des Unverständnisses, einer erklärte, «föhnen» habe er noch nie gehört, bei ihm im Norden sage man «bürsten».

«Es ist ganz einfach. Ganz einfach», sagte ich mehrmals und sehr ruhig, um mir die Aufmerksamkeit der Runde zu verschaffen. Schließlich hatte ich den Großteil der Augen und Ohren auf mich gerichtet. «Ich möchte Rikki und denen, die an diesem Tortenwurf auf den Ministerpräsidenten beteiligt waren, helfen, es beim nächsten Mal besser zu machen. Ich habe den Ministerpräsidenten aus journalistischen Gründen mehrfach begleiten dürfen. Ich kenne die Leute, die seine Termine kennen. Aber vor allem weiß ich, was man tun muss, um wirklich in die Abendnachrichten zu kommen und dort zu bleiben – für lange.»

In den Blicken der jungen Leute wechselten im Sekundentakt Faszination und. Skepsis.

«Im Gegenzug möchte ich das Recht zugesichert bekommen, Rikki einmal föhnen zu dürfen. Und zwar mit einem Föhn meiner Wahl. Nicht mit irgendeinem Reiseföhn.»

«Das ist krank», entfuhr es einer Glatzköpfigen.

«Das ist nicht krank», sagte ich sehr bestimmt, «ich möchte etwas tun, was Friseure drei Dutzend Mal am Tag tun, und Friseure sind nicht krank.»

«Und doch ist es krank», bestätigte die Glatzköpfige ihre erste Regung, «Wenn Ihnen das sooo wichtig ist, wenn Sie so viel einsetzen, ist es krank.»

Ich hätte beinahe genickt. Dass wirkliches Wollen in einer Welt der leicht erreichbaren und austauschbaren Genüsse eine pathologische Komponente enthielt, leuchtete mir grundsätzlich ein. Aber ich konnte nicht mehr zurück. Ich hatte angefangen, an der Realität herumzuschrauben. Es fühlte sich an, als würde ich irgendwo ziemlich schnell herunterrutschen. «Es kommt niemand zu Schaden. Menschen nicht, Tiere nicht, nicht mal Pflanzen. Ich will es auch gar nicht erklären. Es ist mein Angebot, es ist ein gutes Angebot. Denkt drüber nach, lasst euch Zeit, checkt mich, wenn ihr wollt. Erkundigt euch nach mir, ich bin gut für euch.» Ich stand auf. Rikki taxierte mich. Hinter ihr stand jemand, der angestrengt ihr Haar betrachtete, als hoffte er, dass ihm geschähe, wie mir geschehen war. Aber die Erleuchtung wollte sich nicht einstellen.

«Ich möchte euch wirklich helfen, Rikki», sagte ich zu Rikki und stand auf. «Es ist mein Ernst, aber es ist ... nicht mehr als mein Ernst ...»

Fünf Minuten später brachte mich Rikki nach unten zur Haustür. Sie ging rechts vor mir die Treppe runter, in gehörigem Abstand, und hatte die Kapuze ihres Kapuzenshirts über den Kopf gezogen, als wolle sie nicht, dass ich ihr Haar noch eine Sekunde länger betrachtete. An der Tür blieb sie stehen und drehte sich zu mir um. «Ich weiß nicht, was das alles soll und was Sie da vorhaben. Aber wir werden das in unserer Gruppe beraten, und wenn eine Mehrheit für Ihren Vorschlag ist, dann können Sie meinetwegen an meinem Haar rumfummeln. Wenn nicht, Pech für Sie.»

19

Zu Hause stand Dorit im Bad und sortierte Wäsche für die Waschmaschine. Sie rief, ich solle mal eben herkommen, und ich kam mal eben her. Dorit öffnete die Hand, und darin lag die Nippelquaste. «Lag in der Wäschetruhe. Hast du eine Ahnung, was das ist?»

«Ooooch», sagte ich langsam, während mein Objektähnlichkeitssuchsystem in rasender Folge Bilder neben das Nippelhütchen hielt, «das ist so ein ... Helm, so ein Spielzeughelm von Maschas Playmobilsoldaten. Darf ich mal?» Ganz alter Spielzeugexperte, sah ich mir die wohlbekannte Nippelquaste näher an. Ich hätte sie mal besser aus der Hosentasche nehmen sollen. «Jaja, das ist ein chinesischer Soldatenhelm. Erkennt man an diesem Federbusch.» Ich schnipste mit dem Finger kurz gegen die Quaste. Dorit war zufrieden mit der Erklärung, aber unzufrieden mit der Tatsache. «Sie darf das nicht in die Taschen stecken. So was macht das ganze Feinzeug kaputt.»

«Ach, Kinder. Was haben wir nicht alles in den Taschen gehabt», sagte ich erleichtert. Ich wechselte das Thema und erzählte Dorit von Chefs Ansinnen und meiner Zusage, was sie «fürs Erste okay» fand. «Du musst wieder unter Leute», sagte Dorit, «Das ist das Wichtigste.» Da Dorit Maschenka heute wieder einmal höchstselbst von der Kita abholte, hatte ich Zeit, um noch einmal ins Studio zu fahren und Nancy meine noch nie da gewesene Showlocation bekannt zu geben. Ich freute mich so, dass ich Dorit auf den Nacken küsste, als sie ging. Sie sah mich etwas verwundert an.

Ich hing im breiten Griff an der Klimmzugstange, als mir jemand mit einem Ruck die Hose halb herunterzog. Sofort verstand ich, warum der alte Strongman Eugen Sandow immer im durchgehenden Turnanzug auftrat. «Alter, eh!», sagte es hinter mir. Ich ließ mich in den Stand fallen, zog meine Hose hoch und drehte mich um. Vor mir stand Matze, die breiten Arme vor der breiten Brust. «Waschbär, eh!», sagte Matze grinsend. «Alter, eh, nicht schlecht! Echt nicht schlecht!», und stieß mir anerkennend an die Schulter. Offenbar war da was mit dem Waschbären-Tattoo-Bunny gewesen. Und zwar etwas ausnehmend Gutes, denn Matze strahlte wie ein Honigkuchenpferd, und der für seine Verhältnisse geradezu überschäumende Mitteilungsdrang sprach Bände. Ich war schließlich nicht sein «Brother» oder «Homie» oder irgendwas. Er hatte keinen Grund, mir etwas zu erzählen, es sei denn aus protzstrotzendem Glück. «Kann man also ... gratulieren ...?», sprach ich etwas steif, aber Matze antwortete nichts, sondern rollte nur glücklich seine Fäuste umeinander und steppte zurück. Die Tür zur Umkleide fiel ins Schloss, und Meikel kam mit großen Schritten auf Matze zu. «Sag mal, hab ich das richtig gesehen gestern? Bist du mit der Alten los, oder was?» Matze warf Meikel zur Bestätigung den Zeigefinger entgegen.

«Und? Und? Und?», drängelte Meikel zum Vollzugsreport, während er mit seinem Unterleib unzweideutig kurbelwellte. Matzes breites Grinsen verwandelte sich in ein verlegenes Lächeln. Offenbar hatte die Beziehung zum Waschbären-Tattoo-Bunny den Vollkontakt großräumig umsteuert und war gleich auf Seelenhöhe gestiegen. «Nichts und, Alter!» Unglauben machte sich in Meikels Gesicht breit. «Du hast sie nicht...?» Matze winkte ab und wandte sich der Langhantelbank zu, um ein paar Scheiben aufzuladen.

«Was habt ihr denn gemacht, wenn du sie nicht geknallt hast?», forschte Meikel grübelnd weiter, dem gar nichts Zweites einfallen wollte. Matze legte sich auf die Bank und drückte sich warm.

«Also, bitte?», stellte sich Meikel, der die Geschichte zu Ende hören wollte, direkt neben ihn, Matze drückte in schneller Folge zwanzig Wiederholungen und keuchte dann knapp hervor: «Wir haben gequatscht!»

«Gequatscht?», fragte Meikel, «Kann ich mal deinen Schwerbehindertenausweis sehen? Was ist das für ein Scheiß?» Matze setzte sich auf. «Ja, gequatscht, und nun ist wieder gut.» Meikel setzte sich kopfschüttelnd in die Beinpresse und stemmte die gesamte Beladung mit zäher Entschlossenheit nach oben. «Armes Deutschland!» Matze tat mir ein bisschen leid. Ich hätte so auf Anhieb auch nicht sagen können, wie man «Ich bin verliebt!» auf hypermaskulin sagt. Schmetterlinge unterm Sixpack. Herzklopfen unterm großen Brustmuskel.

Nach dem Duschen ging ich zum Tresen, aber Nancy war nicht da. Sie stand mit Sascha Ramon Niekisch und ein paar Herren im Aerobicsaal. Die Herren sahen sich interessiert um und nickten. Einer hockte sich sogar hin und strich an

der Stelle über das Parkett, wo Manfred, der Kampfhund, versucht hatte, sich einzugraben. Es gab doch deswegen keinen Ärger, oder? Als Nancy mich sah, entschuldigte sie sich bei den Herren und kam herüber. Sie lächelte ein kurzes, dienstliches Lächeln und nahm mir meinen Schlüssel ab. «Na, hast du was gefunden?»
«Jo, Madam. Freitagabend?»
«Von mir aus», sagte Nancy freundlich, aber weniger aufgekratzt, als ich es von ihr kannte.
«Sagen wir: dreiundzwanzig Uhr. Wo soll ich dich abholen?»
Nancy sagte, dass sie am Georgsplatz am Obelisken stehen werde, und machte sich auf, wieder in den Aerobicsaal zurückkehren. Verwirrt über ihre Reserviertheit, fragte ich, ob irgendwas sei, aber Nancy schüttelt nur ernst den Kopf, und dann tat sie etwas, was sie noch nie getan hatte. Sie strich mir mit zwei Fingern über die Jacke, als hätte ich da einen Fussel, was aber nicht der Fall war. Und ging fort. Ich konnte es nicht deuten, aber mir wäre auch nicht geholfen gewesen, wenn ich es hätte deuten können.

Als ich nach Hause kam, saßen drei Muttis in der Küche und sahen mich wortlos an. Ich hielt ihr Stummsein erst für die Erwartung eines Grußes. Doch sie sahen mich auch noch wortlos an, als ich, leicht verschwitzt vom Fahrradfahren, überdeutlich hineinwinkte und hineingrüßte. Selbst nachdem ich mir Schuhe und Jacke ausgezogen, die Post durchgeblättert hatte und zum Kühlschrank ging, einen Becher Kefir herausnahm und ihn leer trank, folgten ihre Blicke mir unverwandt. «Aaah», machte ich, und das «Aaah» klang in eine Stille hinein, die mir dann doch zu viel wurde. Kefirbärtig blickte ich zum Tisch, wo Dorit, Mechthild und Steffi saßen, Latte-macchiato-Humpen aus Pressglas vor sich, Haferkekse in einer Schale auf dem Tisch, und mich ansahen, als wäre ich von den Toten auferstanden. Neben der Schale stand das Nippelhütchen. Ich begriff nur sehr langsam, dass zwischen den Blicken der drei und der Nippelquaste ein Zusammenhang bestand. Hilfreich war, dass Dorit erst zu mir, dann zu dem bunten Teil auf dem Tisch und dann wieder zu mir sah. Ich beschloss, die drei mit reinem, unschuldigem Nichtreagieren zu verunsichern. Und tatsächlich holperte das Gespräch über die Immobilienfatzkes in Stuttgart langsam wieder los. Meine Hoffnung aber, dass mein kurzfristiges Nichtreagieren mit einem langfristigen Nichtreagieren auf der Gegenseite vergolten werden würde, erwies sich als falsch. Kaum dass die beiden Mütter mit ihren aufgekratzten Töchtern aus der Tür waren, rauschte Dorit ins Wohnzimmer, wo ich austrainiert daniederlag.

Sie baute sich vor mir auf. In ihren spitzen Fingern baumelte die Nippelquaste.

«Ich habe mit Mascha gesprochen. Sie kannte dieses Ding nicht. Kein Wunder. Das ist ja auch kein Spielzeug», sagte Dorit, «jedenfalls keins für Kinder. Das ist ein Brustwarzenschmuck für Nackttänzerinnen!» Sie ekelte sich das Wort aus dem Mund, als seien «Nackttänzerinnen» eine besonders widerwärtige Hervorbringung der Natur, gleich hinter Nacktmullen.

«Aha», entgegnete ich schwächlich. «Wer sagt denn das?»

«Steffi. Sie und ihr Mann waren letzten Jahr in Paris. Unter anderem im *Moulin Rouge*.»

«Schön.»

«Max, was läuft hier?»

Ich setzte mich auf, betont langsam und stöhnend, um ihr zu bedeuten, dass die anstehende Diskussion der Rede nicht wert, unerquicklich und reine Zeitverschwendung sei.

Ich sagte ihr, dass die Tässel ein Geschenk sei. Ein kleines Geschenk. Ja, von einer Tänzerin, aber nicht von so einer, sondern von einer richtigen Tänzerin, einer Künstlerin.

«Nippelschmuck-Kunst?», höhnte Dorit. «Was noch? Ist ihr Arschgeweih Teil einer größeren Jagdszene? Von Rubens womöglich?»

Ich sagte, dass nicht alle jungen Frauen derart billig seien und dass Nancy...

«Nancy? Das wird ja immer schöner! Ich kassiere Haue, wenn ich nicht jedem gelehrten Vortrag mit hechelnder Zunge folge, und der Intelligenzforscher selbst kriegt zarte Empfindungen bei Y-Mädchen.»

Ich sagte ihr noch einmal, dass es mit Nancy und mir etwas anderes sei.

«Natürlich ist es bei dir was anderes. Mach dir da mal keine Sorgen. Das ist übrigens völlig klar, dass es bei dir was anderes ist. Der alte Sack und die Nackttänzerin – das hab ich echt noch nie gehört! Das ist das erste Mal auf der ganzen Welt. Premiere sozusagen!!»

Offenbar verbarg sich hinter ihrem aufbrausenden Sarkasmus die skurrile Sorge, dass ihr Mann ein Verhältnis unter seiner Würde haben könnte. Als würde es auf sie zurückfallen, wenn ich außerhalb meiner Steuerklasse fremdginge. Das rührte mich, und ich konnte gar nicht mehr so richtig zurückhacken. Doch Dorit deutete mein warmes Schweigen falsch. Dass ich mich – per Nippelquaste überführt – immer noch nicht bekennen wollte, brachte sie zum Kochen. Erst Billigfleisch und dann noch feige, das war eins zu viel.

«Deine Abwiegelei steht mir bis hier.» Dorit zog eine Hand quer vor ihrem Hals entlang. Ich fragte sie, ob ich jemals fremdgegangen sei. Dorit sagte, vermutlich nicht, aber das hätte nicht an mir gelegen. Ich sagte ein Schimpfwort mit F. Dorit nahm es ohne jede Reaktion entgegen. Ich entschuldigte mich für das Schimpfwort. Dorit sagte, das Schlimmste sei, dass sie mich kenne und dass sie mir sogar glaube, dass ich nicht fremdgehen «wolle», aber «wollen» hätte in meinem Leben doch noch nie irgendeine Rolle gespielt. Für mich gäbe es überhaupt keine Entscheidungen, alles fließe so ineinander...

«Du kennst mich nicht», sagte ich, «ich kann Entscheidungen treffen, und ich habe gerade ein paar getroffen.» Das war mehrdeutig. Dorit sah mich forschend an, doch als ich weiter ausholen wollte, kam Konrad herein, Kaugummi kauend, mit einem (hundertmal verbotenen) Trinkglas voll Terpentin in der Hand. Er bemalte irgendwelche Panzer.

«Ach so, Papa», sagte er, «irgendeine Frau hat für dich angerufen. Du kannst sie föhnen, wie du willst, aber erst danach oder so.» Ich hätte die Neuigkeiten gern etwas verteilter gehabt. Dorit sah schwer atmend um sich, als bestünde die ganze Wohnung nur noch aus Betrug. Ich legte mein Gesicht in die Hände und schüttelte den Kopf. Konrad schlurfte wieder in seine Pubihöhle, um inmitten seiner Armeen ein Mann zu werden. Dorit stürzte aus dem Zimmer, riss ihren Mantel vom Haken und war aus der Wohnungstür. Mascha guckte aus dem Kinderzimmer, und ich sagte so unbefangen wie möglich, dass Mama noch schnell was aus der Kaufhalle holen müsse.

Nach dem schweigenden Abendbrot setzte sich Dorit an den Computer und schrieb tastenhämmernd einen Brief. Kommentarlos gab sie ihn mir und ging dann ins Wohnzimmer, fläzte sich auf die Couch und las betont interessiert ihren Krimi. Der Brief war überraschenderweise nicht an mich adressiert und auch sonst nicht eben das, was man eine Diskussionsgrundlage nennen würde.

Für das Fräulein Nancy!
Herzlichen Glückwunsch zu Ihrem neuen Gebrauchtmann! Damit Sie lange Freude an ihm haben, hier einige Hinweise zum Umgang mit Max:

- Max schläft in Doppelbetten nicht zur Türseite, wie es sich für einen Beschützer und Ernährer gehört, sondern auf der abgewandten Seite. Etwaigen Verbrechern müssen Sie also selbst entgegentreten. Zum Ausgleich hat Max den berühmten grünen Daumen sowie einen sicheren Blumengeschmack, kurz, er wird sich bei der Grabpflege auszeichnen.
- Nicht erschrecken: Max schimpft im Schlaf. Meistens: «Halt die Schnauze!», «Halt die Fresse!» Es ist nicht ganz klar, wen er meint. Es könnten geträumte Widersacher, sein geliebter Vater, das Gewissen oder seine bisweilen auftretenden Herzrhythmusstörungen (Sex nach Mitternacht ist Gift für sein Herz!) sein. Versuchen Sie gar nicht erst, gleich wieder einzuschlafen. Wenn er einmal damit angefangen hat, schimpft er gerne mal eine Viertelstunde in unterschiedlichen Abständen vor sich hin. Wecken Sie ihn nicht. Sonst fängt alles bloß nach einer Weile wieder von vorn an.

- Falls Sie dann endlich eingeschlafen sind: Max leidet unter einer Reizblase, die ihn nachts mindestens einmal, bei höherer Anspannung auch bis zu zehn Mal zur Toilette treibt. Er ist so rücksichtsvoll, seine Gänge im Dunkeln zu absolvieren, stößt dabei allerdings öfter an Möbel und Kleiderständer. Wenn Sie das Geräusch nicht stört, stellen Sie ihm doch einfach einen Nachttopf hin.
- Max' Verdauung ist nicht beste, was er aber nicht wahrhaben will. Obwohl es sichere Hinweise dafür gibt, dass er Milchprodukte, Hülsenfrüchte und Zwiebeln nicht verträgt, quält er die ganze Familie mit den unbefriedigenden Ergebnissen seiner Ernährung, die er auch in Großserie für «Zufall» hält. Das Phänomen tritt weniger in der Öffentlichkeit auf als vielmehr in der häuslichen Sphäre, wo er nach eigenen Worten «entspannen kann». Viel Spaß also beim Relaxen!
- Max leidet unter Nierensteinen (siehe Reizblase). Um den Calzium-Oxalat-Grieß zu lösen, setzt er sich bisweilen auf die schleudernde Waschmaschine und trinkt warmes Bier. Das sieht nicht sehr sexy aus, und man kann sich dabei auch nicht richtig mit ihm unterhalten, aber wenigstens ist es nicht die perverse Stimulation, für die eine junge, unerfahrene Frau es halten könnte.
- Im Großen und Ganzen ist Max noch recht gesund, und Sie werden noch einige Jahre Spaß an ihm haben. Seine Zähne sind allerdings kariös, und es sieht so aus, als wäre nach der anstehenden Verschrottung seiner noch aus Ostzeiten stammenden Brücken wenigstens ein Teilgebiss fällig. Aber mit viel Liebe werden Sie sicher diesen unschönen Übergang in die Welt des altersbedingten Replacements gemeinsam bewältigen.

Es folgte eine Liste mit verschiedenen Medikamenten für die angesprochenen Probleme und der Hinweis, dass ich sie sowieso nicht oder nicht vorschriftsmäßig nehmen würde.

Ich wollte den Brief zerknüllen, aber da sich in meiner Briefkiste mittlerweile viele zerknitterte, mühsam wieder geglättete Briefe finden, ließ ich es lieber. Keine Frage: Der Brief war durch und durch hämisch und empörend, aber in seiner Gesamtanalyse schon wieder wertvoll. Altmänner-Schwacke. Sie wollen sich trennen? Wir kommen zu Ihnen nach Hause und schätzen den verbliebenen Restwert Ihres Gatten. Natürlich konnte man mich hier und da nochmal überlackieren. Meinen Tacho auf null drehen. Aber ich blieb ein älteres Modell. Nur was für Liebhaberinnen. War Dorit eine?

20

Zwei Tage später stand ich vor einem Dutzend mürrischer junger Menschen in schlechten Trainingsanzügen. Sie schlenkerten die von mir ausgereichten Nordic-Walking-Stöcke unsachgemäß herum und wirkten unwillig.

«Es muss sein», sagte ich, «wir müssen sichergehen, dass uns niemand verfolgt und mithört!»

«Aber Nordic Walking ist doch echt Kacke. Gibt es denn nix anderes, wo man ungestört quatschen kann?», fragte ein kleiner, schmächtiger Rastafari, der unpassend große Stöcke abbekommen hatte.

«Ja, gibt es», antwortete ich, «Formationsfallschirmsprung. Wir springen alle aus dem Flugzeug, fassen uns an den Händen, und ihr hört mir bis etwa tausend Meter über Grund aufmerksam zu, dann landet jeder für sich. Das Problem ist nur, wir müssten etliche Male hintereinander springen, weil der Fall nur eine Minute dauert, und außerdem rauscht es mächtig.»

«Okay, lasst uns gehen», sagte ein Mädchen mit Bommelmütze und Lippenpiercing. Wir raschelten also mit den Stöcken los, und ich erklärte den Aktivisten der ACA, die um mich herum staksten, was ich zu sagen hatte. «Punkt eins: keine Losungen, keinen Krempel aus der linken Mottenkiste! Sprüche, Bekanntgaben, Kommuniqués sind Abschaltfaktoren. Jede Form von politischem Brusttrommeln ist tabu! Wenn ihr in die Medien wollt, wenn ihr wirklich und für lange in die Medien wollt, müsst ihr leise sein. Keine Anklagen, keine Klugscheißereien. Fragen und Bitten werden formuliert, sonst nichts. Punkt zwei: Eine Torte ist keine Torte. Schon bei Stan Laurel und Oliver Hardy ist die erste Torte nur der Auftakt. Der Rest ist Tortenschlacht. In einer Welt, in der das Guinness-Buch der Rekorde mehr Verkäufe erzielt als die Bibel, gilt das noch viel mehr. Punkt drei: Torten werden nicht geworfen, sondern gezeigt. Es ist nicht verboten, Torten bei sich zu tragen und sie Politikern vorzuzeigen. Wenn gewisse Umstände während des Tortenzeigens – etwa eine Massenhysterie, ausgelöst durch einen übereifrigen Personenschutz – dazu führen, dass der eine oder andere in die gezeigte Torte hineinfällt, ist das bedauerlich, aber nicht unsere Schuld und schon gar nicht unsere Absicht. Verstanden?» Die jungen Menschen kratzten mit ihren Stöcken neben mir her. Ihre Gesichter in der ungewohnten frischen Waldluft glühten. Rikki etwas weiter hinten, die Haare in einer Jamaica-farbenen Ballonmütze, schnaufte. Die vielen Zigaretten. «Der Achtundzwanzigste ist unser Tag. Da sind sie alle draußen. Der Ministerpräsident und die Hälfte des Kabinetts werden auf der Landesleistungsschau begrüßt. Es ist ordentlich Presse da. Drei, vier andere Minister haben andere, aber auch öffentliche, Termine. Ich würde sagen: Wir gehen auf Nummer sicher und torten alle.» Geraune erhob sich über dem Geratsche der Stöcke. Wir waren erst einen Kilometer gegangen. Einfach eine Gruppe junger Nordic Walker im Spätherbst. Es war noch die Haftfähigkeit der Tortencreme zu klären, denn viele Belage hinterlassen kaum Spuren, weil sie nicht kleben. «Wir nehmen eine Mischung aus Gummiarabikum, Palmkernen und Bienenharz in Tofucreme, die mit Stickstoff aufgeschäumt wird. Alles natürlich, alles verträglich.» Das war wichtig für die Zieltorten. In den Täuschtorten hingegen, die zum Abfangen bestimmt waren, war es genau andersrum. Hier würden Gleitmittel appliziert sein. «Wir müssen auch hier keine Kompromisse eingehen», sagte ich nach hinten. «Es gibt vegane Gleitcreme aus Substanzen des Kiwibaumes, die in Bioläden käuflich zu erwerben sind.» Rikki grinste gequält, rote Flecken im blassen Gesicht. Wir waren ihr zu schnell. «Da hat sich aber jemand reingekniet», keuchte sie. «Warum bist du nicht bei der NASA?»

«Weiß nicht. Hat sich nicht ergeben», sagte ich, und Rikki sah plötzlich aus wie Dorit, wenn sie mit dem perfekt manikürten Finger auf mich zeigte und «Genau so bist du!» eiferte. Stimmte ja auch. So war ich. Dieses Leben hatte sich so ergeben, und es ergab sich immer weiter, und ich hatte es so satt. Das Einzige, was ich dagegen tun konnte, war, auf dem größtmöglichen Umweg vier Pfund schöner Haare zu föhnen. «Ich weiß nicht», sagte das Mädchen mit der Bommelmütze und dem Lippenpiercing, «das hört sich alles eine Nummer zu groß an.»

«Es ist nicht zu groß», sagte ich, «koordinativ ist es auf Augenhöhe mit der Politik. Da arbeiten drei Referenten und zwei Sekretärinnen dran, dass der Ministerpräsident einmal von Halle 2 nach Halle 3 geht und ein Grußwort spricht. Aber wenn es dich gruselt, stell es dir als Catering vor.»

Es waren noch anderthalb Wochen bis zum Achtundzwanzigsten. Vielleicht sollte ich noch eine kleine Ansprache übers Kiffen halten und sagen, dass es kontraproduktiv sein kann, wenn man inmitten von Politikern mit einer Torte herumsteht und sich partout nicht mehr erinnern kann, was man hier eigentlich wollte. Von den Heißhungerattacken auf Süßes mal ganz abgesehen. Aber das war Pädagogik. Vor uns schlurfte eine Gruppe von vier Krankenkassen-Frauen mit Nordic-Walking-Stöcken. Zu meiner Überraschung zogen die Autonomen unwillkürlich im Tempo an und mit ordentlich Schwung an den Frauen vorbei. ‹Nicht, dass sie noch Gefallen daran finden›, dachte ich, ‹und es demnächst ‚Nordic Walken gegen Rechts – Nazis davongehen!' oder ‚Ich geh am Stock für MigrantInnen' gibt.› Ich merkte ja selbst schon, wie meine Kreuzkoordination geschmeidiger wurde. Geschmeidiger sein, ohne sich zu fragen, wozu – das klang sehr nach Nancy. Ach, bald werden wir uns wiedersehen, Anmutigste unter den Gelenkigen!

Wir hatten die Anhöhe erreicht, von der man über den Fluss auf die Stadt blicken konnte. Um uns herum nur glatte, graublaue Buchenstämme und auf dem Boden das Cornflakes-artige Laub. Ein Ausflugsdampfer fuhr unten vorbei. Ein paar guckten, als wollten sie «Schöööön!» sagen, trauten sich aber nicht, andere stützten sich still auf ihre Stöcke.

Wenn man erst mal souverän geworden ist, staunt man über die Möglichkeiten, die sich einem auftun. So beschloss ich am Freitagmorgen, dem Morgen von Kruschiks Geburtstag, ganz souverän, ihn doch nicht ungeboren sein zu lassen, sondern ihn stattdessen zu feiern. Ich hatte es ihm genommen, ich konnte es ihm auch wiedergeben. Ich ging nach der Zehn-Uhr-Konferenz wegen einer Petitesse zu Chefs Sekretärin und wunderte mich so nebenbei, dass Kollege Kruschik heute nicht mit Törtchen und Kerze bedacht worden war, wo er doch Geburtstag habe. Chefs Sekretärin schaute in ihre Geburtstagsmeldedatei, schüttelte den Kopf, sah aber, als ich drauf beharrte, noch einmal in seinem Lebenslauf nach, und tatsächlich ... Sie eilte zu Chef hinein, und Chef, dem dieser Fauxpas in seiner Wohlfühloffensive höchst unangenehm war, reagierte prompt. «Um Himmels willen, wie konnte denn das passieren? Ja, das holen wir aber gleich nach. Peinlich, peinlich. Besorgen Sie mal hurtig den Kuchen und alles. Ich trommle ein paar Kollegen zusammen, und dann wetzen wir die Scharte wieder aus, was?», schnarrte Chefs leutselige Stimme aus dem Zimmer.

Super. Ich musste mich zwingen, nicht vor lauter Verschwörerfreude über den Flur zu hopsen. Vor dem Großraumbüro machte ich zwei kleine Freiübungen. Dann trat ich ein, lockere Hüfte, die Schultern zurück, stabile Wirbelsäule. Das Muster authentischer Beweglichkeit. Ein Mann von lauter Lauterkeit, alles an mir war Segen und Vergeben. Sogar Petra, die an mir vorbei aus dem Büro drängte, warf mir einen kleinen, verwirrten, weil ungewollt freundlichen Blick zu. Nergez saß Kruschik schräg gegenüber und war jetzt wirklich erkältet. Rote Augen, blasse Nase, die Taschentücherpackung in Griffweite auf dem Tisch.

«Nergez!»

«Schätzchen», schnupfte Nergez schwach, «was treibst du so?»

«Ich treibe...»

Kruschik räusperte sich.

«Sport.» Ich machte eine alberne Bizepspose. Nergez fächelte sich übertrieben erregt Luft zu, drehte sich dann zu Kruschik ein und zog die Oberlippe angewidert hoch. «Schon gut, wir reden nicht über das Schlimme!»

Kruschik nickte ein grimmiges «Besser ist das!» und wandte sich dann wieder der Expertenliste auf seinem Computer zu. Nergez sah mich an, und ich fand es schön. Sehr förmlich lehnte ich mich an den Tisch neben ihr und verschränkte die Arme. Es war Zeit, zu handeln. «Hast du dich jemals mit Kryptografie, mit Chiffrierkunst, beschäftigt, Nergez?»

«Nein, Schätzchen, ich bin so dumm, dass man mir ein X für ein U vormachen kann.» Nergez grinste breit. Kruschik tat noch so, als würde er sich für die Expertenliste auf seinem Computer interessieren.

«Genau darum geht es», fuhr ich fort. «Eine der einfachsten und doch zuverlässigsten Verschlüsselungsmethoden in der Frühzeit der Kryptografie bestand darin, die Botschaften in einem unauffälligen Text zu verstecken, nachdem man zuvor den Empfänger mit einem Zahlencode ausgerüstet hatte.»

«Wenn du so lange Sätze sagen willst, sprich mir das mal lieber auf meinen Anrufbeantworter. Da kann ich es mir wenigstens nochmal anhören», flötete Nergez kunstdumm.

«Wann ist deine Mutter geboren?»

«1946», antwortete Nergez, unsicher, ob sie mit dem Alter ihrer Mutter Rückschlüsse auf ihr eigenes zugelassen hatte.

Nergez war für traditionelle türkische Verhältnisse in einem Alter unverheiratet, in dem die Gründe dafür fast nur noch aus der Medizin stammen durften.

«Mit so einem Zahlencode, beispielsweise dem Geburtsjahr deiner Mutter, könntest du dich jetzt jedem Text nähern und dir die Buchstaben raussuchen, die an den jeweiligen Stellen der einzelnen Sätze stehen.»

Kruschik versuchte bloß noch, so zu tun, als interessiere er sich für seinen Computer. Nergez grinste. «Das heißt, dass nur diejenigen, die wissen, wann meine Mutter geboren wurde, mir Botschaften übermitteln können. Der Rest guckt in die Röhre?»

Kruschiks Aknenarben verwandelten sich in kleine rotglühende Vulkane.

«So ist es, Nergez! Auf diese Weise kann man Botschaften beliebigen (ich dehnte das Wort genüsslich) Inhalts austauschen, ohne dass andere etwas davon mitkriegen.»

«Erzähl mir mehr davon. Das klingt ja hoch spannend.»

«Ja», sagte ich. «Das könnte ich eigentlich mal machen.»

Dann schwiegen wir lange. Kruschik stöhnte leise auf vor Anspannung. Nergez zückte einen Stift, zog sich ein Blatt Papier aus dem Drucker, setzte sich in Diktatposition und sah mich an. Ich blickte ins Leere, hob schließlich den Kopf und sagte langsam mit großen Pausen: «Ich lese gerade ein Buch über Codeknacker des zwanzigsten Jahrhunderts. Ungemein spannend für unsere Generation finde ich die Stelle über die Chiffriermaschine der Nazis. Selbst einem wie mir läuft es da kalt über den Rücken. Der britische Geheimdienst hatte echt manchmal einfach nur Glück bei der Suche nach dem Code der *Enigma*. Vor allem der U-Boot-Krieg wäre wohl anders verlaufen. Die deutschen Unterseeboote beherrschten von der Isle of Man bis hoch nach Island die Gewässer. Erst Churchills persönliches «Go» in dieser Sache gab dem Ganzen Ziel und Richtung. Dem deutschen Funkverkehr kryptologisch den Saft abzudrehen, war absolut kriegsentscheidend. Von zwölf U-Boot-Versorgungstankern konnten neun durch die so gewonnene Kenntnis ihrer Aufenthaltsorte versenkt werden. Um dir ein weiteres Beispiel zu geben, das deinem Vorstellungsvermögen angemessen ist: So unmittelbar im Rücken der Deutschen dank des Wissens um ihre genauen Positionen eine Unmenge an Fallschirmtruppen absetzen zu können, hat der Landungsoperation am D-Day viel Blut gespart. Die Deutschen hielten in kaum zu glaubender Selbstüberschätzung die *Enigma* für unentschlüsselbar, und auch ihr eigener Geheimdienst hatte von der Enthüllung des Codes keine Ahnung. Lecken tat nämlich der britische Geheimdienstapparat zu keiner Zeit.»

Ich atmete durch. Es hatte mich angestrengt, das alles aus dem Kopf herzusagen. Ich hatte das erste Mal seit langem das Gefühl, dass meine gerade im Sprachlichen schier unglaubliche Hochbegabung nicht alles mit derselben Leichtigkeit überwand.

Nergez brauchte etwas länger mit dem Schreiben, machte dann aber einen Punkt und begann mit dem Stift über die Sätze zu zählen. Kruschik hatte zu tippen aufgehört, und völlig an den Bildschirm gefesselt, wischte und klickte er mit der Maus herum. Es war ein feiner, leiser, aber heftiger Wettlauf, mit stumm stammelnden Lippen und über den Text zuckenden Augen. In dieser äußersten Konzentration bemerkte keiner von den beiden, dass die Tür hinter ihnen sich geräuschlos öffnete und die Sekretärin vorsichtig hereinkam, mit einer kleinen Torte in den Händen, und hinter ihr, schmunzelnd und mit dem Finger auf dem Mund um Stille bittend, Chef und noch ein paar Kollegen in heimlichtuerischer Polonaise. Ja, ich hätte mich räuspern können.

Nergez hatte es heraus, und sie fing an, eine Miene aufzuziehen, in der ein Husch von Scham, ein klitzekleines frivoles Wohlbehagen und eine nötige Missbilligung ineinander wechselten. Die Sekretärin mit der Torte, Chef und sein Anhang zehenspitzten über den Teppichboden in den Rücken von Kruschik, der völlig gebannt in seinen Monitor starrte. Chef zwinkerte mir zu, und ich tat etwas, was ich noch nie getan hatte. Ich zwinkerte zurück. Chef machte einen Buckel und zog glücklich den Kopf zwischen die Schultern, als müsste er sich vor Überraschung gleich einpullern. Auf sein Zeichen holten alle tief Luft, um ein «Happy Birthday!» anzustimmen. Doch genau in diesem Moment patschte Kruschik mit der flachen Hand auf den Tisch und rief atemlos und erregt vor lauter Gefundenhaben zu mir und Nergez herüber: «Ich stelle mir manchmal vor, Mangosaft von deinem Rücken zu lecken!!»

Die fürs happy H großartig gesammelte Luft entwich aus einem halben Dutzend Mäulern, und die Sekretärin blies sogar versehentlich die Kerze auf der Torte aus. Chef blickte konsterniert erst auf Kruschik, dann auf Nergez und dann auf mich. Ich tat das Einzige, was man als unschuldiger Zeuge in dieser Situation tun konnte. Ich zuckte ein «Unser Nobbi, was manchmal so in ihn fährt!» mit den Schultern. Kruschik, der erst jetzt das Geburtstags-Komitee hinter sich gewahrte, wurde weiß und dann rot, stammelte kurzatmig, zeigte fahrig herum, auf mich, auf Nergez und rief dann in wirrer Anklage: «Die reden über Sex! Nicht ich. Ich hab das nur übersetzt. Man kann es nicht verstehen, wenn sie über Sex reden. Aber sie reden über Sex! Man muss dazu wissen, wann Nergez' Mutter geboren wurde. Wenn man weiß, wann sie geboren wurde, dann wird es total sexuell, was sie reden. Ich hab es mitgeschrieben.» Er wies hilflos triumphierend auf den Monitor. Aber die Gratulanten machten keine Miene, ihm auch nur eine Silbe davon zu glauben. Chef hatte die ganze Zeit mit offenem Mund dagestanden. Einen Moment sah es so aus, als würde ihn die Erkenntnis, willfähriges Werkzeug einer grauenhaften Intrige gegen mich, einen seiner ältesten, teuersten, profiliertesten Mitarbeiter, gewesen zu sein, schockfrosten. Doch dann entschied er sich in einer nicht geringen Kraftanstrengung gegen den Wahnsinn und für die Normalität. Eine Normalität, die alles niederwalzte, was vorher noch ungeklärt im Raum gestanden hatte. Chef nahm die Torte aus den Händen der Sekretärin und stellte sie vor dem hochroten Kruschik auf den Tisch.

«Alles Gute zum Geburtstag, lieber Norbert Kruschik! Wir, die Redaktion und ich, wünschen dir Gesundheit.» Das war alles. Von beruflichem Erfolg war keine Rede mehr.

Möglicherweise hätte ich meine Kreativität anderswo besser eingesetzt. Denn über den sporadischen und sowieso unwilligen Erwägungen, wann der beste Zeitpunkt wäre, Dorit zu sagen, dass ich mich an diesem Abend mit Nancy treffen würde, hatte ich den besten Zeitpunkt verpasst. Es war neun, und ich musste langsam mit der Sprache rausrücken. Dorit lag im Wohnzimmer auf der Couch, hielt die Fernbedienung neben sich in der Hand und drückte in kurzen Takten den Kanalwechsler. Wir hatten seit der Sache mit der Nippelquaste nicht mehr viel miteinander gesprochen. Dorit hatte an jenem Tag nur mein Bettzeug vom Doppelbett in die Truhe im Wohnzimmer gebracht, weil sie offenbar zu der Ansicht gelangt war, dass mein Bettzeug nicht mal mehr tagsüber das Recht habe, neben ihrem zu liegen. Ich hatte ihr gesagt, dass ich das albern fände, und Dorit hatte geantwortet, albern wären ganz andere Sachen.

Ich ging zum Flurschrank, ertappte mich dabei, dass ich zwei Jacken als unpassend zurückhängte, nahm die dritte, die selbstverständlich eine Lederjacke war, steckte Zigarettengeld ein, weil ich das sichere Gefühl hatte, heute Abend seit Jahren wieder rauchen zu wollen, und ging zu Dorit.

Ich betrat das Wohnzimmer und sagte, dass ich mich um dreiundzwanzig Uhr mit Nancy treffen würde. Sie würde tanzen, und ich wolle mir das ansehen. Es war alles wahr und lauter, und trotzdem klang es wie der völlige moralische Bankrott eines Mannes von ehemals Ansehen und Statur. Dorit sah nicht auf und zappte so rasend durch das Fernsehprogramm, dass Erdmännchen vor Autoverfolgungsjagden in ihren Löchern verschwanden, Wrestler ihre öligen Gegner zu Boden warfen, damit Terrorexperten zweier Fraktionen ihre Köpfe schütteln konnten. «Wenn du jetzt gehst, Max, brauchst du nicht wiederkommen.»

Ich hatte gewusst, dass sie so etwas sagen würde, aber ich musste gehen. Die Welt war voller Männer, die nicht gegangen waren und die am Ende wussten, dass sie hätten gehen sollen.

«Wenn du mich jetzt gehen lässt, Dorit, werde ich immer wiederkommen.»

Dorit schüttelte nur den Kopf.

Ich sagte: «Na ja, also dann!», und ging. Auf der Treppe hatte ich plötzlich Schuldgefühle, schlimm wie Magenkrämpfe. Sollte ich Nancy jetzt absagen? Kann nicht kommen. Habe Schuldgefühle! Das hätte Dorit gerne. Ich ging über den Hof zum Auto, schloss auf, kehrte aber plötzlich wieder um, marschierte an der Haustür vorbei direkt auf die Mülltonnen zu und trat drei fette Dellen hinein. Schuldgefühl eins, Schuldgefühl zwei und – nochmal volle Pulle – Schuldgefühl drei. Gut, dass ich auf die schmusigen Bullenhodenlederstiefel verzichtet hatte, sonst wären meine Zehen platt gewesen, aber mit den Wolfskin-Tretern ging es glimpflich ab. Dann konnte ich fahren, und nach einer Weile sogar hinterm Lenkrad pfeifen, auch wenn es ein bisschen nüchtern klang.

21 Es war eine halbe Stunde vor Mitternacht, als ich mit Nancy die Wiegand'sche Fabrik betrat.

«Oah, cool», sagte sie und sah sich um. Die riesige, gusseiserne Treppe, die Granitstufen, der geflügelte Hermes auf der Wand.

Ich ging in den Raum unter der Treppe und legte den ersten, gefährlich nach Starkstrom brummenden Schalter um. Im Haus rührte sich nichts. Erst beim dritten Schalter rumpelte weiter hinten etwas los. Wir stiegen in den zweiten Stock und durchquerten die leere Fabrikhalle. Ich trug die zwei großen Koffer, in denen Nancy ihr Zeug verstaut hatte.

Sie stolperte über einen Eisenbügel und hielt sich an mir fest, dass es mich bald selbst umriss. Wir kicherten. Nancy fragte flüsternd, wie ich auf diesen abgefahrenen Ort gekommen wäre, und ich antwortete, ich wollte eben nichts von der Stange. Nancy flüsterte, dass ich wohl die totale Wundertüte wäre und da täten sich ja Abgründe auf, «aber hallo», und dann kicherte sie wieder und flüsterte, wenn sie das gewusst hätte ...

«Du musst nicht flüstern», sagte ich. «Wir sind allein.»

Nancy wedelte mit den Händen neben ihrem Kopf und machte «Huhu!». Ich erzählte ein bisschen von der Wiegand'schen Fabrik und wie ich drauf gekommen war. Vor dem Paternoster stellte ich die Koffer ab und holte die beiden Baulampen vor, die hinter dem Schacht standen. Die Lichtkegel erhellten die grünen Kabinen, die gemächlich rumpelnd vorbeizogen.

«Möchtest du lieber fahren, oder soll ich fahren?»

Nancy sah mich an, und das grelle Seitenlicht sprenkelte Bernsteinreflexe auf die Iris ihrer Augen.

«Ich fahre. Das ist lustiger. Du sitzt und genießt die Show.»

Wir fuhren zurück ins Erdgeschoss. Ich machte ihr mit einer Baulampe Licht, damit sie sich umkleiden konnte, und fuhr wieder nach oben. Holte mir einen alten, fleckigen Holzstuhl und setzte mich in fünf Metern Abstand vor den Paternoster. Nach einer Weile erschien eine Kabine, an deren Decke mit Gaffertape eine kleine Discokugel geklebt war. Ich klatschte. Nancy rief von unten, dass ich doof sei und dass es gleich losgehe. Dann hörte ich Musik.

Ein neues Mal kam die Kabine mit der Discokugel hochgefahren, und diesmal stand Nancy drin. Sie hielt ein rotes

Seidentuch vor sich ausgebreitet, das sie langsam senkte, und zwar so, dass die obere Kante des Tuchs beinahe mit dem oberen Ende des Ausstiegs abschloss. Man konnte nur durch einen Spalt sehen, durch den es hin und wieder glitzerte. Sie juchzte kokett. Ich grinste und schlug vergnügt die Beine übereinander. Die Musik, die aus einem Ghettoblaster zu ihren Füßen kam, stieg nach oben, lief um, und dann näherte sie sich wieder aus der Höhe. Als die Kabine sich in mein Blickfeld senkte, stand Nancy da in einer gold-grünen, steifen Korsage, die ihren Körper an einigen Stelle problematisch zusammenquetschte, und wellte zwischen den Wänden hin und her, stieß sich ab und walzte mit dem Becken, dass die Welt sich mit Schwung und Bedeutung füllte. Ich johlte, klatschte und trampelte. Nancy verschwand mit einem Blick über die Schulter, der einen heftigen Schluckreflex bei mir auslöste. Ich holte das Päckchen Zichten aus der Jackentasche und zündete mir eine an. Ach, Krebs. Jetzt stieg Nancy mit zwei Fächern aus der Tiefe, die sich öffneten wie Vogelschwingen und den Blick auf sie freigegeben hätten, wenn sie sich nicht im selben Moment umgedreht hätte. Flash. Es war phantastisch. Ich pfiff, dass es von den Wänden gellte. So eine Show und nur für mich! Das Ungenügen wich aus meinem Leben. Dem Tod fiel seine Stoppuhr in den Dreck. Nancy lächelte, fächelte sich langsam zurück nach unten und kam als Vamp, dann als Jungfrau, als Honey, als Pin-up-Girl wieder und wieder.

Dann traf mich ein Lichstrahl. Es funzelte durch die dunklen Weiten der Fabrikhalle. Eine vierschrötige Gestalt löste sich aus dem Blauschwarz. Ein Wachschutzmann. Ich hatte ihn wegen der wummernden Musik nicht kommen hören. Der Wachschutzmann stammte direkt aus der Wachschutzmann-Norm-Presse: Renteneintrittsalter, Schnauzbart, wahrscheinlich noch Leberwurstreste im Mundwinkel. Er sprach mit kräftiger Stimme und der tiefsitzenden Mundart von Menschen, für die Hochdeutsch genauso eine Kunstsprache ist wie Esperanto.

«Hallo! Sie da! Was haben se hier zu suchen! Das ist Privatbesitz!» Seine langsame und angespannte Gangart ließ erkennen, dass er mit meiner sofortigen Flucht rechnete. Doch dem war nicht so. «Psst! Ruhe! Sind Sie wahnsinnig? Schreien Sie hier doch nicht rum!», zischte ich ihn an und machte eine hektisch abwehrende Bewegung mit der Hand. Der Mangel an Respekt verschlug dem Wachschutzmann fast den Atem. Er schüttelte sich kurz, als könne er nicht glauben, was er eben gehört hatte. Dann erteilte ihm seine Berufsehre den Befehl zum Zugriff. «Pass mal auf, du Penner!» In null Komma nichts war er hinter mir und hatte mich im Schwitzkasten. Ich ließ es geschehen, was er so toll fand, dass er gleich noch fester zudrückte.

Die Musik kam wieder aus dem Stock unter uns hochgefahren. Ich hatte keine Not. Jetzt nicht. Das war meine Show. «Wenn Sie keinen Krach machen, dürfen Sie noch die letzte Runde mitgucken», presste ich hervor. Der Wachschutzmann wollte etwas knurren, aber er kam nicht mehr dazu, denn in diesem Moment erschien Nancy wieder in der Luke und war quasi nur noch in ein schwarzes Band gewickelt. Sie machte mit großer Geste «Traraa!». Der Griff des Wachschutzmanns erschlaffte, während er irgendwas wie «Du lieber Gott!» murmelte. Nancy blinkerte mit den Augen, schwenkte ihren Unterleib nach links und nach rechts und schlug ihn nach vorn, dass einem ganz Lady Bump wurde, dann ward sie unseren Blicken enthoben. Der Wachschutzmann ließ mich genauso plötzlich frei, wie er mich umklammert hatte. «So was müssen se anmelden», sagte er betroffen.

«So was kann man nicht anmelden!», erwiderte ich.

Der Wachschutz schwieg verdattert. «Machen se wenigstens die Zigarette aus», schnaufte er endlich. «Brandschutz!» Er loderte selbst schon ein bisschen. Nancys Pumps und ihre schönen Waden erschienen wieder oben in der Luke und zogen den Rest nach unten. Ihr Hintern war einfach perfekt. Ich sagte: «Danke. Das war's!», und sprang zu Nancy in den Paternoster. «Lass uns Schluss machen. Ein Typ vom Wachschutz ist da.»

«Schade», sagte Nancy, «ich hatte noch so eine tolle Idee. So Isadora-Duncan-mäßig, der Lift zieht das Tuch ab.»

Wir rumpelten mit dem alten Paternoster nach unten. Obwohl es in der Enge eines Fahrstuhls geboten ist, den Blick irgendwo an der Wand oder der Decke aufzuhängen, sah ich sie an, und sie sah mich an. Zwei sehr ruhige Sekunden lang.

«Na?», sagte Nancy.

Ich wollte sie lieber noch ein bisschen ansehen.

«War schön», sagte ich schließlich. Dann hüpfte ich aus dem Lift, und auch Nancy machte mit ihren Pumps einen großen, gewagten Schritt und war draußen. Sie stöckelte zu ihren Koffern und befahl «Umdrehen!», was ich nach einer halben Stunde extremer Blöße sehr skurril fand. Ich drehte mich um und hörte, wie Nancy sich die Bänder abriss.

«Was ist das, womit du dich eingewickelt hast?»

«Ach, so Sportler-Tape. Kann man lustige Sachen mit machen.»

«Lustige? Du meinst erotische?»

«Für dich erotisch, für mich lustig!»

«Wie meinst du das?»

«Ich finde mich nicht erotisch, du findest mich erotisch. Ich finde es lustig. Arschwackeln ist doch lustig.»

«Du machst das nur zum Spaß?»

«Ich bin gern schön. Ich werde gern bewundert. Und ich habe gern genug Geld», sagte Nancy sachlich und klappte die Koffer zu, «kannst dich wieder umdrehen.»

Ich merkte mit einem leichten Stich, dass Nancy das Distanzmanagement tatsächlich beherrschte. Vielleicht war es das, was uns schweigen ließ, während ich sie in die Stadt fuhr. Am Georgsplatz hielt ich wieder an. Der Platz war leer. Es war halb eins. Wir seufzten ein paar Tjas, um uns auf den Abschied vorzubereiten. Dann holte Nancy tief Luft. «Du bist ein kluger Mann», sagte sie unvermittelt. «Viel klüger als die meisten. Du denkst bloß, du darfst nichts. Du darfst aber. Dann bist du wirklich großartig. Ich sag das nicht so daher. Du darfst alles, verstehst du?»

Mir wurde etwas komisch vor lauter Ermunterung. «Heißt das, ich darf dich jetzt küssen?»

Nancy tippte sich mit der Fingerspitze auf die Oberlippe, wie um zu prüfen, ob der Lippengloss noch drauf war. Dann sah sie nach oben an die Sonnenblende. «Dürftest du. Aber das willst du ja gar nicht.» Sie wartete noch ein Weilchen, sah mich schließlich von der Seite an, küsste zwei Finger ihrer linken Hand und hielt sie mir hin. Ich wusste nicht, was das bedeuten sollte, tat aber schließlich dasselbe und legte meine Finger gegen ihre. Das war's. Sie stieg aus, öffnete die hintere Tür, zerrte ihre Koffer vom Rücksitz und ging. Nach drei Metern blieb sie stehen, legte noch einmal den Kopf schräg, lächelte und sagte: «Pass auf dein Becken auf!» Dann setzte sie ihren Weg fort. Die Koffer waren schwer. Nancy war klein. Aber sie ging wie eine große Dame. Das musste sie sehr, sehr lange geübt haben.

Weiter hinten an der Hauptpost kämpften zwei Betrunkene sich gegen den Wind ihrer Trunkenheit nach Hause.

Wieder zu Hause, hängte ich meine Jacke an den Haken und ging geradewegs ins Schlafzimmer, als wäre ich nicht schon seit Wochen dort ausquartiert.

Dorit lag da und schlief nicht. Ich sah es. Ich sah ihre prächtigen Hüften und den ruhigen Gang ihres Atems. Aber ich wusste: Sie hatte die Augen offen und starrte in eine böse Zukunft. Ich setzte mich vorsichtig aufs Bett, wie es nahe Verwandte bei Kranken tun.

«Na, war's schön?», fragte Dorit klar und kalt, ohne sich zu bewegen.

«Ja», sagte ich.

«Ich liebe dich», sagte ich dazu.

«Musstest du das tun, um das wissen?», fragte sie schnell. Schnell genug, bevor ihr der Hals vor Leid zuging.

«Ja», sagte ich. «Ich wollte wissen, ob man in meinem Alter noch Spaß haben kann, ohne jemanden zu belasten!»

«Max», sagte Dorit böse, «das ist hier nicht irgendeine Joghurt-Werbung. Das ist unser Leben. Ich dachte immer, du wärst anders.»

Gekränkt stand ich auf.

«Ich dachte, du wärst keiner dieser Typen, die sich plötzlich Motorräder kaufen und so einen Quatsch. Ich dachte, du hättest den Mumm, einfach so alt zu werden.»

Dann sagte Dorit nichts mehr. Sie mochte Worte nicht so sehr wie ich. Ich hatte schon Lust, mich zu ihr zu legen, aber ich musste noch warten. Wir schwiegen ins Blaue der Nacht. Die Kinder in ihren Zimmern schliefen. Mascha wälzte sich schlafend herum und nahm dabei ihr Schnuffeltuch mit, damit sie morgen was zum Wundern hätte. Konrad stöhnte und schob sich durch Träume, in denen Kim ihn nicht mehr doof fand und er keine Spange mehr hatte. Ich war zweiundvierzig Jahre alt. Meine Maximalkraft beim Bankdrücken betrug fünfundneunzig Kilogramm. Das war okay. Ich konnte länger als eine Viertelstunde im Entengang gehen, was ich aber wahrscheinlich nie brauchen würde. Nancy hatte den wundervollsten Hüftschwung der nächsten zehn Jahre. Mein Vater hatte manchmal keine Lust mehr zu leben, und ich hatte immer noch nicht gegen ihn rebelliert, und wie es aussah, würde es dabei auch bleiben. Dorit und ich kannten uns schon eine Ewigkeit. Aber eigentlich war ich ihre zweite Wahl. Es war tatsächlich nicht einfach, über all das zu reden. Dabei belief sich meine verbale Kompetenz nach dem Hamburg-Wechsler-Intelligenztest auf etwa hundertdreißig Punkte. Kein Wunder, dass Chef mir nicht folgen konnte, zumal ich nicht sein Chef war. Keine Ahnung, von wem ich das hatte. Keine Ahnung, wohin ich damit sollte.

«Wusstest du, wie Pinguinpärchen sich erkennen?», sagte ich ins Schlafzimmer. «Man sollte meinen, das sei unmöglich, weil doch alle Pinguine mehr oder weniger gleich aussehen. Aber sie erkennen sich an ihren Ticks. Jeder Pinguin entwickelt im Lauf seines Lebens bestimmte Ticks. Männchen wie Weibchen. Und sie erkennen einander unter Tausenden an diesen Ticks, und so schaffen sie es, sich immer wieder zu finden und ein Leben lang zusammenzubleiben.» Das war jetzt aber wirklich sehr poetisch. Etwas über Bande, aber poetisch. Eigentlich müsste sie sich jetzt total verliebt umdrehen. «Ich wollte dich nie betrügen», setzte ich hinterdrein.

«Das weiß ich», sagte Dorit ruhiger, als ich es erwartet hätte.

«Dann sag mir, was ich gemacht habe!»

«Nichts!», sagte Dorit und heulte los.

Ich wollte gerade ein «Na also!» triumphieren, als Dorit schluchzte: «Mascha kann lesen.» – «Ich weiß», sagte ich, «sie hat vor ein paar Tagen ein Wahlplakat entziffert.»

«Sie hat mir heute Abend vorgelesen. Bald wird sie selber lesen. Max, ich hab sie doch eben erst geboren. Warum geht alles so schnell vorbei?»

«Weiß ich nicht. Aber es ist gruselig», antwortete ich. «Wäre es nicht besser, wenn wir uns zusammen gruseln?» Ich zog mich aus, was länger dauerte, weil ich eine zu enge Jeans angezogen hatte, und schlüpfte unter ihre Decke. Wir hatten schon seit vierzehn Jahren nicht mehr gemeinsam unter einer Decke geschlafen, aber mehr konnte ich erst mal nicht tun. Die Decke war auch kleiner geworden. Mein Hintern guckte raus. Wir lagen einfach aneinander rum, und ich streichelte sie ein bisschen. Das musste jetzt aber helfen. Mein Urgroßvater war ein harter Mann, der seinen Sohn einmal halbtot schlug, weil er auf der Tenne mit Feuer gespielt hatte. Doch wenn meine Urgroßmutter das «Elend» hatte – sie litt zeitlebens unter schweren Depressionen –, nahm er sie mitten auf dem Feld in den Arm und wiegte sie.

Ach, es wird insgesamt zu wenig aneinander rumgelegen.

Der Achtundzwanzigste war ein ganz normaler und wie immer für die Jahreszeit zu warmer Novembertag. Rikki und ich saßen schweigend auf der Bank vor dem *Hin und Hair* und guckten einem Dekorateur im benachbarten Parfümerieladen beim Weihnachtsgirlanden-Aufhängen zu. Wir waren ein seltsames Paar. Die Autonome und der Geck. Rikki, drei viertel vermummt und nach vorn gebeugt, Kette rauchend. Ich, die Arme hinterm Kopf verschränkt, die Beine ausgestreckt, in Stiefeln und orangefarbener Lederjacke. Rikkis Handy summte. Sie kramte es aus der Kapuzenjacke und warf einen Blick drauf. «Der Konditor hat geliefert», sagte sie und schniefte.

«Traurig?», fragte ich.

«Na ja, wär schon gern mit dabei gewesen. Aber egal. Jetzt kriegen Sie Ihren Willen.»

Wir erhoben uns und gingen ins Friseurgeschäft.

Die Inhaberin, der ich mein diffiziles Anliegen telefonisch geschildert hatte, begrüßte uns freundlich und wies uns einen Platz zu. Eine Dame mit Alustreifen im zerrupften Haar hob den Blick von ihrer Zeitschrift und beäugte Rikki, die mürrisch in den Sitz plumpste, skeptisch. Ich schob Rikki zurück ans Waschbecken, sie raffte ihr Haar zusammen und legte sich seufzend in die Mulde. Ich nahm die Brause und begann, ihr Haar zu waschen. Die Spüle füllte sich mit lauter Haaren, die sich hin und her bogen und über den Rand schwappten, dass es aussah, als wolle ein Krake aus dem Waschbecken entkommen. Es war unglaublich. Dann schüttete ich mir einen Klacks Shampoo in die Hand.

«Es wird nicht massiert!», sagte Rikki streng, «So weit kommt's noch!»

Ich sagte, dass ich sie nicht shampoonieren könne, wenn ich das Shampoo nicht einmassieren dürfe.

«Na, das hast du dir schön ausgedacht», murrte Rikki, «also gut, ein bisschen massieren, aber nicht aufgeilen!»

Die Dame mit den Alustreifen warf einen verstörten Blick zur Friseuse, die in stoischer Freundlichkeit weiter ihre Spitzen pinselte. Ich shampoonierte Rikkis Haar so vorsichtig und neutral, wie ich konnte. Rikki sagte, wenn sie an die Macht komme, werde mit allen Fetischisten kurzer Prozess gemacht, darauf könne ich mal wetten. «Sie verstehen das nicht, Rikki», sagte ich, «ich bin kein Fetischist. Ich habe nur ein Geschäft gemacht. Mir war es das wert und Ihnen auch. Morgen mach ich wieder was anderes.»

«Das ist alles der Kapitalismus», sagte Rikki und schüttelte ein bisschen den schweren Shampoo-Kopf. Ich spülte ihr Haar und wrang es aus, was echt schweißtreibend war, wickelte es in ein Handtuch und sagte Rikki, dass sie jetzt aus dem Waschbecken hochkommen solle. Rikki verzerrte das Gesicht und machte ein paar Versuche. Ich grinste.

«Schaff ich nicht», sagte Rikki, «ja, lach nicht so blöd. Wer legt denn seinen Kopf beim Waschen in so einen Richtblock? Ich jedenfalls nicht.» Ich half ihr heraus und schob sie mit dem Sitz vor den Spiegel. In diesem Moment klingelte mein Mobiltelefon. Chefs Sekretärin war dran und nur ein knappes «Ich stelle mal durch» später Chef höchstselbst. «Wo bist du? Hier ist die Hölle los! Es hat eine Riesenschweinerei bei der Eröffnung der Landesleistungsschau gegeben. Torten! Ich weiß nicht, wie viele. Du machst dir keine Vorstellung. Wir schicken jeden verdammten Mann raus! Du hast doch mal mit diesen Verrückten gedreht. Wir brauchen Kontakte. Wo bist du? Mach dich auf die Socken! Sofort!»

«Chef», sagte ich, während Rikki ihr Haar frottierte und in den Spiegel Grimassen schnitt, «ich kann nicht. Ich habe einen Friseurtermin!»

«Einen Friseurtermin? Beweg deinen Arsch hierher! Verstehst du nicht? Hundert Torten, Mann! Wenigstens! Es gibt überhaupt kein freies Gesicht mehr!»

«Geht echt nicht. Ich hab lange auf diesen Friseurtermin hingearbeitet, äh, warten müssen, Chef!», wimmelte ich ihn ab. «Ich komme, wenn ich hier fertig bin.»

«Ist das der Tag der Irren, oder was?!», schrie Chef. «Das Ding der Dinger passiert, und er hat einen Friseurtermin, haltet mich fest, haltet mich alle fest...» Dann schmiss er auf.

«Bringen wir es hinter uns», meinte Rikki und nahm das Handtuch ab. Sie hatte ziemlich große Ohren. «Föhn bloß los, Mann. Ich sehe ja aus wie Dumbo»

Ich nahm den 2200-Watt-Ionen-Föhn, die Saturn-Rakete unter den Haartrocknern, und schob den Regler an. Mit behutsamen Bürstenstrichen ging ich durch Rikkis Haar, und sie bewegte ihren Kopf in einer unwillkürlichen Gegenbewegung leicht nach vorn, während ich die Bürste zäh nach hinten zog. Langsam, Strich für Strich, verging der feuchte Glanz ihrer breiten Strähnen, einzelne Haare lösten sich heraus und tentakelten durch den Luftstrom. Und dann, als ich im Rauschen des Riesenföhns mit der Bürste vorsichtig über ihren Scheitel ging, geschah es. Rikki schloss die Augen, die Bewegung ihres Kopfes synchronisierte sich mit dem Gang der Bürste, und der schmale Strich ihrer Lippen wurde breiter und breiter. Kaum merklich rutschte sie tiefer in den Sitz und brummte etwas Wohliges vor sich hin. Ein Druckabfall ging durch den ganzen Raum. Ich erinnerte mich, und da fügte es sich zusammen: Nancys schräger Blick. Nergez' Wangenflammen. Meine aufgedehnte Hüfte. Selbst Siegrun Wedemeyers breites Hin- und Herrutschen. Matzes Fäusterollen. Und Dorits unnachahmliche Art und Weise, zum Küssen von der Seite herumzukommen. Ich war der Sammler der Goldenen Momente. Einzigartig, unwiederholbar, unteilbar privat. In dieser Welt voller Look-alikes, Kopien und Standardreaktionen war kein Preis zu hoch, das zu erleben. Wenn man sehr großzügig war, konnte man es als Sinn des Lebens gelten lassen. Das musste ich mal Nancy erzählen.

Rikkis Haare waren trocken und wallten um sie herum. Sie kam wieder zu sich. «Ach du Scheiße, wie sehe ich denn aus? Du hast mir eine Außenwelle geföhnt! Hoffentlich werde ich heute nicht verhaftet und fotografiert!»

Die Dame mit den Alustreifen im zerrupften Haar sah so lange fasziniert auf Rikki, bis ihr die Zeitschrift vom Schoß rutschte. Dann fragte sie die Friseuse: «Machen Sie eigentlich auch Extensions?»

Am Tag nach der größten politischen Tortenanschlagsserie in der Geschichte dieses Landes ging ich über den Ströhmplatz zum *Fitness- und Kampfsportstudio Niekisch/Zentrum für Realistische Selbstverteidigung*. Der Kiosk in der Mitte des Platzes war verhängt mit Schlagzeilen und Fotos, die Werner Rosstäuscher und etliche seiner Minister in den verschiedensten Bekleckerungen zeigten. Dicke Lettern schrien: «Schmadder-Attentat!» Andere Schlagzeilen arbeiteten die möglichen Wortspiele ab: «Protest allererster Sahne», «Ministerpräsident Rosstäuscher verliert sein Gesicht – und zwar gleich sechs Mal», natürlich dann «Torte statt Worte» und so weiter. Ich hielt es nicht aus und kaufte mir die «Allgemeine», wo es die Torten bis in den Leitartikel geschafft hatten.

Als gestern in der Messehalle 2 die Reinemachtrupps anrückten, um die Hinterlassenschaften dieser Torten-Massenhysterie fortzuschaffen, war auch dem Letzten klar, dass eine andere, neue Kultur des zivilen Widerstands auf den Plan getreten war. Wohl an die fünfzig mit Torten versehene Aktivisten hatten den Ministerpräsidenten und etliche seiner Kabinettsmitglieder umringt, bis durch das hektische Eingreifen des Personenschutzes das bedauerliche Chaos entstand, dessen Bilder gestern um die halbe Welt gingen.

Froh faltete ich die Zeitung zusammen.

Ich ging durch den Hausflur in den Hof wie immer. Doch das war das Letzte, was wie immer war. Als ich die Treppe zum Fitnessstudio hochstieg, fand ich den Geruch des Hauses verändert. Der schweißige, säuerliche Kraftmeiergeruch fehlte. Stattdessen hing ein Aroma von frisch geweißten Wänden und blumig-sinnlichem Vollweiberparfüm in der Luft. Benommen trat ich ein, sah Gelb und Grün an den Wänden, Kübelpalmen, die bunten Luftballons, die überall herumhingen. Sie hingen an neuen Maschinen aus cremefarbenem Plastik, an Steppern und Crosstrainern, deren Low-Impact-Gleitschienen eine fast schon astronautische Schwerelosigkeit abstrahlten. Fassungslos ging ich zum mit Girlanden geschmückten Tresen, von wo eine kräftige Blondine mit kirschrotem Mund mir entgegenlachte.

«Na, wenn ich Sie so staunen sehe, dann sind Sie bestimmt ein Mitglied des ehemaligen Studios», mutterte die Blondine los. «Ja, seit einer Woche hat diese Einrichtung einen neuen Betreiber, und zwar die *San-Aktiv-Lounge*. Unser Konzept wendet sich an Menschen wie Sie, Menschen im besten Alter, Menschen in der Lebensmitte, die sich ein Mehr an Vitalität wünschen. Menschen, die im Berufsleben stehen, aber auf Flexibilität und Stabilität nicht verzichten wollen. Deswegen bieten wir unseren Kunden neben einer großzügigen Wellnesslandschaft auch ein Gerätetraining an ergodynamischen Modulen, die sich den natürlichen Bewegungsabläufen des Körpers gelenkschonend anpassen, dazu eine Reihe von Kursen wie *Bauch, Beine, Po, Flex-Yoga*, außerdem *Step-Power* für unsere Damen und für Herren wie Sie das *High-Balance-Workout*.» Die Blondine zeigte mir ihre gebleechten Zähne. «Um Ihnen den Wechsel in dieses neue, attraktive Fit- und Wellnesskonzept so leicht wie möglich zu machen, berechnen wir Ihnen beim Neuabschluss eines Mitgliedervertrages keine Aufnahmegebühr. Na, wenn das mal nicht Ihr Glückstag ist, Herr ...?»

«Wo ist Nancy?», fragte ich verwirrt.

«Oh, für unser neues Konzept haben wir natürlich auch ein völlig neues, hochmotiviertes Team aus A-lizenzierten Fitnesstrainern und Body-Art-Masters zusammengestellt, das sich drauf freut, mit Ihnen zusammenzu...»

«Wo ist Nancy?», fragte ich noch einmal, diesmal etwas schärfer.

«Tut mir leid, dass wir bei der Neueinrichtung keine Angestellten des ehemaligen Betreibers berücksichtigen konnten. Aber wir haben uns bewusst auf Trainerpersönlichkeiten konzentriert, die den Bedürfnissen unserer Kunden auch gerecht werden.»

«Ich glaube nicht, dass irgendeiner Ihrer Fatzkes auch nur annähernd so gut meinen Bedürfnissen gerecht wird wie Nancy», antwortete ich schroff.

«Wenn Sie ein besonderes, persönliches Verhältnis zu

jener besagten Nancy hatten, verstehe ich natürlich Ihre Nachfrage», meinte die Kirschmund-Blondine pikiert. Aus der Damenumkleide kamen zwei Frauen in ihren Vierzigern. Rosa Trainingsanzüge, weiße Sportschuhe. Gleich würden sie einen Sportler-Flip ordern und in bunten Magazinen blättern. Es war nicht zu ertragen. «Sie verstehen gar nichts. Sie und Ihr Wellnessquatsch», sagte ich böse. «Soll ich Ihnen was sagen? Das ist total zwanzigstes Jahrhundert.»

Dann drehte ich mich abrupt um und ging, ein schnippisches Geräusch der Tresendame in meinem Rücken. Ich trug die Sporttasche die Treppe hinunter wie einen Altkleidersack. Draußen war die Luft zäher geworden. Die Gegend wirkte, als sei sie Ausland. Das Atmen fühlte sich wie Arbeit an. Die Menschen gingen herum, als hätte ihnen jemand «Herumgehen!» befohlen. Ich hatte Schmerzen zwischen den Augen und musste ein Zwicken in der Nase bekämpfen. Natürlich hatte ich gewusst, dass es nicht ewig gehen würde. Was hatte ich mir vorgestellt? Dass Nancy die verbleibende Zeit meines Lebens wie in einer Schneekugel überdauern würde, tausendschön und immerfroh? Dass sie nie eine Magen-Darm-Grippe kriegen würde? Niemals Kinder bekommen, niemals Cellulite? Dass hier nie Schluss sein würde? Dass sie nie woanders hingehen würde? Ich wusste nichts von ihr, und ich hatte es so gewollt. Uns verband nichts, außer ein paar skurrilen Momenten und dem sonderbaren Projekt, dass ich endlich mal aus der Hüfte kommen müsse.

Als ich so alt war wie Mascha jetzt, war ich eines Abends mit einem fürchterlichen Gedanken aufgewacht. Der Gedanke war so fürchterlich, dass ich aus dem Bett kletterte und klein und bleich ins Wohnzimmer tappte, wo meine Eltern einen nationalsozialistischen Unterhaltungsfilm ansahen. Meine Eltern waren keine strengen Eltern. Also fragten sie mich freundlich, was denn sei. Ich fragte: «Muss ich auch sterben?» Mein Vater sah meine Mutter an, wie er meine Mutter immer ansah, wenn er meinte, dass sie das besser könne, und meine Mutter nahm mich in den Arm und sagte: «Ja, mein Schatz, aber das ist noch ganz lange hin. Bis dahin wird noch ganz viel passieren.»

Ich würde nie erfahren, was Nancy eigentlich wollte. Vielleicht war es so wenig, dass es die Überlegung nicht lohnte, vielleicht war es mehr, als ich begreifen konnte. Ich weiß nur, dass sie in meinem Leben auftauchte, als ich schon nicht mehr daran glaubte, dass noch ganz viel passieren würde. Und dann wurde es doch noch ganz lustig. Ich hatte ja keine Ahnung. Ich war einer dieser Männer, die nicht ermessen können, wie weit ihr Arm reicht. Der Ministerpräsident saß derweil daheim beim Frühstück und fragte in einer plötzlichen Aufrichtigkeit seine Frau, ob ihn die Menschen in dieser Zeit tatsächlich mehr in seinem Büro, bei der Arbeit, sehen wollten als bei irgendwelchen Festen. Und seine Frau zuckte mit den Schultern. Was Ja hieß.

Im Blumenladen gab es Montbretien. Eigentlich heißen sie ja Crocosmia, aber für Dorit waren es Montbretien. Und Dorit war verrückt nach ihnen. Das wusste ich nicht, als ich sie kennenlernte. Ich fand es erst heraus, als wir schon zehn Jahre zusammen waren. Vielleicht würde mein Leben nicht reichen, sie vollständig kennenzulernen, aber man könnte es ja mal versuchen. Ich kaufte einen ziemlich großen Strauß. Ich hatte noch 762 Euro und 83 Cent, und die Aussichten waren vielversprechend.

Danksagung

Ich danke Rayk, der mir gezeigt hat, was Autoren alles dürfen. Ich danke Susann, die mir gezeigt hat, was Autoren alles nicht dürfen. So fiel es mir leicht, einigermaßen in der Mitte meiner Absichten zu bleiben. Ich danke der kleinen Miss Wundervoll für eine Inspiration und etliche Proteinshakes. Und ich danke meiner Frau für ihre wehrhafte Liebe.

Das für dieses Buch verwendete FSC®-zertifizierte Papier
Lux Cream liefert Stora Enso, Finnland.